Subcomandante Marcos
Paco Ignacio Taibo II
Muertos incómodos

Subcomandante
Marcos

Paco Ignacio
Taibo II

Muertos incómodos (falta lo que falta)

Ediciones Destino
Colección
Áncora y Delfín
Volumen 1041

Diagonal, 662-664. 08034 Barcelona
www.edestino.es
Primera edición: abril 2005
Primera edición en Ediciones Destino: octubre 2005
ISBN: 84-233-3770-7
Depósito legal: M. 38.070-2005
Impreso por Lavel Industria Gráfica, S.A.
Gran Canarias, 12. Humanes de Madrid
Impreso en España - Printed in Spain

Nota de los autores

Los capítulos impares fueron escritos por el subcomandante insurgente Marcos y los capítulos pares y el epílogo por Paco Ignacio Taibo II.

Los derechos de autor de esta novela, por acuerdo de los autores, se entregarán a la organización no gubernamental Enlace Civil A.C., que los destinará a obras sociales en Chiapas.

Capítulo I

A veces toma más de 500 años

"Todo lo que tarde más de seis meses, o es un embarazo o no vale la pena."

Así me dijo el Sup. Yo lo quedé mirando por ver si estaba bromeando o lo decía en serio. Y es que a veces al Sup como que se le cruzan los cables. O sea que a veces los bromea a los ciudadanos pero con nuestro modo, y a veces hace bromas con nosotros pero con el modo de los ciudadanos. Y entonces como que nomás no le atina. Aunque no se ve que mucho le importe. Él se ríe.

Pero no, esa vez no era así. El Sup no bromeaba. Bastaba ver que tenía la mirada seria, fija en la pipa mientras le daba fuego con el encendedor. La miraba a la pipa como si esperara que ella, y no yo, le diera la razón.

Él me había dicho que me iba a mandar a la ciudad, que tenía que hacer unos trabajos para la lucha, que primero iba a pasar un tiempo agarrando el modo de la ciudad y ya luego iba a hacer los trabajos. Fue entonces que yo le pregunté que cuánto tiempo iba a estar agarrando el modo ciudadano y él me contestó que seis meses, y yo le pregunté si abastaba con seis meses y el Sup dijo entonces lo que dijo.

El Sup me dijo eso después de tardar hablando con un tal Pepe Carvalho que había llegado a La Realidad trayendo un mensaje de Don Manolo Vázquez Montalbán y pidiendo verlo al Sup. Bueno, eso me dijo el Max, que fue el que lo recibió. Yo bien que lo conocí al Don Manolo. Ya tiene días que vino a hacerle una entrevista al Sup. Trajo un montón de butifarras, o sea de carnes, en su mochila. Yo no conozco qué cosa es butifarras, pero cuando lo fui a alcanzar con el caballo, lo vi que lo tienen rodeado los perros al Don Manolo. Le pregunté si trae algo de carne en su mochila y él me dijo "traigo butifarras, pero son para el Subcomandante Insurgente Marcos", así dijo. Ahí claro lo miré que lo respetaba mucho al Sup, porque así sólo le dicen los ciudadanos que mucho lo respetan y lo cariñan. Pero les decía que así supe qué cosa es butifarras, porque yo le pregunté si traía carne y él respondió que traía butifarras, así que las butifarras son unos modos de cómo hacen la carne en su país de Don Manolo.

A Don Manolo no le gusta que le digan "Manolo", sino "Manuel". Eso me lo dijo cuando íbamos camino de la comandancia. Tardamos en llegar. Primero porque Don Manolo no muy sabía de caballos y tardó un buen tanto en subirse a la montura. Y aluego pues le tocó un caballo muy pajarero y él digamos que no muy se le da lo de la jineteada y entonces el caballo agarraba para el potrero en lugar de irse por el camino real. Como tardábamos en enderezar los caballos, lo platicamos con Don Manolo y creo que hasta nos hicimos amigos. Así fue como supe que no le gusta que le digan "Manolo", pero a mí me abasta con que me digan que una cosa no, para que yo terco en que sí. No lo hago por malora, es que creo que así me hicieron, o sea que es mi modo, o sea que contreras. Así me dice el Sup, "Elías Contreras", pero no porque así me llame. "Elías" es mi nombre de lucha y "Contreras" pues así me puso el Sup porque dijo que yo también necesitaba un apellido de lucha y que como siempre llevaba la contra en lo que fuera pues me quedaba bien el apellido "Contreras".

Esto pasó un buen de tiempo antes de que yo fuera a Guadalajara, a recoger un correo en los baños públicos de La Mutualista y conociera al chino Fuang Chu. Y sí, también mucho antes de que me encontrara con el comisión de investigación que se llama Belascoarán, en el Monumento a la Revolución, allí en la ciudad de México. Yo digo "comisión de investigación", pero el Belascoarán dice "detective". En nuestras tierras zapatistas no hay "detectives", hay "comisiones de investigación". El Belascoarán dice que en la ciudad de México no hay "comisiones de investigación", hay "detectives". Yo le digo que cada quien su modo. Pero les decía que todo esto fue más después de que el Sup me dijo eso de los seis meses. Y más después fue también que encontré a la Magdalena en la ciudad de México. ¡Ah la Magdalena! Pero de eso les platico más luego... o a lo mejor ni les platico, porque hay heridas que no sanan manque uno las platique. Al contrario, más sangran cuando se visten de palabras.

Pero mucho tiempo antes de que el Sup me dijera lo de los seis meses, yo ya había investigado algunas cosas que se pasan en los municipios autónomos rebeldes zapatistas. Se dice "casos", no "cosas", me dijo aluego el Belascoarán que se la pasaba dándome carrilla porque según él yo hablaba muy otro y, siempre que le daba su gana, se la pasaba corrigiéndome el modo de hablar. Pero yo, en lugar de corregirme, pues más le daba. Contreras, pues. Uno de esos "casos" fue el que ahora le da título a este capítulo de esta novela que, ahí lo van a mirar, es muy otra.

Pero déjenme y les platico un poco de quién era yo. Sí, era. Porque ahora ya estoy finado. Yo fui miliciano cuando nos alzamos en 1994 y combatí con las tropas del Primer Regimiento de Infantería Zapatista, que comandaba el Sub Pedro, en la toma de Las Margaritas. Ahora tendría yo unos 61 años pero no los tengo porque ya estoy muerto ya. O sea que ya soy finado. Al Sup Marcos primero lo conocí en 1992, cuando se votó la guerra. Ya después lo volví a ver en 1994 y juntos nos correteamos cuando los federales nos atacaron en febrero de 1995. Yo andaba con él y con el mayor Moisés cuando nos echaron encima los tanques de guerra, los helicópteros y las tropas especiales de los ejércitos. Estuvo un poco duro, sí, pero ya ven que no nos pepenaron. Nos pelamos, como quien dice... Aunque todavía tardamos días oyendo el "chaca-chaca" de los helicópteros.

Bueno, ya es mucha vuelta. Yo sólo quería presentarme: Yo me llamo Elías, Elías Contreras, y soy Comisión de Investigación. Pero antes no era Comisión de Investigación, nomás base de apoyo del Ejercito Zapatista de Liberación Nacional, acá en Chiapas que está en nuestro país que se llama México. ¿Qué onde mero queda eso? Bueno, pues ahí mírenlo en una mapa que está en la...

COMANDANCIA GENERAL DEL EZLN

Un tucán solitario saca lustre a su pico en lo alto del tronco de un bayalté. Abajo, el teniente Hilario revisa si los caballos no han acabado con la pequeña milpa y la insurgenta Martina termina de repasar los nombres de las capitales de los estados. La guardia limpia su arma, sentada a la puerta de una champita. A un lado, y prendida de una varita, ondea una vieja bandera de tela negra, con una estrella de cinco puntas y las siglas "EZLN". La estrella y las letras son de un rojo desteñido. En la puerta aparece el Sup. La guardia se cuadra.

—Llámalo al teniente coronel José —dice el Sup.

José llega. El Sup le entrega unos papeles diciéndole:

—Acaba de llegar esto.

Después de leer, el teniente coronel le regresa los papeles con una pregunta:

—¿Y qué vas a hacer?

—No sé —dice el Sup, y se quedan los dos pensando. Se va el tucán con un ruidoso aleteo y distrae la mirada de ambos.

Después de un momento se miran y, al mismo tiempo, dicen, se dicen:

—Elías.

Ya pardea la tarde cuando en la punta del cerro se dibuja la figura del teniente a caballo. Recorre la orillada del pueblo, evitando lodo y miradas extrañas. Llega hasta donde Adolfo tiene su posta.

—¿Y el mayor? —pregunta.

—Está en reunión con las autoridades del municipio.

Va el teniente.

El mayor recibe y lee: "Localiza a Elías y dile que se dé su vuelta donde ya sabe para hablar con el viejo. Si puede mañana, está bien, si no pues cuando tenga chance. Es todo".

En el radio, el mayor trasmite: "Gama, Gama. Si copias, dile al del ojo grande que compre su anteojo mañana o cuando pueda".

En lo alto de un cerro, el operador recita y a su vez transmite: "Tortolita, tortolita, si copias, hay un 40 para Elías, que dice Nube que vaya mañana".

En el pueblo, el encargado de la posta lo va a hablar al responsable: "Que lo busques a Elías y le digas que mañana vaya para La Realidad".

Ya tiene rato que el sol se tapó con la ondulada cobija de los cerros, cuando aparece Elías en la puerta de su champa, cargando un bulto de calabazas con el mecapal. En una mano lleva la chimba y en la otra...

El machete

Sí, el Sup no mero me enseñó el papel pero sí me dijo de qué se trataba el asunto. Era una desaparición. Que en el papel le avisaban que se desapareció una compañera y que el Sup hiciera un comunicado acusándolo al mal gobierno. Que de por sí es su trabajo del Sup pero que la problema es que la gente de la ciudad o sea que los ciudadanos ya están hallados a que los zapatistas les hablamos con la verdad o que sea que no les mentimos. Y entonces que la problema es que qué tal que el Sup hace el comunicado de denuncia y arresulta que la compañera no esté desaparecida o que no fue el mal gobierno el que la perjudicó y entonces pues vamos a echar nuestra mentira y entonces pues nuestra palabra como que se hace débil y entonces aluego no nos van a creer. Y entonces que mi trabajo era que tenía que investigar si la compañera esa estaba desaparecida de veras o lo que sea y entonces yo le avisaba al Sup qué mero pasó y él ya vería entonces qué hacemos.

Le pregunté al Sup que cuánto tiempo tengo y él me dijo que tres días nomás. Yo no le pregunté por qué tres días y no uno o diez o quince. Él lo sabrá. Yo me fui a ensillar la mula y, esa misma tarde, enrrumbé para Entre Cerros, que así se llama el pueblo donde se desapareció la compañera que se llama o se llamaba María, porque qué tal que ya estaba finada, y es o era esposa del responsable zapatista local de ese pueblo.

En llegando al pueblo lo hablé al compa responsable que su hombre es Genaro, y que es o era su esposo de la finada María. Bueno, no es finada... todavía. Falta ver. El Genaro me dijo que él cree que salió por la leña y aluego pos ya no regresó. La buscó, sí. No la encontró, no. Que si la hubiera encontrado pues no avisaba a la Comandancia. Que eso fue hace unas tres semanas. Que por qué no avisó luego. Que porque chance que aluego aparecía. Que si no sabía pa dónde había jalado. Que no. Que la buscara yo. Que tal vez la habían robado los ejércitos o los paramilitares o ya estaba finada. Que quién le iba a hacer su pozol y sus tortillas. Que quién le cuidaba a los hijos.

Yo me despedí. Como que lo vi más preocupado por quién le hacía la comida que por la suerte de la finada. O sea que no la acordaba bien, que sea con amor que dicen, sino que la acordaba para los trabajos. Entonces pos mejor me fui al arroyo, a donde lavan las mujeres, y ahí la encontré a la comadre Eulogia. Ella estaba con mi ahijado, el Heriberto, y taba lavando saber qué. Y entonces le hablé a mi comadre Eulogia porque ella es de por sí muy averiguadora y ella me dijo que, antes de desaparecerse, la finada María que no era finada todavía, había dejado de ir a las reuniones de la cooperativa Mujeres por la Dignidad, mero cuando la iban a nombrar autoridad, y que ella, la Eulogia, la fue a ver a la supuesta finada para ver por qué ya no iba a las reuniones, y que ella, la María, le dijo "Acaso me mandan" y que no le dijo más porque ahí nomás llegó el Genaro y la María se quedó callada, moliendo el maíz. Le pregunté si tal vez se perdió en el monte la María, y entonces la Eulogia:

—¡Qué se va a perder, si mero se conoce todas las trillas y todos los piques!

—Tons no se perdió —le digo.

—No —me dice.

—¿Y entonces? —le pregunto.

—Pos yo creo que fue el Sombrerón que se la llevó —me responde.

—No chingue comadre —le dije—, usted tan grandota y todavía cree en los cuentos esos del Sombrerón.

—Pos ya ve que aluego pasan cosas compadre, como lo de la mujer del Ruperto —insiste la Eulogia.

—¡Ah qué comadre!, pero eso no fue el Sombrerón, fue el Miguel. ¿A poco no se acuerda que los encontraron debajo del fogón a los dos, bien desnudos? —le insistí.

—Bueno —dijo la Eulogia—, pero aluego hay otras historias del Sombrerón que se me afigura que sí son ciertas.

Yo nomás no tenía tiempo de explicarle a mi comadre Eulogia que los cuentos del Sombrerón eran eso, cuentos, así que me fui rumbo a la trilla que va a donde sacan leña. Ya iba saliendo del pueblo cuando escucho una voz que dice:

—¡Ese Elías Contreras! —lo volteé a mirar quien me habla y era el comandante Tacho que iba llegando al pueblo, creo que a dar plática.

—¿Idiay Tacho? —lo saludé.

Yo me iba a quedar a hablar con él del neoliberalismo y de

la globalización y esas cosas, pero me acordé de que sólo tengo tres días para el asunto de la tal finada María y ahí nomás me despedí del Tacho.

—Ya me voy ya —le dije.

—Ah, ¿andas de comisión? —me preguntó.

—Sí —le dije.

—Vaya con dios don Elías —me despidió.

—Vaya usted don Tacho —le dije, y agarré camino.

En llegando al acahual, empezó a llover. Yo no llevaba nylon, así que nomás ahí empecé a decir groserías, que no tapan de la lluvia pero cuando menos algo calientan. Seguí la trilla de la leña por todos lados. Y es que la caminadera de la leña se pone muchas veces como si fuera la rama de un árbol. Onde quiera anduve y nada que encontré nada para saber qué había sido de la supuesta finada María. Me arrimé al arroyo y tomé mi pozol sentado en una piedra. Se nocheció entonces. Aunque la luna era una pelota, tuve que usar mi focador para regresar al camino real. Había seguido una picada vieja. "¿Y ora?", me quedé pensando y mirando como baboso las ramas cortadas por el machete... machete...

¡Machete! ¡Eso mero! No había encontrado por ningún lado el machete con el que la pretendida finada María se había ido a cortar leña. Entonces me recordé que en el sitio del Genaro había visto un machete al lado de los tercios de leña que se apilaban contra la pared de la champa. Había un buen tanto de leña, así que ¿para qué había ido por más leña la entonces ya no tan finada María si ya tenía como para un buen rato? Se me ocurrió entonces que a la María no la habían desaparecido y que ella misma se había desaparecido. O sea que, como luego decimos acá, se había huido.

Hecho la raya agarré el camino real pa Entre Cerros y, después de un café donde mi comadre Eulogia, me acomodé a dormir en la troje. Acaso pude dormir. Con el chaquiste y la preocupación nomás no entró mi sueño. Cuando no entra mi sueño pienso mucho. La Sara me regaña porque mucho pienso.

Yo le digo que ni modos, que así me hicieron. Yo quedé pensando mucho. Que si la María no está finada, que si no la desaparecieron, que si ella se autodesapareció, que si pa dónde jaló, que si se autodesapareció era porque no quería que la aparecieran, que si entonces tal vez estaba donde nadie la apareciera.

Amaneció lloviendo, así que le empresté un nylon con mi compadre Humberto, le dejé la mula encargada y me fui para el Caracol de La Realidad. En llegando, yo pedí hablar con la Junta de Buen Gobierno. Me pasaron primero con la Comisión de Vigilancia. Ahí estaban el Míster y el Brusli. Les dije que andaba de comisión de investigación y yo quería hablar a la Junta de Buen Gobierno. Me pasaron luego. A la Junta le pedí si tenían información de los colectivos de mujeres en los pueblos. Me pasaron una listas. Tardé un buen rato. No me cuadró nada de la lista. Se las devolví.

—¿Qué buscas pues? —me preguntaron.

—No sé —les dije, porque era la mera verdad, que sea que yo mero no sabía qué buscaba, pero sabía que sabría cuando lo encontrara.

—Ta muy revuelto tu pensamiento —me dijeron los de la Junta.

—De por sí —les dije.

—Entonces, ¿no lo encontraste lo que buscabas? —me preguntaron.

—Pos no —les respondí.

—Pos en esa lista están todos los colectivos de mujeres —me dijo uno de la Junta.

—Sí, todos... menos uno que apenas se está formando —dijo otro.

—¡Ah sí!, pero es en una nueva región que apenas se está naciendo, todavía no tienen municipio autónomo, pero ya las mujeres se están organizando en colectivo —dijo el primero.

—Pos sí, de por sí las mujeres son las más primeras en organizarnos, si estamos tardando en la lucha es por los hombres que tienen muy chiquito su pensamiento —dijo la única compañera que hay en la Junta. Los varones nos quedamos callados.

Yo sentí que ya mero encuentro lo que no sé que estoy buscando, así que pregunto:

—¿Onde mero está ese colectivo que se está formando?

—Es en la región Ceiba, en el pueblo Tres Cruces, por allí de la carretera de Comitán —dijo la compañera.

Emprestë su yegua con el Brusli y jalé para Tres Cruces. En el camino se anocheció y la yegua se espantaba con cualquier sombra así que la dejé encargada en una ranchería y me seguí a pata. Ya se estaba acabando el segundo día, así que casi me corretié. Llegué al pueblo cuando la luna ya llevaba más de la mitad de su carrera. Fui donde el responsable local y me presenté. Él se fue un rato. Me imagino que a checar por radio si yo era quien decía que era, porque al poco regresó muy contento y hasta me ofreció de cenar. Echamos café y guineo. En acabando le pregunté de los trabajos y él me dijo que ahí nomás iban un bien, que el colectivo en veces se desanimaba, pero con la plática política se levantaba otra vuelta y así.

—El que va un poco más mejor es el colectivo de mujeres, pero es que mucho le echa ganas Abril —dijo el responsable.

—¿Abril?, ¿y ése quién es? —le pregunté.

—Acaso es un ese, es una esa —me respondió.

Yo le di otro sorbo al café y esperé. El responsable continuó:

—Abril es una compañera que llegó hace como tres semanas, dijo que era comisión de mujeres. La acomodamos en casa de doña Lucha, que está sola desde que el Aram se pasó a ser difunto. Ahí se vive esa Abril y yo creo que tiene bueno su pensamiento porque mucho la quieren las mujeres del pueblo. Cada semana se reúnen para la política y los trabajos. Y creo que ya hasta pidieron registrar su colectivo en la Junta de Buen Gobierno.

Me despedí del responsable y le dije que iba a tomar posada en la iglesia. Como no queriendo le pregunté dónde mero vivía la doña Lucha. Me dijo que en la orillada del pueblo que da al cerro. Me fui, pero en lugar de ir a la iglesia, me seguí de largo. Sólo había una champa del lado del cerro, así que supuse que ésa era la casa de doña Lucha. Quedé un rato esperando. No mucho. Se abrió la puerta y, lo que primero fue una sombra, a la luz de la luna llena se hizo una mujer.

—Buenas noches María —le dije saliendo de detrás de la pileta de agua.

Ella se quedó como engarrotada. Después de un momento, se agachó a agarrar una piedra y me encaró diciendo:

—Acaso me llamo María, yo me llamo Abril.

Yo la miré en silencio, pensando que cualquier otra mujer se hubiera espantado y hubiera gritado o corrido, o las dos cosas. Ella, en cambio, estaba dispuesta a enfrentarse a un desconocido. Una mujer así no se queda callada si algo no le parece. Tampoco se queda a vivir con alguien que la maltrata. Sin dejar de vigilar la mano donde llevaba la piedra, le hablé despacio:

—Yo me llamo Elías y soy comisión de investigación. Ando viendo qué pasó con una mujer que se llama María que se desapareció del pueblo Entre Cerros y es que está muy preocupado su marido.

Ella, sin soltar la piedra:

—¿Acaso conozco el pueblo Entre Cerros, ni a la María esa, ni a su marido Genaro?

Ahí nomás le aventé:

—Yo no dije que el marido se llama Genaro.

Yo me imagino que se puso pálida, porque la mera verdad sí alcanzaba a ver su cara, pero no mero me daba cuenta si cambiaba de color. Después de un largo silencio, ella dijo con fijeza, agarrando ahora un palo con la mano libre:

—No me voy a dejar que me lleven a la mala.

—Yo no vengo a llevar a nadie compañera, ni a la buena ni a la mala. Sólo ando investigando —le dije y me di la vuelta para retirarme.

Apenas di unos pasos y escuché su voz:

—¿No quiere pasar a comer algo? Doña Lucha hizo tamales.

Después de comer, mientras María-Abril, o Abril-María me contaba su historia, doña Lucha me ofreció...

Un café

"El Sup te está esperando de por sí", me dijo el compañero insurgente que estaba en la posta, a la entrada de la Comandancia.

Y sí, ahí nomás donde se amarran los caballos estaba el Sup, fumando su pipa. Me abrazó, me ofreció café y nos sentamos en un tronco. Estaba también el teniente coronel José. Yo les informé todo. Porque resulta que a la María, que sea a la Abril, el marido, que sea el Genaro, mucho la maltrataba, y no la dejaba participar, y mucho la celaba. Que cuando el Genaro, que sea el marido, supo que la iban a nombrar autoridad en el colectivo de mujeres pues hasta le pegó. Que ella pasó la problema a la asamblea de su pueblo, pero no hubo acuerdo y las cosas seguían igual. Que sus hijos ya están grandes y no la necesitan. Que la Ley Revolucionaria de Mujeres dice que ella tiene derecho para avanzar. Que cada tanto, escuchándola hablar, la doña Lucha movía la cabeza como estando de acuerdo y cerraba los puños como si estuviera muy brava. Que la Abril, que sea la María, se cansó nomás de que la trataran como perro. Que antes de autodesaparecerse le había dejado un buen tanto de leña al Genaro, nomás pa que viera que no se iba por haragana. Que se había autodesaparecido porque nomás ya no aguantaba. Que la Ley Revolucionaria de Mujeres dice que ella puede escoger a su pareja o si tiene o no pareja. Que se fue para Tres Cruces porque ya había conocido en una reunión de mujeres a doña Lucha y que sabía que ella la iba a apoyar. Que aceptaba que era un su delito el echar mentiras de que era "comisión de mujeres", pero que así se le ocurrió para que la dejaran entrar en el pueblo. Que se cambió de nombre y se puso "Abril" porque así se llama el mes de las mujeres que luchan. Que yo no les aclaré que el mes de las mujeres que luchan es marzo y no abril, porque ya estaban muy bravas las dos. Que mejor se los aclarara otro cuando ya estuvieran más calmadas. Que Abril aceptaba su castigo por estar mentirando de eso de que era "comisión de mujeres", pero que no iba a regresar a que la maltrataran. Que ella era zapatista y que se estaba portando como zapatista.

El Sup y el teniente coronel me escucharon en silencio. El Sup sólo rellenaba la pipa y la encendía cada tanto. Cuando acabé de informar me dijo:

—Pues es una sorpresa. A ese compa Genaro lo conocí en una reunión de responsables, hablaba bien y parecía muy zapatista.

Yo le dije:

—Oí Sup, ¿acaso conoce a alguien que no pueda ser zapatista por un rato?

Él mueve la cabeza como pensando.

—¿Cuánto se toma para ser zapatista pues? —me preguntó mientras me ayudaba a ensillar la mula.

—A veces toma más de 500 años —le dije, y me apuré a agarrar camino porque mi pueblo de por sí queda retirado.

Arriba el sol se iba como si algo le hiciera...

Falta

A mordiscos, el cielo arranca la oscuridad que ya florece en las copas de los árboles. Distraído con el vuelo de una nube, el Sup mordisquea la pipa ya apagada.

—En la cuestión de mujeres falta mucho —dice el teniente coronel.

—Falta —dice el Sup y mete los papeles del caso en una

abultada carpeta que dice: "Elías: Comisión de Investigación".

Alguien, lejos de ahí, recibe un sobre cerrado cuyo remitente advierte:

> Desde las montañas del Sureste Mexicano.
> Subcomandante Insurgente Marcos.
> México, noviembre del 2004.

Capítulo II

Vamos dejando un recuerdo

¿Había más antenas o había menos? Había muchas más, se dijo. Muchas más antenas de televisión. ¿Muchas más que cuándo? Que antes, claro. Y dejó que ese "antes" se desvaneciera. Cada vez aparecían más "antes" en su conversación o en las imágenes que le cruzaban por la cabeza, se estaba volviendo un adulto prejubilado. Pero, la verdad, lo de las antenas, lo tenía bastante claro. Había muchas más que antes, y no hay duda de que formaban la cúpula de una selva. La selva de las antenas de televisión del DF. La selva de antenas y postes de luz y arbotantes que se enlazaban con árboles, surgían de azoteas, colgaban de tendederos, se izaban sobre palos de escoba, gloriosas, arrogantes. La selva del DF, con todo y sus montañas, los cerros contaminados del Ajusco.

La tarde se estaba desvaneciendo; Belascoarán encendió el último cigarrillo y se dio de tiempo, para dejar el observatorio, los siete minutos que había de durarle. En los últimos meses le gustaba ver la ciudad de México desde arriba. Desde los más altos techos, azoteas, puentes elevados, que podía encontrar. Era menos dañina, más ciudad, de una sola pieza hasta donde la vista abarcara. Le gustaba, le seguía gustando.

Cuando iba por el minuto cinco y medio de su cigarrillo, su compañero de oficina, el tapicero Carlos Vargas, apareció chiflando por la puerta metálica que daba acceso a la azotea. Chiflaba "Volver a empezar", aquella canción que había hecho famosa a la orquesta de Glenn Miller, y en el DF los bailes de quince años de los sesenta. La silbaba sin desafinar, con notable precisión.

—Jefe, tengo media idea de que estas desapariciones de usted a la azotea se deben a que ha empezado a fumar mota a escondidas. Se ha vuelto pacheco, motorolo, fumarolas.

—Te la vas a pelar y te vas a desengañar —dijo Belascoarán ofreciéndole la casi colilla mordisqueada de su Delicado con filtro.

Carlos negó con la cabeza.

—Lo busca un funcionario progresista.

—¿Y ésos cómo son?

—Igual que los otros, pero no aceptan mordidas, éste trae la corbata manchada de chocolate y trae a un perro cojo con él.

Héctor Belascoarán Shayne, detective independiente, acostumbrado a los enigmas absurdos porque vivía en la ciudad más maravillosamente absurda del planeta, descendió los siete pisos preguntándose qué significaría "un perro cojo" en el críptico lenguaje del tapicero, tan sólo para descubrir que un "perro cojo" era un pinche perro cojo, con la pata delantera derecha entablillada, rostro sufridor y unas ojeras que le llegaban al suelo. El perro reposaba dócil y triste a los pies del "funcionario progresista". Carlos, ignorándolos, se dirigió a su esquina del despacho donde estaba trabajando en las tripas de un sillón de peluchín cuasi rosa.

Belascoarán se dejó caer en su silla y las ruedas se deslizaron elegantemente hasta hacerlo topar con la pared. Miró al funcionario progresista fijamente y alzó las cejas, o más bien alzó una ceja, porque desde que lo habían dejado tuerto tenía problemas de movilidad con la otra.

—¿Usted es un hombre de izquierda? —preguntó el funcionario y quién sabe por qué a Belascoarán no le pareció un arranque inesperado en tiempos como aquellos donde las monjas de la inquisición volvían en sus escobas al conjuro del gobierno del tal Fox, que de zorro no tenía ni los pelos.

Tomó aliento:

—Mi hermano dice que soy de izquierda natural, pero pinchemente inconsciente —respondió Héctor sonriendo—. O sea, como que de izquierda pero sin haber leído a Marx a los 16, sin haber ido a las manifestaciones suficientes y sin tener en mi casa póster del Che Guevara. O sea, pues sí, de izquierda, yo.

El alegato pareció convencer al personaje.

—¿Me garantiza que esta conversación será confidencial?

—Si lo sabe dios, que lo sepa el mundo —respondió Héctor, que no garantizaba nada desde hacía mucho tiempo.

—¿Es usted creyente? —preguntó el progresista, desconcertado.

—Un amigo mío dice que dejó la religión católica por dos razones: por culpa de que le parecía una mentada de madre lo de los tesoros del Vaticano en un mundo de pobres y porque no dejan fumar en las iglesias. Supongo que eso se extiende a todas las religiones. Yo me sumo. La idea de dios me da güeva —remató Héctor muy serio.

Aprovechando el silencio observó al "funcionario progresista", que, contra lo que le había informado Carlos Vargas, no tenía corbata, aunque sí una mancha de chocolate en la camisa amarilla, una barba medio descuidada y lentes de miope terminal. Era alto, muy alto. Cuando se excitaba movía la cabeza de lado a lado, como negando. Parecía un hombre honesto, eso que su mamá llamaba "una buena persona", refiriéndose siempre a los obreros, los lecheros, los plomeros, los jardineros, los vendedores de lotería. Que Héctor recordara, su mamá nunca había llamado "una buena persona" a ningún burgués, ni grande ni pequeño. Algo debería de saberles.

—Me habla un muerto —dijo el hombre, rompiendo la revisión de él y de su pasado que estaba haciendo Héctor.

Belascoarán optó por el silencio. Hacía un par de meses había rentado en un videoclub una película, *El topo*, de la serie protagonizada por Alec Guinness basada en las novelas de Le Carré, producida por la BBC de Londres, y había contemplado fascinado, durante seis horas seguidas, cómo Smiley-Guinness usaba el método de interrogatorio más eficaz del mundo: ponía cara de idiota (si no fuera inglés se atrevería a decir que era la mejor cara de pendejo que había visto en su vida) y miraba fijamente a las personas, lánguido, como sin mucho interés, desinteresado, como haciéndoles el favor, y la gente hablaba, y hablaba, y él sólo de vez en cuando, muy de vez en cuando, soltaba una lacónica pregunta, como quien no quiere la cosa, nomás por no dejar.

El método surtió resultado.

—Llevo una semana escuchando mensajes de un cuate en el contestador telefónico, pero ese cuate murió en 1969. Lo mataron. Y ahora me habla, me deja recados. Me cuenta historias. Pero no sé qué quiere, bien a bien, no sé qué quiere. Y yo creo que llama cuando sabe que no estoy en casa, para que se quede grabado... A lo mejor es una broma. Pero si es una broma, es una broma muy pinche.

Héctor mantuvo su rostro de Alec Guinness.

—Me llamo Héctor —dijo el hombre.

—Yo también —respondió Belascoarán, como disculpándose.

—Héctor Monteverde.

—¿Y el muerto?

—El muerto se llama Jesús María Alvarado. Y era a toda madre.

Héctor pasó al silencio.

—¿Usted cuánto cobra?

—Poco —dijo Belascoarán.

El tipo pareció darse por satisfecho. El perro también.

—Aquí está la cinta. Total, la oye en cinco minutos, decide y nos vemos luego.

—No tengo contestador en esta oficina. Si me la presta, mañana...

—No, mañana no, al rato. Aquí le dejo mi dirección —dijo Monteverde tendiéndole un papelito que tenía ya preparado—. Y aquí hay unas notas que preparé sobre cómo conocí al muerto. Estaré en mi casa... Yo no duermo.

—Yo tampoco —dijo Héctor.

Y vio cómo el homónimo Monteverde se ponía en pie, y seguido por su perro cojo dejaba la oficina.

—¡Qué pinche historia! —dijo Carlos Vargas con la boca llena de tachuelas y sacudiendo su pinche martillo sobre el sillón rosa.

—Me viene a la cabeza la frase esa de que la realidad se está poniendo muy rara —contestó Belascoarán.

Horas más tarde, en su casa, Héctor escuchó la voz del muerto que hablaba desde una cinta.

> —Hola, soy Jesús María Alvarado. Ya te llamaré de nuevo, mano.

La voz no le resultaba familiar, era de un hombre ronco, y no parecía haber ansiedad, premura, nada en esa voz afónica que decía un nombre. Desde luego no era cavernosa ni le habían metido efectos especiales, no pretendía ser la voz de un muerto. ¿Cómo eran las voces de los muertos? Hablar con los muertos...

Pero Jesús María Alvarado estaba muerto, aunque no en el 69 como había dicho el funcionario progresista Monteverde, sino en el 71. O sea pura prehistoria, hacía 34 años. Lo habían asesinado al salir de la cárcel. Un tiro en la nuca para el primer preso político que dejaba la prisión después del movimiento de 68. Ley fuga. Sin explicaciones oficiales.

Monteverde y Alvarado se habían conocido en una preparatoria donde ambos daban clase de literatura. Conocido brevemente, de lejos. Un par de cafés juntos, un par de reuniones del colegio de profesores. Las asambleas del 68, la creación de la Coalición de Maestros en apoyo al movimiento estudiantil. Monteverde era despistado, enamoradizo, tímido, hijo de un empresario de pompas fúnebres que había hecho su fortuna con el lujo de la muerte, cosa que a Héctor Monteverde (siempre según las notas que estaban inteligentemente redactadas) le parecía no sólo amoral, sino vergonzosa y ocultable en el año del movimiento. La literatura universal era por tanto el antídoto a las agencias funerarias. Alvarado era un hijo de campesinos poblanos que había llegado a la literatura por inexplicables razones de patriotismo, a fuerza de recitar la "Suave Patria" y aprenderse versos de Díaz Mirón, Gutiérrez Nájera y Sor Juana para recitarlos en su pueblo. Eternamente miserable, llegaba a fin de mes sin dinero para lavarse la ropa, con deudas en la tienda de la esquina y enfurecido.

Por lo visto, Héctor Monteverde, en aquellos años mágicos y terribles, siguió a la distancia la historia de Alvarado y sus huellas, hasta el asesinato del hombre.

Héctor dijo que había que pensarse el asunto con calma, dejó de lado la contestadora, las notas y el jugo de durazno que se estaba tomando y subió a la azotea de su casa con el paquete de cartas que había encontrado en el buzón. Con toda paciencia se dedicó a fabricar avioncitos de papel, que iba colocando en el pretil del cuarto piso. Abajo, el nuevo bullicio de la colonia Condesa, los motoclistas, los adolescentes jolgoriosos.

Soplaba poco viento, pero de vez en cuando los avioncitos de papel lograban despegar y flotaban haciendo giros maravillosos, escapándose uno de vez en cuando en la brisa. Cuando se le acabaron regresó a su cuarto. Había dejado todas las luces encendidas, el mejor antídoto contra la soledad, convertir tu casa en un pinche árbol navideño. Rebobinó la cinta del contestador. Lo que había oído era lo que había oído, la voz dijo de nuevo: "Hola, soy Jesús María Alvarado. Ya te llamaré de nuevo, mano".

Otro Jesús María Alvarado, el hijo de Jesús María Alvarado, el fantasma de Jesús María Alvarado, el *alter ego* homónimo de Jesús María Alvarado, una bailarina de *table dance* que quería llamar la atención, los de la Secretaría de Gobernación que querían volver loco a Monteverde por quién sabe qué razones ocultas, resumió.

La segunda llamada era mejor:

> Mira, mano, habla Jesús María Alvarado. Espero que tu cinta dure un rato porque te voy a contar una historia que me pasó. Una historia bien pendeja, bien loca. Estaba yo en Juárez en una cantina, y como todas las mesas estaban ocupadas, me quedé parado tomándome una cerveza frente a la pinche tele. Había un ruido cabrón y no oía nada, pero ahí estaba el Bin Laden con cara de palo en uno de esos comunicados que manda a través de la tele; a mí ese güey me caga y no estaba haciendo mucho caso, pero entonces, atrás de mí, unos cuates gritaban algo así como: "¡El Juancho, el Pinche Juancho!" Volteé la cabeza para ver qué pedo con el pinchejuancho. Y vi a dos cabrones musculosos y medio pedos que seguían con la letanía: ¡El Juancho, el pinche Juancho!, mientras señalaban a la tele. Giré la cabeza para checar que no estaba en el error, como uno acostumbra, y seguía el Bin Laden muy mono con una metra en la mano y el turbantón y la cara de menso. Giré de nuevo para ver a los promotores del Juancho y me les encaré. ¿Qué pedo con el Juancho?, les digo, y ahí, medio tartajas por el chupe, me dicen que ése es su cuate el Juancho, ese mero, que mira nomás de qué se disfrazó el muy puto. Y medio que averiguo que Juancho era un amigo de éstos, taquero allí en Juárez, que se cansó de la mala vida y hacía unos tres años se había ido

de mojado para poner una carnicería en Burbank, California. Y yo no salía del sacón de onda y volteé a la tele y sí, allí estaba el pinche Bin Laden y cuando giré la cabeza para preguntarle al par de beodos si sabían más sobre Juancho y si seguro que era él y que a qué horas Juancho se había dejado barbita de chivo, los dos pinchurrientos briagos se habían hecho ojo de hormiga. Y por más que los busqué dentro de la cantina y hasta la salida, ya no los pude hallar. Y me dije: qué pinche casualidad, el *alter ego* de Bin Laden es un taquero de Juárez. Pero luego se me juntan los cables y me digo: Alvarado, ¿qué sabes de Burbank? Y resulta que algo sé, porque Burbank es la capital del cine porno de Estados Unidos, un pueblucho cerca de Los Ángeles, moteles y empresas triple X, coge y coge, filma y filma, viva el capitalismo salvaje. Y junto todo y me digo. ¿A poco estos culeros de Bush y sus amigos están haciendo los comunicados de Bin Laden, los mensajes del demonio, en un estudio porno en Burbank, California, que hasta desierto tienen por allí? ¿A poco todo es un montaje, una fábrica de sueños de mierda, con un ex taquero mexicano llamado Juancho de personaje central? Yo, de verdad, no me lo tragaba, me decía: ¿cómo vas creer? Pero, ¿a poco no es bonita la historia?

Héctor apagó la contestadora telefónica. Fue al baño, se miró en el espejo y se lavó la cara con agua fría. Como todas las gentes que viven solas, solía hablar con su propia imagen reflejada, pero ahora no se le ocurrió nada qué decir. Lo pensó de nuevo y comenzó a reírse a carcajadas. Kafka en calzoncillos en Xochimilco. Bin Laden Juancho en Burbank. Claro, en los ratos libres que le dejaban los comunicados, como decía Alvarado, Juancho se dedicaba a coger y dejarse filmar. Las mil y una noches en versión taquería de Ciudad Juárez, cachondos pero simpáticos, el pito más menso de la frontera.

La tercera cinta empezaba como siempre: "Habla Jesús María Alvarado", como si se tratara una y otra vez de dejar claro que el muerto había vuelto del valle de las sombras. Tras el nombre seguía una pausa. Luego una frase críptica: "Mejor no hubiera vuelto", luego un largo silencio y el clic del final de la llamada.

Había una cuarta llamada que empezaba con el "Habla Jesús María Alvarado" y luego sin más recitaba unos versos:

> Donde yo sólo sea / memoria de una piedra sepultada entre ortigas / sobre la cual el viento escapa a sus insomnios.

Y ya. El poema le sonaba, pero no lograba saber de quién o de dónde.

El progresista Monteverde vivía en la colonia Roma Sur a una docena de cuadras de su casa, de tal manera que Héctor Belascoarán se fue dando un paseo, caminando por el camellón de Alfonso Reyes, que era mejor cuando se llamaba Juanacatlán y estaba llena de putas sindicalizadas o intentándolo. Se detuvo en una de las taquerías a comerse dos de arrachera con queso y mucha salsa verde, y prosiguió el paseo sonriendo a desconocidos, dando de vez en cuando las buenas noches por el placer de ver cómo los educados mexicanos del DF recuperaban su educación básica y le contestaban.

Por lo visto el personaje vivía solo. Solo con el perro de la pata entablillada que cuando Belascoarán cruzó la puerta se acercó a lamerle la mano en signo de reconocimiento, de identidad o simplemente de solidaridad entre cojos. No había signos de niños en la casa, no había fotografías, sólo en las paredes reproducciones de cuadros de montañas y volcanes, desde un Velasco hasta el Paricutín de Atl, pasando por fotos muy buenas del Everest a lo *National Geographic*.

Monteverde tenía la misma camisa con mancha de chocolate de unas horas antes. Héctor le pidió permiso para pasar al baño. Estaba reluciente, brillaba. Monteverde en sus ratos libres debería ser un fanático del detergente y el limpiavidrios. Un toque de sentido del humor incongruente en tanta sobriedad higiénica lo conmovió: un póster sobre una de las paredes decía: "El estreñimiento promueve la lectura". Decidió poner uno así en su casa. La idea no era nueva, y no era su caso, pero constituía una justificación más para leer sentado en el retrete.

El pasillo estaba lleno de libros en el suelo; a falta de libreros, los habían acomodado de canto apoyados contra la pared, de manera que con tan sólo agacharse, uno podía escoger. Reconoció muchas de sus propias lecturas: Remarque, Fast, Haefs, Ross Thomas, Neruda, Hemingway, Cortázar completito.

—¿A poco no está rarísimo, tocayo?

Sin responder, Belascoarán llegó a la conclusión de que tenía que posponer el método Alec Guinness. Era el momento de las preguntas. Se dejó caer en un sillón gris rata y sin esperar a que Monteverde hiciera lo mismo soltó:

—¿Reconoce la voz?

—No, pues vaya usted a saber. Han pasado tantos años.

—¿Eran ustedes muy amigos? Tan amigos como para que si estuviera vivo…

—Yo fui al velorio, está muerto. Lo vi muerto en el ataúd, con un parche que le asomaba de la parte de atrás de la cabeza, en donde le dieron el tiro —interrumpió Monteverde.

—¿Y eran muy amigos?

—Pues amigos. Él era muy aventado para todo, yo era más tímido, pero ahí andábamos en el movimiento y dábamos clases de literatura en las prepas y tuvimos una novia a medias, primero él y luego yo, y comíamos comida corrida en la calle, de la más barata.

Lo de dar clase de literatura en las prepas le recordó a Belascoarán el poema:

—Donde yo sólo sea / memoria de una piedra sepultada entre ortigas / sobre la cual el viento escapa a sus insomnios...

—Donde habite el olvido / en los vastos jardines sin aurora / donde yo sólo sea... —dijo Monteverde.

—Claro, Cernuda, "Donde habite el olvido", me sonaba, pero no lograba... —dijo Belascoarán palmeando, aplaudiendo a su memoria recuperada.

—Maravilloso poema —dijo Monteverde, y remató—: Donde penas y dichas no sean más que nombres, / cielo y tierra nativos en torno de un recuerdo; / donde al fin quede libre sin saberlo yo mismo; disuelto en niebla, ausencia / ausencia leve como carne de niño.

—Allá, allá lejos; / donde habite el olvido —remataron a coro.

Mucho poema, de esos que te agarraban de los huevos y apretaban suavemente hasta que el dolor iba convirtiéndose en una idea. Mucho poeta el viejo español exilado en México. Héctor encendió un cigarrillo, aprovechó la pausa para ordenar sus ideas, el perro, que debería ser un antitabaquista de mucho cuidado, se alejó del humo cojeando.

—Eso me asustó más que los otros mensajes, era el poema favorito de Jesús María, a cada rato se lo recitaba a sus alumnos, yo empecé a hacerlo por su culpa.

Héctor encendió un nuevo cigarrillo con la colilla del anterior, el perro ya ni protestó.

—¿Por qué Alvarado, el fantasma de Alvarado o alguien que se quiere hacer pasar por él le enviaría estos mensajes? ¿Quién es usted, Monteverde? ¿Qué hace en la vida?

—Trabajo en el gobierno del DF, soy investigador especial de la Contraloría. Un trabajo medio delicado y más en estos tiempos, por eso me mosqueé. Si no, hubiera pensado que era una broma. Pero, sabe, últimamente las cosas están tan turbias...

—¿Y en qué está trabajando ahora?

—Lo siento, es confidencial y además parece que no tiene que ver con esto de las llamadas del muerto. Parezco policía chino —remató Monteverde sonriendo—. ¿Verdad? Pero es que es delicado, con tanta pinche corrupción que había de la época priista y que esos culeros nos heredaron...

—¿Y usted no es corrupto? Perdón que se lo pregunte, pero como no nos conocemos.

Monteverde produjo una sonrisa triste.

—Nomás se puede comprar a quien se pone a la venta. Yo soy de acero, amigo, inoxidable, incorruptible, un poco pendejo y muy de izquierda. Yo no insulto a mis muertos.

La mirada tristona se le fue transmutando y echaba una que otra chispita por los ojos. Hasta el perro se animó y levantó la cabeza.

—¿Y usted se pone a la venta? —le preguntó al detective.

—Para los días que vamos a vivir, amigo, no me gustaría despertar con un güey que huele a podrido todos los días. Nomás que yo sí me oxido, aunque no me pandeo —respondió Belascoarán tocándose la pierna donde tenía un clavo de acero que hacía danzar a todos los detectores de metal de los aeropuertos.

—¿A quién le ha contado esta historia?

—A Tobías —dijo Monteverde señalando al perro.

—Y esa historia de Bin Laden, ¿usted se la cree?

—No, pero está pocamadre. Me hubiera gustado contarla yo.

Belascoarán volvió al Alec Guinness silencioso, pero esta vez no produjo efecto, Monteverde se quedó pensando en algo que estaba lejos, muy lejos.

—¿Y usted, a qué hora se volvió insomne? —preguntó finalmente el detective.

—Cuando perdimos las elecciones del 88, el día en que se cayó el sistema, cuando el fraude electoral. No sé por qué me dio en la cabeza la idea de que en la noche iban a venir por nosotros, nos iban a matar a todos... ¿Y usted?

—Hace unos meses, una noche en la que la mujer que a veces iba a dormir conmigo no llegó, me quedé esperando y ahora no duermo de noche —dijo el detective un poco avergonzado. Su argumento resultaba pobre al lado del de Monteverde, poco valía su insomnio desamoroso al lado del insomnio histórico del profesor de literatura de preparatorias devenido en funcionario progresista.

—¿Quién le dio mi dirección? ¿Quién le sugirió que hablara conmigo?

—En la oficina de Cuauhtémoc Cárdenas trabaja un cuate que tenemos en común. Mario Marrufo Larrea. Le dije que me estaba pasando un rollo muy raro y me dijo que usted se especializaba en rollos raros.

—En México no soy el único.

Para celebrarlo se tomaron dos cocacolas con limón, la de Belascoarán sin hielo.

Ya se vuelve un lugar común eso de decir que uno está prendido como por un cordón umbilical a esta ciudad, atrapado en una mezcla de amor y odio. Belascoarán insomne, contemplando la noche de neón por la ventana, repasa sus propias palabras. Se siente el último de los mohicanos. Constata, confirma: No hay odio. Sólo una enorme, una infinita sensación de amor por la ciudad mutante en la que habita y lo habita, sueña y lo sueña. Una voluntad de amor que más que definirse en la rabia, la posesión o el sexo, se desliza a la ternura. Deben ser las manifestaciones, el color dorado de la luz en el Zócalo, los tenderetes de libros, los tacos de carnitas, los ríos de solidaridad profunda, los amigos del taller mecánico de enfrente que lo saludan al paso. Será esa maravillosa luna de invierno. Será.

Héctor se sentó a fumar en un sillón. Pasó la noche fumando y escuchando los ruidos de la calle. Sin saber por qué le vino a la mente el rostro del perro cojo de Héctor Monteverde. Al amanecer, se quedó dormido.

Capítulo III

Que es un poco bastante largo

...porque de un sopetón da cuenta del Club del Calendario Roto; detalla cómo Elías resuelve el caso del Pájaro Carpintero; previene sobre los peligros de ignorar los usos y costumbres; advierte que los muertos no tienen compañía; y narra el viaje y la llegada de Elías a la ciudad de México con las maravillosas aventuras que le sucedieron, además de reflexionar sobre el Mal y el Malo.

—Yo no soy el asesino —una cerilla se enciende y alumbra el cigarro y la cara que en torno a él se convoca: corte de pelo a lo "skin head", rostro con ojos brillantes, anillos plateados, mejillas sin afeitar—. Me parece que es necesario aclararlo desde ahora, para evitar confusiones.

Tampoco soy el mayordomo. Me supongo que es preciso decirlo desde el principio porque ya ven que luego en las novelas policiacas el asesino es el mayordomo... o al revés. En cambio, he sido portero. Pero no de puertas sino de porterías. Algunas veces jugué en esa posición en los partidos de futbol que se hacen en el Caracol de La Garrucha. Las primeras veces no entendía yo de qué se trataba, pero cada domingo, después del rezo en la iglesia, se hacía un barullo entre los niños y un parloteo en tzeltal entre los adultos. Yo sólo alcanzaba a entender la parte que decía "campamenteros, zapatistas" y luego todos se dirigían a la cancha. Bueno, la cancha no es propiamente una cancha. Es un potrero de lunes a sábado, pero los domingos se convierte en una cancha de futbol. Como si supieran que es domingo, las vacas se van del potrero dejando el campo minado de sus mierdas. Entonces algunos del pueblo llegan cargando las bancas de la iglesia y de la escuela e improvisan una especie de tribuna. El terreno que sirve de campo de futbol está en la falda de una loma, así que una portería queda en un nivel superior respecto de la otra, dándole evidentes ventajas al equipo que juega "arriba". Sin embargo, el cambio en el segundo tiempo compensa. O bueno, eso se supone. Se organizan entonces los equipos, un habitante del pueblo, invariablemente uno que es autoridad, hace las veces de árbitro. Les decía que yo a veces fui portero del equipo de los "campamenteros", como dicen los del pueblo, o "campamentistas", como decimos nosotros los campamenteros. O sea que los hombres y mujeres que, provenientes de diversos países del mundo, estamos en el campamento de paz, nos agrupamos en un equipo de futbol y jugamos contra los equipos de los pueblos zapatistas.

Cuando yo jugué, perdimos la mayoría de las veces. Pero no crean ustedes que fue porque la habilidad de los zapatistas fuera mayor, no. Fue más bien un problema de comunicación. Unos y otras (porque nuestro equipo fue invariablemente mixto, de hombres y mujeres) nos gritábamos indicaciones en francés, en euskera, en italiano, en inglés, en alemán, en turco, en danés, en sueco, en aimara. Nadie entendía nada y, como dicen acá, era un relajo padre, pero la pelota siempre iba para donde no debía.

Con esto del futbol entendí algo de lo que estos zapatistas llaman "la resistencia". Bueno, eso creo. Resulta que en uno de estos partidos, de nuestro lado jugaban dos danesas impresionantes, como de dos metros de alto y con una habilidad sorprendente para el balompié. Su altura, sus saltos y el tranco de su paso dejaban muy abajo y atrás a los zapatistas que, sobra decirlo, son chaparritos y tienen el paso corto. A los primeros toques del balón se vio que nuestra superioridad no tardaría en reflejarse en el marcador. Y sí, como a los 10 minutos ya íbamos ganando 2 a 0. Entonces simplemente ocurrió. Yo me di cuenta porque era el portero y porque, además, aquí he aprendido a observar con atención y a mirar lo que no es evidente. No hubo una indicación precisa de nadie, ni una reunión, ni un intercambio de palabras, señas o miradas de los zapatistas. Sin embargo, yo creo que tienen su forma de comunicarse, porque después del segundo gol nuestro, todos los zapatistas se fueron para atrás, a defender su portería. Le dejaron todo el campo a nuestras flamantes danesas, que corrían felices de un lado a otro. Aunque claro, con tanta gente en el área zapatista, esa parte del terreno se convirtió en un lodazal. El balón se quedaba pegado, como con cemento, y se necesitaban varias patadas internacionalistas para hacerlo rodar. "Se conforman", pensé "y van a no perder por una goliza", así que me puse a contemplar el partido como un espectador más, pues el juego estaba todo el tiempo del lado contrario. Pasaron varios minutos y entonces pasó lo que pasó. Nuestro equipo, que corría de un lado a otro, empezó a mostrar síntomas de agotamiento. Para el segundo tiempo era evidente que estábamos casi parados. Nuestras estrellas danesas jalaban aire desesperadamente, deteniéndose cada dos o tres pasos. Entonces, sin que tampoco ahora hubiera una señal explícita, ¡zas!, que se me viene encima todo el equipo zapatista. Nos hicieron siete goles en 20 minutos, ante el regocijo del público que, sobra decirlo, en su totalidad le iba al equipo local. 7 a 2 quedó el partido, y la mitad de nuestro equipo tardó una hora recuperándose y tres semanas en caminar normalmente.

Así que he sido portero, pero no soy el mayordomo ni el asesino. Como ya lo habrán adivinado, soy un campamentista y soy de otro país. He estado de campamento de paz en los cinco caracoles, desde antes de que se llamaran "caracoles", y en algunas comunidades más que han padecido militarización o paramilitarización. Ustedes se preguntarán qué hace un campamentista "extranjero" en esta novela policiaca. Yo me pregunto lo mismo, así que no podré ayudarles en esto. Mientras se ve de qué va el asunto, les voy a contar un poco de mí. A lo mejor así descubrimos juntos qué diablos estoy haciendo en esta novela.

El Club del Calendario Roto

Soy filipino y me llamo Julio@ y me apellido Isileko. Según me dijeron, "Isileko" quiere decir "secreto" en euskera. Trabajo de mecánico en un taller de autos en Barcelona y mi nombre lo escribo con arroba: Juli@. Lo hago así porque... ¿es necesario que diga que soy gay? Bueno, sí, soy gay, homosexual, maricón, florecita, puto, mampo, mariposón, joto, puñal o como se diga en sus mundos de cada quien. Pero no, creo que no es necesario que lo diga... ni conveniente, porque ya ven que luego asocian "homosexual" con "criminal". Así que dejemos de lado las preferencias sexuales y quedémonos con que soy un filipino con apellido vasco, mecánico de profesión en Barcelona, España, y portero de afición en Chiapas, México. A mí en el pueblo me dicen "Julio".

Para más señas llevo el cabello cortado al ras y algunos tatuajes en el cuerpo. En la espalda, entre los omóplatos, me he grabado, con letras góticas, un letrero que dice "este lado hacia atrás" y en el pecho uno que señala "este lado hacia adelante". Por si me descuartizan. Tengo otro tatuaje un poco más abajo del ombligo que dice "manéjese con cuidado" y una flecha apuntando a mi sexo. Otro más lo tengo tatuado en las nalgas y reza "no se admiten devoluciones". También soy "aretudo", o sea que tengo "piercings" o "pendientes", como les dicen en España, pero no muchos: uno en la ceja izquierda, dos en la oreja derecha, tres en la izquierda, uno en la nariz, uno en cada tetilla y ya.

Yo llegué a tierras zapatistas porque me cansé de leer comunicados. Sí, yo me empecé a interesar en el movimiento zapatista porque leí un libro de Manuel Vázquez Montalbán sobre el tema. No es que yo conociera personalmente al escritor, lo que pasa es que una vez estaba yo arreglando un auto y encontré el libro en el asiento posterior. Después de leerlo le pregunté a un compañero del taller si sabía algo de los zapatistas de Chiapas. Me respondió que no, pero que cerca de su casa había un lugar donde se reunían unos jóvenes, algunos "aretudos" como yo, y pedían apoyo para esos zapatistas. Fui. Conseguí otros libros y unas direcciones de internet donde están los comunicados. Los leí todos, bueno, todos hasta antes de venirme a Chiapas. Y es que me cansé de leer porque yo sabía que ahí sólo aparecían pedazos de una historia más grande, como si los escritos sólo me dieran unas piezas de un rompecabezas y escondieran las otras, las más importantes. Sí, me enojé con el Sup sin conocerlo siquiera. Empecé a cuestionar por qué se hablaba de unas cosas y no de otras. ¿Con qué derecho ese enmascarado de estambre me muestra unas cosas y me oculta otras? Tengo que ir, pensé. Dejé de ir a los partidos de futbol profesional. De todas formas el Barça no estaba en su mejor momento. Así pude ahorrar unos dólares. Vine. Tenía yo razón y no la tenía. He aprendido que sí, que los mensajes de los zapatistas muestran unas cosas y ocultan otras, las más grandes, las más terribles, las más maravillosas. Pero he aprendido que no, que no tratan de engañarnos, sino de invitarnos...

Un momento... Espérenme...

Bueno, me acaban de informar que yo no estoy en esta novela, así que todo debe tratarse de una lamentable equivocación que, según me avisan, resolverán en la mesa de redacción del periódico o en la editorial del libro. Como es probable que eso tarde un poco, aprovecharé para contarles de algunas personas con las que estuve en el campamento de paz de La Realidad y de cómo conocí a Elías.

Una nueva llama enciende otro cigarrillo...

¿Gustan? ¿No fuman? En esta novela todo mundo fuma. El Belascoarán fuma, el Elías fuma, yo fumo, el Sup ni se diga. Deberían anexar un extinguidor con cada ejemplar y ponerle en la portada un letrero que avisara: "El tabaco puede ser nocivo para su salud" o "Fumar durante el embarazo, aumenta el riesgo de parto prematuro y de bajo peso en el recién nacido" o esas cosas que ponen en las cajetillas de cigarros y nadie lee. Así, aunque la novela no gane ningún premio literario, cuando menos le dan uno de la "Sociedad de no fumadores activos", si es que existe tal cosa.

Bueno, le sigo. En los campamentos de paz he encontrado personas de todos los países, aunque no muchas de México. Algunas están poco tiempo y otras permanecen por años. Claro que hay algunos personajes que son intermitentes, como el Juanita Punto Com que no sé de qué país viene ni si se llama como dice que se llama, pero seguro que tiene su página web. Ése siempre que llega lo hace con un montón de revistas y periódicos, y se va con sólo una sonrisa. En fin, aunque somos de países y lenguas diferentes, y aunque la mayoría de las veces diferimos en nuestra apreciación sobre el zapatismo, los campamentistas solemos crear lazos de camaradería más o menos firmes. En La Realidad tuve una relación estrecha y fraternal con otros tres campamenteros. Con ellos hicimos el grupo que bautizamos como "El Club del Calendario Roto" que, aunque sería un buen título para una novela policiaca o para una sociedad esotérica secreta o para un grupo de conejitas desplazadas de las páginas centrales de Playboy, es sólo el nombre de un equipo de personas que se autodenominaron así por razones que ahora les explicaré:

en el Club del Calendario Roto hay una alemana. Trabajó un año repartiendo pizzas en una moto para conseguir el dinero para el viaje hasta acá. No es necesario que diga que es lesbiana, por las mismas razones que aduje antes, pero en cambio les diré que se llama Danna Mayo y se apellida Bí Mát, que es un apellido vietnamita que quiere decir "clandestino". Danna Mayo juega de defensa en nuestro equipo de futbol y vino a tierras zapatistas a algo así como una luna de miel con su pareja, una doctora en matemáticas, que ahora no está porque regresó a Berlín para conseguir dinero y alargar su estadía en Chiapas. A Danna Mayo en el pueblo le dicen “Mayo”.

También se encuentra una francesa, maestra de escuela en Toulouse, que se llama Juin Hélene y que lleva el apellido serbocroata de Protuzakonitost, que quiere decir “ilegal”. A Juin Hélene le gusta mucho el jazz, dice que la vida es como una pieza de Miles Davis, y vino, dice, para aprender cómo es eso de la autonomía, porque a su regreso a Francia piensa organizar con sus alumnos un municipio autónomo rebelde y ponerle de nombre “Charlie Parker”. Juin juega como “elemento de disuasión” en nuestro equipo de futbol —por las patadas que da, no en el balón sino en los tobillos del contrario—, y en el pueblo le dicen “la güera” o “la francesera”.

El cuarto elemento es un italiano, de profesión cocinero, que se llama Vittorio Francesco Augusto Luiggi y se apellida Nidalote, que en albanés significa “prohibido”. Él cree firmemente en los extraterrestres y, según nos ha confiado en las largas noches de la selva chiapaneca, sostiene que hay extraterrestres malos y extraterrestres buenos. Los malos, dice, ya aterrizaron hace tiempo en Washington, Londres, Roma, Madrid, Moscú, México y tomaron el poder e impusieron la moda del “fastfood”. Y los buenos... bueno, los buenos no han aterrizado todavía, pero si en algún lugar van a aterrizar, es en suelo zapatista. Y no vendrán a conquistarnos ni a enseñarnos sus altas tecnologías, sino a aprender cómo derrotar a los malos. Vittorio Francesco Augusto Luiggi supone que los extraterrestres buenos necesitarán un cocinero, por eso está aquí. Vittorio Francesco Augusto Luiggi tiene la posición de extremo izquierdo en nuestro equipo —porque dice que hay que ser consecuentes con la posición política hasta en el juego—, y en el pueblo le dicen “Panchito”, cosa que él y todos nosotros agradecemos.

Pues sí, somos un grupo digamos que original, y si “zapatizamos" nuestros nombres tendremos: Mayo Clandestino, Junio Ilegal, Julio Secreto y Agosto Prohibido. O sea que tenemos nombres de personajes de novela porno o de espías o de porno-espías, pero no de novela policiaca. Y aunque le agreguemos a la Abril del capítulo primero, el calendario sigue incompleto, roto.

No me hagan mucho caso, pero tal vez el Sup nos metió en la novela por mula, porque ya ven que los zapatistas sostienen que el mundo no es sólo uno, sino muchos, y por eso le están aventando a la novela un mecánico homosexual y filipino, una alemana repartidora de pizzas en moto y lesbiana, una maestra francesa amante del jazz y un cocinero italiano que cree en los extraterrestres. O sea que no nada más hay hombres y mujeres. Así que es posible que luego aparezcan más personajes "extraños".

Aunque yo creo que el cocinero italiano aparece aquí sólo porque en las novelas policiacas a los detectives luego les da por la gastronomía. El otro día, por ejemplo, encontré a Vittorio Francesco Augusto Luiggi (el Agosto Prohibido de nuestro Calendario Roto) ensayando una receta que, dijo, le pasó el Sup. Se llama "Marco's Special" y se las paso tal y como me dijeron: una ración de carne de res a criterio, se parte en pedacitos y se fríe; se le agrega una latita de salsa mexicana y queso; se bate todo y se sirve caliente. Cuando Agosto Prohibido terminó de guisar le dije: "parece vomitada de borracho". Él la probó y agregó: "y sabe a lo que parece". Pero Agosto es de los que cree que los zapatistas no se equivocan ni cuando se equivocan, y da como pretexto que la salsa era de la marca Herdez, "y el Sup claro me dijo que debía ser de La Costeña".

Como quiera que sea, con el perdón de Pepe Carvalho y de Manuel Vázquez Montalbán, en esta novela no se va comer muy bien que digamos.

Y hablando de comer, ahorita vengo, voy a la letrina...

Y sonso, porque el pájaro, además de ser carpintero, era sonso, como verán ahora que les platique. Resulta que me mandaron de comisión de investigación al Caracol de Morelia, en la zona Tzots Choj. La cosa o el caso era de un cristiano al que lo habían difunteado unos que decían que no, que no ellos lo habían matado. La Junta de Buen Gobierno de ese lado había mandado una solicitud de apoyo a la Comandancia General del EZLN. El Sup no estaba, así que le avisaron por radio y me dicen que dijo que me mandaran a mí. En La Realidad, el responsable local me dio para el pasaje, unas tostadas, una bola de pozol y unos papeles. En uno leí...

ACTA DE LEVANTAMIENTO. Comunidad Nich Teel perteneciente al Municipio Autónomo Rebelde Zapatista Olga Isabel, Chiapas, a 25 de junio de 2004.

El c. Pedro Sántis Estrada, Comisión de Honor y Justicia Municipal Autónomo, a las 9:25 pm hace las siguientes descripciones del levantamiento del cadáver en la siguiente manera:

1. El difunto Francisco Hernández Solís de 38 años de edad, estado civil unión libre con 9 hijos.

2. El día 25 de junio del año 2004 se dirigió a trabajar a su milpa a las 6 de la mañana en auto denominado Ba Wits, con una distancia de 5 km a su casa habitacional.

3. A las 13 hrs. (1 de la tarde) se regresaron junto con su hermano menor con el nombre de Santiago Hernández Solís de 21 años de edad y acompañado con su hijo de nombre Pedro Hernández de 10 años de edad, cuando habían salido a 300 metros a su milpa fue emboscado en un lugar preparado, el tiro en contra de Francisco Hernández Solís a una distancia de 2 metros en el camino en donde fueron disparados 4 tiros con arma de calibre 22 con funcionamiento automático.

4. Fueron atravesados dos tiros en el mismo agujero del

pecho derecho, uno más en el centro de su pecho y uno en la nalga derecha.

5. En el lugar en donde fue emboscado corrió 48 metros gritando su nombre a los que dispararon contra él, y le mostró todavía a su compañero en las partes de su cuerpo en donde entraron las balas y de ahí se cayó muerto: boca arriba mirando al sur con los ojos abiertos y su mano derecha al pecho y su mano izquierda firme y sus pies firmes.

Datos personales: el difunto Francisco Hernández Solís llevaba cargando media costalilla de maíz, con un machete y una lima de afilar en su cintura y una morraleta, camisa blanca rayada, pantalón de mezclilla color blanco y cinturón de piel color negro y botas de hule, cabello negro lacio, cejas grandes, ojos negros, nariz grande, con bigotes negros, boca regular, cara redonda color morena, orejas grandes, mide 1.60 cm.

Se cierra la presente acta de levantamiento en el mismo día y fecha del inicio. Doy fe.

Pedro Sántis Estrada.
Comisión de Honor y Justicia.

Me fui pues para la comunidad de Moisés Gandhi y ahí me alcanzaron los de la Junta de Buen Gobierno de Tzots Choj. Llegando a la comunidad Morelia, que es donde está el Caracol, me reuní con las autoridades autónomas de los MAREZ Ernesto Che Guevara y Olga Isabel.

Según esto, el mismo día del asesinato detuvieron a dos personas que tenían problemas con el finado. Que los problemas eran de solar, de cafetal y de leña. Que habían empezado hace tiempo. Que los dos detenidos presuntos acusados se llaman Sebastián Pérez Moreno y Fausto Pérez Gómez. Que de por sí son los nombres que dijo el finado cuando todavía no era finado. Que declararon que ellos no fueron, que sea los detenidos presuntos acusados declararon que no ellos son los matadores del finado. Que ellos habían ido a trabajar en su cafetal de ellos. Que llevaban arma de cacería por si topaban animal. Que en un acahual toparon un pájaro carpintero. Que lo dispararon cuatro tiros pero no le dieron. Que ya luego se regresaron a sus casas por la calor. Que ahí lo supieron del muerto.

Pedí que me llevaran al lugar donde había pasado todo. Me llevaron, pero ya era tarde ya, así que sólo tomamos café y un poco de pan. Me dieron hospedaje en la escuela de la comunidad. Al día siguiente, temprano, fuimos al lugar. Recorrí el terreno alrededor de donde se difunteó el finado. Que sea lo reconocí el terreno. Puro acahual por un lado. Puro potrero por otro lado. Sólo un poco de montaña, que sea de árboles altos ya más pegado a donde están los cafetales. Seguí su paso del finado hasta donde se murió todito. Lo caminé también donde dicen los presuntos acusados detenidos que se caminaron. Algo no me checaba y no encontraba lo que buscaba. Seguido así me pasa. Seguí buscando sin saber qué mero buscaba, pero pensando que cuando lo encontrara lo iba a saber. Tomamos pozol ya tarde. Le pregunté a los que iban conmigo si el día ése de la desgracia llovió. Que sí. Que un poco bastante. Que todo el santo día. Que no escampó hasta la noche. Lo quedé pensando. Tardé. Aluego supe que no iba a encontrar lo que buscaba y que eso era lo que buscaba, que sea que buscaba no encontrar lo que buscaba. Los que iban conmigo me dijeron que está muy revuelto mi pensamiento. Les dije que de por sí. Nos regresamos. Fui con las autoridades y les dije que no encontré lo que buscaba y que por lo tanto los acusados sí eran culpables. Las autoridades también dijeron que tengo muy revuelto mi pensamiento. Yo pensé que debería cargar en mi morraleta un montón de papeles que dijeran "De por sí", para no estar batallando a cada rato. Como no traía los papeles que dijeran "De por sí", entonces les dije a las autoridades que de por sí, pero que la problema era que no había encontrado el pájaro carpintero. Que y eso qué, dijeron las autoridades. Que seguro también se había difunteado como el finado. Yo les dije que o el pájaro carpintero era muy sonso y salía a picotear cuando estaba lloviendo y en un acahual donde no hay árboles para picotear, y además seguía volando ahí nomás aguantando cuatro tiros, o no había pájaro carpintero. Que qué tal que no había pájaro carpintero, dijeron las autoridades. Que qué tal, dije yo. Que suponiendo-sin-conceder que no hubiera pájaro carpintero, entonces a qué le dispararon los acusados, dijeron las autoridades. Que lo mismo digo yo pero sin hablar como abogado, les dije. Que clarito se ve que están mentirando, dije otra vez. Que qué tal que alguien más anda en el asunto, dije otra vuelta. Que lo van a ver, dijeron las autoridades. Que ya me voy a bañar al río porque agarré mucha mostacilla en el acahual y en el potrero, dije yo. Que pinche mostacilla onde quiera se mete, no dije yo pero lo pensé. Que fui a la tienda cooperativa por unos cigarros. Que de cuáles, dijo el compa. Que "Gratos", dije yo. Que si mentolados, dijo el compa. Que quiero un cigarro, no un dulce, dije yo. Que ya en la noche llegaron a decirme que las autoridades ya detuvieron a otra persona más con el nombre Pascual Pérez Silvano de 16 años de edad, soltero que vive junto con su familia. Que él dijo claro sobre los hechos ocurridos. Que ya lo están tomando su declaración de los acusados. Que ya más tarde me trajeron la...

DECLARACIÓN PREPARATORIA PÚBLICA. Pascual Pérez Silvano, dice claro cómo fueron sus caminos en vista de las tres personas que se encontraron en el cruce de camino con el Fausto y Sebastián que llevaban armas de calibre 22, rifle de 16 automático y que invitado a la cacería y que no iba a aceptarlo porque va a ir a traer maíz, al final acepté acompañarlo, fuimos en ese camino de Corostik, pasamos en el camino de Mustajá y seguimos el de Xaxajatik, yo ya estoy cansado y no hemos encontrado nada, les dije que yo no puedo seguir caminando más y Sebastián me dijo que soy mujer si ya no puedo seguir y seguimos caminando, hasta llegamos en donde ya no hay camino y me decidí quedar, me empezó a decir que si le dices algo primero te voy a disparar —ahí me quedé como 15 metros y ellos llegaron al camino de la milpa, no lo vi cómo entraron y empezaron a disparar sus armas, yo salí corriendo porque tuve miedo, porque yo no sabía qué iban a hacer, fueron varios tiros, si me hubieran dicho yo no iría con ellos. Solito salí escondiéndome y me regresé en el mismo caminito que encontramos pero ya no encontré a Fausto y Sebastián, tuve que dar vueltas todavía para encontrarlo el caminito que se va en mi milpa, para tapiscar el maicito, por el miedo ya no puede llenarlo mi costal y vine rápido a mi casita pero no dije nada a mi familia. Pasando rato cuando empezaron a decir que alguien fue asesinado en el camino y que era el señor Francisco Hernández Solís, de allí que pensé que son ellos los que dispararon en el camino, porque yo no lo sabía, ni lo vi qué es lo que dispararon. Se empezaron a reunir la gente para ir a verlo, por lo que sé no ha hecho nada.

Fausto y Sebastián no pudieron decir nada, sólo estuvieron viendo su ojo a su compañero por la declaración que dio el Pascual Pérez Silvano. Al fin dijeron que ellos fueron, aceptaron ser los responsable del asesinato a Francisco Hernández Solís.

No habiendo más asunto que tratar, se da por terminada la presente acta de averiguación previa al mismo día y fecha de su inicio. Doy fe.

Pedro Sántis Estrada.
Comisión de Honor y Justicia.

Al otro día me avisaron que me regreso yo para La Realidad. Me dieron las gracias, para mi pasaje, y unas tostadas y pozol para el camino. Estaba lloviendo. Los cigarros se mojaron toditos. Ahí nomás en Cuxuljá agarré carro para Altamirano y de ahí a Las Margaritas. Llegué a La Realidad ya tarde, en la noche. En casa de Max había tamales, café y guineo. El Max me dio otros cigarros. Llovió otra vuelta. Yo agarré posada en la tiendita que se llama Don Durito. No muy dormí. Traía mostacilla hasta en el alma.

Bueno, ahora les cuento cómo fue el encuentro de Elías con el "Club del Calendario Roto".

Una noche se hizo un pequeño escándalo en la champa donde dormimos los campamenteros. Resulta que Juin Hélene, la francesera, padece insomnio y desde su hamaca alcanzó a ver que algo se movía en el techo. Alumbró con su lámpara y resultó ser una culebra, víbora o serpiente. Por supuesto que empezó a gritar y por supuesto que todos nos despertamos. Lo que siguió fue un pánico generalizado, pero disfrazado de debate ecológico esquina con terapia colectiva. Primero discutimos si la matábamos o no. A la culebra, no a Juin Hélene. Por parte de Danna Mayo se dieron argumentos naturistas en contra de matarla, alertando sobre el peligro de alterar la biodiversidad; por parte de Vittorio Francesco Augusto Luiggi se proponía matarla y se dieron razones culinarias que abundaban sobre las bondades gastronómicas de la culebra, pues había leído en un comunicado del Sup que la víbora asada tenía sabor a pescado. Juin Hélene estaba por alterar el equilibrio biológico matando a la culebra, y a mí el pescado me gusta mucho, así que, por mayoría aplastante, se optó por condenar a muerte a la serpiente. Claro que el problema era primero hacer que bajara del techo, y segundo, matarla. Danna Mayo dijo que consiguiéramos una silla y que Vittorio Francesco Augusto Luiggi la bajara dándole con el cucharón de la sopa de fideo. Panchito dijo, con un notable acento mexicano, que ni madres. En ésas estábamos cuando llegó Elías, se enteró rápido de qué iba la cosa, salió y regresó con una vara larga, golpeó a la culebra tirándola al suelo y, con el machete, le cortó la cabeza.

—Era una nauyaca —dijo y se llevó las dos partes no sé dónde.

Al rato volvió y nos preguntó si íbamos a salir y cuándo. Le dijimos que sí, que el domingo. Danna Mayo tenía que retirar dinero del banco, Juin Hélene regresar a Francia, Vittorio Francesco Augusto Luiggi comprar algunas cosas, y yo renovar mi visa de turista. Todos teníamos que ir a la ciudad de México. Elías nos preguntó si podía salir con nosotros. Le respondimos que sí, que por supuesto, que claro, que sería un honor, que etcétera.

—Ta bueno —dijo.

Le preguntamos que a dónde iba él y a qué.

—Voy a México a buscar una medicina, pero no lo vayan a publicar —nos respondió y se perdió en las sombras de la noche.

Después del susto de la nauyaca, nadie pensaba en dormir, así que se convocó a una sesión extraordinaria del Club del Calendario Roto. ¿Tema? El viaje de Elías.

Junio Ilegal sostenía que lo de la medicina era mentira, que Elías iba a salir para comprar boletos para el Festival de Jazz en la Ciudad de México, al que el Sup iría disfrazado de saxofón y ya luego se iba a trabajar en un *table dance* "sólo para mujeres" para juntar dinero para la causa. Mayo Clandestino alegaba que no, que Elías iba a averiguar la dirección de un hospital donde hacían operaciones de cambio de sexo, porque el Sup es lesbiano, o sea que le gustan las mujeres pero no le hacen caso y se iba a hacer mujer para que lo quisieran. Yo, o sea Julio Secreto, dije que Elías iba para averiguar cuándo era la Marcha del Orgullo Gay en la que el Sup se haría presente y saldría, simultáneamente, de la selva y del clóset. Agosto Prohibido nos escuchaba en silencio y, cuando los demás nos cansamos de discutir, intervino:

—No saben nada —nos dijo con desprecio—. El Sup es más machito que Pedro Infante y Lando Buzzanca juntos, y le gustan los sones y los huapangos. Además, si leyeran el periódico sabrían que Elías va a lo del asunto del Wal-Mart de Teotihuacán.

Nos quedamos mirándolo, sin entender nada. Agosto suspiró antes de acceder a explicarnos:

—Resulta que la Wal-Mart puso una tienda en Teotihuacán para robarse las pirámides del Sol y de la Luna. Se las van a robar por partes. Cada pedazo que se lleven lo van a suplir con uno idéntico, pero hecho de cartón piedra. Las partes originales las empacan en las cajas vacías de mercancías. Por eso, si vas a pedir cajas para una mudanza o para guardar libros, ropa, discos o ayuda humanitaria, ni madres que te dan siquiera una. Se van a robar primero la Pirámide de la Luna, para que el 21 de marzo todavía esté la original de la Pirámide del Sol y así tengan todavía un año para desmantelar ésa sin que nadie se dé cuenta.

Seguíamos mirándolo y seguíamos sin entender nada. Junio Ilegal preguntó para qué querría la Wal-Mart robarse las pirámides de la Luna y del Sol en Teotihuacán. Agosto Prohibido le respondió con tono de "elemental, mi querido Watson":

—Pues para que los extraterrestres buenos no ubiquen el lugar para aterrizar. Los extraterrestres buenos están esperando que los zapatistas extiendan su territorio y funden un Caracol en Teotihuacán, entonces van a bajar en las pirámides y tantan, se acabaron los Mac Donalds y las Pizzas Hut. Pero si las pirámides no son las pirámides, pues entonces no bajan los extraterrestres buenos y entonces sí tendremos Bush, Blair, Berlusconi, Aznar y FMI *forever. ¿Ci siamo capiti*?

Mayo Clandestino preguntó a dónde se iba a llevar la Wal-Mart las pirámides de Teotihuacán. Julio Secreto, o sea yo, me sumé a la pregunta. Junio Ilegal se estaba quedando dormida.

—Eso es lo que va a ir a investigar Elías —respondió Agosto Prohibido.

Todos estuvimos de acuerdo en que ya estaba bueno de nauyacas, pirámides, puestos de comida rápida y extraterrestres, y que había que dormir.

Ya en la hamaca, en la duermevela, se me confundió todo. Porque resulta que, a diferencia de los demás meses de nuestro roto calendario, yo ya había leído el capítulo uno y dos de la novela esta de *Muertos incómodos* y, aunque falta lo que falta, yo ya sabía a qué iba Elías a la ciudad de México. Y tuve miedo. Mucho miedo. Pero no un miedo a lo desconocido. No, era algo más racional. Miedo a lo conocido. Miedo a la larga historia de derrotas. Miedo a la costumbre y a la resignación que nos produce esa cuenta en la que siempre aparecemos en las restas y divisiones, nunca en las sumas y multiplicaciones. Tuve miedo de que el Belascoarán y el Elías perdieran, y que nosotros, todos nosotros, perdiéramos con ellos. Porque es sabido que el asesino siempre regresa a la escena del crimen. Pero supongamos que el Elías y el Belascoarán no van detrás de un asesino, sino de EL asesino. Si es quien yo me imagino, entonces EL asesino no va a regresar a la escena del crimen, simple y sencillamente porque él es la escena del crimen. EL asesino es el sistema. El sistema sí. Cuando hay un crimen hay que buscar al culpable arriba, no abajo. El Mal es el sistema y los Malos son quienes están al servicio del sistema.

Pero el Mal no es una entidad, un demonio perverso y maléfico que busca cuerpos que poseer y, con ellos como instrumento, hacer maldades, crímenes, asesinatos, programas económicos, fraudes, campos de concentración, guerras santas, leyes, juzgados, hornos crematorios, canales de televisión.

No, el Mal es una relación, es una posición frente al otro. Es también una elección. El Mal es elegir el Mal. Elegir ser el Malo frente al otro. Convertirse, por elección propia, en verdugo. Convertir al otro en víctima.

Hay que joderse. Los campamenteros no deberían hacer reflexiones metafísicas. Los campamentistas deben contar tanques de guerra y soldados, deben enfermarse por la comida, deben pelearse entre ellos por tonterías, deben jugar futbol y deben perder contra los equipos zapatistas, deben ayudar en los proyectos, deben escuchar Radio Insurgente, deben criticar al Sup por no ser ni hacer como ellos quieren que sea y haga, deben hacer planes de cómo exportar el zapatismo a sus respectivos países, deben aburrirse la mayor parte del tiempo. Todo eso y muchas cosas más, pero definitivamente no deben hacer reflexiones metafísicas. Tampoco se deben colar de indocumentados (nadie le ha pedido el pasaporte a los miembros del Club del Calendario Roto) a novelas policiacas, mucho menos si es una novela a cuatro manos, veinte dedos, ocho extremidades, dos cabezas, muchos mundos.

Pinches zapatistas, van a luchar contra un monstruo con ayuda de un detective y de un chino. Seguro va a aparecer por ahí un ruso. Y clavado que el chino ese es trotskista y el ruso es maoísta. Puta madre. Puta Wal-Mart. Puta nauyaca. Putas pirámides. Puta comida rápida. Y puto yo, porque así como en los extraterrestres hay malos y buenos, también hay putos malos y putos buenos, y yo soy de los buenos. Y soy de los buenos porque elegí no ser de los malos. Pinche hamaca. Hay que joderse. No puedo dormir. La hostia que no vuelvo a cenar pozol con frijoles. Y entonces me quedé dormido.

Elías y los usos y costumbres

Déjenme y me fumo un cigarrito y les sigo contando de cosas que pasaron antes de que me encontrara con el Belascoarán en el Monumento a la Revolución, allá en la ciudad de México. Yo fumo Gratos. O Alas. Es lo que hay acá para fumar y aluego pos se me hizo modo. Que sea, aunque haya de otros, yo me fumo los "Ingratos" o los "Alacranes", que así les decimos acá nomás por hacernos los chistositos. Bueno, pues les cuento de los días antes de que me fuera para México a agarrar el modo ciudadano. Me fui para la Comandancia para que el Sup me diera unas cosas y ya me fuera ya para la ciudad. Me fui con el mayor Moisés, Después de pasar la posta, nos topamos con un grupo de insurgentes. El capitán Noé estaba con la guitarra, cantando una canción con la música de "El Venadito", esa que dice "Soy un pobre venadito que habita en la serranía", pero con una letra muy otra: "Soy un pobre capitán / que no tiene compañía. / Soy un pobre capitán / que no tiene compañía. / Y aunque yo no estoy casado / pos tampoco estoy capado / por eso es que tú me gustas / morenita vida mía. / Quisiera ser tu blusita / para siempre estar contigo. / Quisiera ser tu blusita / para siempre estar contigo. / Pa tocarte los pechitos / y abrazarte la cintura / los primeros por chiquitos / la segunda por madura".

El Sup no estaba mero en la Comandancia, sino en una orillada del cuartel. Estaba con el comandante Tacho, en una champa con paredes pero sin techo, con el armazón a medio construir. Saludamos y nos saludaron.

—Mira Elías —me dijo el Sup—, aquí tenemos una discusión con el Tacho. Estamos aquí haciendo la champa de la sanidad y él dice que el techo tiene que tener un travesaño así —y el Sup señaló al techo que no era techo todavía, puro armazón de palos.

El Sup sacó su pipa y la encendió y dijo: —Entonces yo le pregunto a Tacho que por qué tiene que llevar ese travesaño, que si es algo científico o es por usos y costumbres. Porque si es científico quiere decir que hay una razón para que pongamos ese travesaño ahí y yo le pregunto cuál es la razón y él me dice que no sabe, que así le enseñaron que porque si no el techo se cae.

Para esto, el comandante Tacho estaba risa y risa. El mayor Moisés se empezó a reír también. Se ve que ya habían tenido esa discusión muchas veces. El Sup siguió hablando mientras se subía al armazón del techo:

—Yo voy a aplicar el método científico para ver si el travesaño tiene que ir aquí o no. O sea que voy a usar el método del ensayo y el error, que quiere decir que se prueba y si sale mal es que no es por ahí, y si sale bien es que sí es por ahí. Entonces, si yo me subo en esta viga y si se cae la armazón quiere decir que de por sí no va aguantar el peso del techo.

Para esto el Sup ya estaba sentado sobre la viga como si fuera caballo. O sea como si la viga fuera caballo. Mientras se balanceaba el Sup me preguntó:

—Entonces Elías, ¿tú qué dices? ¿Es científico o es por usos y costumbres?

Yo me salí de debajo de la armazón y alcancé a decir:

—Es por usos…

Se oyó un crujido, la viga se quebró y el Sup se cayó y quedó tirado boca arriba.

Yo completé:

—...y costumbres.

El comandante Tacho se doblaba de la risa. El mayor Moisés ni siquiera podía hablar por la risadera que tenía. Llegó entonces la capitana Aurora corriendo hasta donde está el Sup y preguntó un poco preocupada:

—¿Se cayó, compañero Subcomandante?

—No, es un simulacro para ver cuánto tiempo tardan en reaccionar los servicios zapatistas de sanidad en un accidente —dijo el Sup sin levantarse.

Se fue la compañera capitana riendo. Todavía estaba el Sup tirado en el suelo, buscando su pipa y el encendedor, cuando llegó una compañera insurgenta:

—Compañero Subcomandante Insurgente Marcos —dijo y se cuadró saludando.

—Compañera Insurgenta Erika —dijo el Sup respondiendo el saludo desde el suelo.

—Compañero Subcomandante te quiero hablar —dijo la Erika retorciendo un paliacate entre las manos.

—Hábleme usted, compañera Erika —dijo el Sup, acomodándose en el suelo, jalando un pedazo de viga rota para usarla de almohada y encendiendo la pipa.

—Es que no sé qué me vas a decir pero el compañero capitán Noé me está toqueteando —dijo la Erika.

El Sup se atragantó con el humo de la pipa y, tosiendo, preguntó:

—¿¡Te está quéeee...!?

—Me está toqueteando, o sea que hace su ojo así —dijo la Erika y cerró un ojo haciendo un guiño.

—¡Ah bueno!, no se dice “toqueteando” sino “coqueteando —dijo el Sup, ya respirando tranquilo y volviendo a encender la pipa—: ¿Quieres que lo regañe?

—No —dijo la Erika—. Sólo pregunto para saber si está permisado, porque si está permisado pues está bien. Y si no, pos entonces que primero se permise y ya luego me toquetee.

—"Coquetee", se dice "coquetee" —le aclaró el Sup.

—Eso —dijo la Erika.

—Está bueno, voy a preguntar y ahí te aviso luego —dijo el Sup fumando desde el suelo.

—Es todo compañero Subcomandante Insurgente Marcos —dijo la Erika. Saludó y se fue.

El Sup quedó pensando y mordiendo la pipa. Se oyó un crujido, sacó la pipa de la boca y escupió un pedazo de boquilla.

—Puta madre, creo que ya estoy demasiado viejo para este trabajo —dijo entonces el Sup, y no se sabe si lo dijo por la viga que se rompió, o porque se cayó y quedó tirado en el suelo, o porque la pipa se le apagaba a cada rato, o porque la Erika decía "toquetea" en lugar de "coquetea", o porque ya rompió otra pipa a mordidas, o por sus usos y costumbres del Sup.

—Ya me voy ya —le dije.

—¿Ya conseguiste con quién salir? —me preguntó.

—Ya —le dije—, me salgo con unos campamenteros que de por sí van a México.

—Al monstruo, acuérdate que a la ciudad de México le decimos "el monstruo" —me dijo el Sup.

—Eso —le dije.

No le conté que a los campamenteros les dije que iba a México, que sea al monstruo, a conseguir una medicina. No sé si me creyeron, pero así me dijo el Sup que dijera. Me dijo que su abuelita le decía que, cuando no pudiera decir qué estaba haciendo, que inventara una historia, la primera que se le ocurriera, pero que la contara como si fuera un gran secreto y que pidiera que no le dijeran a nadie. Así le creerían. Eso dijo el Sup que dijo la abuelita del Sup. Quién lo dijera. Yo siempre había pensado que el Sup no tenía abuela.

—Está bueno —dijo el Sup y, volteando a donde está el mayor Moisés le dijo—: Pásale a Elías los sobres con las cartas.

El mayor Moisés me entregó unos sobres. Los guardé en mi morraleta. Ya empezaba a llover cuando le pregunté:

—Oí Sup, ¿se te ofrece algo?

—Sí —dijo el Sup—, varias cosas... Lo primero es que me pases esa bolsita de nylon que está allá.

Le pasé la bolsita y el Sup, todavía acostado en el suelo, puso la bolsita sobre la pipa para que no se le mojara el tabaco encendido con la lluvia.

—Y lo segundo es que me traigas del monstruo un refresco que se llama "Chaparritas El Naranjo", uno de sabor uva. Y otra cosa, dile al Belascoarán que si no te enseña a jugar dominó en parejas, quiere decir que es muy baboso. No, baboso no, esa palabra es un insulto muy fuerte acá. Mejor dile que es muy pendejo, eso no es tan duro allá y sí lo va a entender.

—¿Y eso para qué sirve? —le pregunté al Sup, porque no sé qué cosa es dominó.

—Si no son las marchas y los temblores, el dominó en parejas es lo más cercano que tienen los ciudadanos al trabajo en colectivo. Tú aprende y vienes y nos enseñas, porque qué tal que luego lo vamos a necesitar para que no nos ahorquen con la muía del seis ¿verdad? —dijo el Sup y volteó a mirarlos al Tacho y al Moy y que se ríen. Ellos sabrán.

—¿Dominó? ¿No ajedrez? —le pregunté, porque yo miro que en los pueblos mucho les gusta el ajedrez y mucho lo juegan con los campamenteros.

—No, eso de que el ajedrez lo juegan los mandos militares y los detectives es un mito. Los mandos militares juegan baraja, solitario para ser más precisos, y hacen rompecabezas. Y los detectives juegan dominó. Tú dile que te enseñe —me dijo el Sup mientras se levantaba.

—Ta bueno —le dije.

El mayor Moisés se despidió de mí porque él iba para otro lado. Me dio un abrazo y me dijo que me vaya bien. También los abracé al Sup y al comandante Tacho. También me dijeron que me vaya bien y que me cuide. Que no se me olvide lo que me explicó. Que con los comunicados me va a ir diciendo cómo.

Me fui cuando el Sup se estaba trepando a la parte del armazón del techo que no se había caído y le estaba diciéndole al comandante Tacho:

—Bueno Tachito, ahora vamos a probar la otra viga. ¿Qué método usamos? ¿El científico o el de usos y costumbres?

Cuando iba pasando por la posta todavía escuchaba clarito las risotadas del comandante Tacho. En el camino metí las cartas en una bolsita de *nylon*, para que no se mojaran.

EL VIAJE DE ELÍAS SEGÚN EL CLUB DEL CALENDARIO ROTO

El domingo salimos muy temprano.

En un camión de tres toneladas nos subimos los cinco: Mayo, Junio, Julio, Agosto y Elías. Llegamos a tiempo para agarrar el autobús para México, Junio se sentó con Elías, cediéndole la ventanilla por si se mareaba. Yo tuve de pareja a Mayo, y Agosto quedó en el asiento detrás de nosotros.

Al llegar a La Ventosa el autobús se paró en el puesto de Migración. Subió un oficial y pasó de largo apenas mirándonos a Mayo y a mí. Agosto se hizo el dormido y roncaba como si tal. De regreso se paró al lado de Junio y Elías, quien hojeaba un ejemplar de la edición francesa de *Le Monde Diplomatique.*

—Su identificación, por favor —dijo.

Junio hizo por sacar su pasaporte.

—Usted no, el señor—dijo, señalando a Elías.

Elías, sin voltear a verlo y concentrado en la lectura del periódico, sólo respondió:

—*American citizen.*

Aunque el acento de Elías era el de un espalda mojada, el oficial de Migración titubeó. Después de unos instantes que parecieron eternos y que, supongo, se alargaron lo necesario para mantener el suspenso que toda novela policiaca requiere, dio media vuelta y salió. El autobús reinició su marcha. Junio, sin decir palabra, le dio vuelta al periódico que "leía" Elías, pues lo tenía de cabeza.

—¡Ah! ¡Tras que por eso no encontraba la sección de deportes! —dijo Elías y se quedó dormido.

Esa noche y durante todo el trayecto, el "Club del Calendario Roto" monopolizó el baño del autobús. Sin ponernos de acuerdo, todos le echamos la culpa de la diarrea al pozol de la noche anterior. Al llegar a la Central de Autobuses nos despedimos de Elías. Él se fue. Nosotros también.

Al regresar a La Realidad le pasé al encargado del Caracol el mensaje que me dijo Elías: "El del ojo grande ya está con el doctor".

Yo le pregunté al Sup, el otro día que lo topé en el arroyo, si íbamos a ser su compañía de Elías en la novela. Me respondió que no, que sólo íbamos a aparecer en un capítulo. Le pregunté por qué y me respondió:

—Porque los muertos no tienen compañía.

Así que hasta aquí nomás llegamos. Ahora, para saber qué va a pasar, tendremos que esperar a leer los siguientes capítulos de la novela. ¡Joder! De todas maneras, no sé ustedes, pero yo ya estoy cansado de esas novelas policiacas donde todos los personajes son muy inteligentes y cultos, y el único tonto e ignorante es el lector. No sé si tontos, pero aquí todos somos ignorantes... porque siempre falta lo que falta.

El viaje de Elías según Elías

Pues sí. Me fui para el monstruo. Me desperté cuando íbamos bajando una loma bien empinada. Los campamenteros iban bien dormidos. La vi a la ciudad. Ahí se estaba nomás, quieta porque estaba todavía lejos.

Y sí, como aluego dice el Belascoarán, tiene un chingo de

antenas, como sombreros flacos en su cabeza de las casas. Ya más de cerca lo miré que, además de antenas, la ciudad tenía gente, mucha gente. No conté, pero me parece que había más gente que antenas. Aunque carros había tantos como antenas. Saber.

Acá puedo saber onde mero queda tal pueblo mirando los árboles. Se me afiguró que los ciudadanos tenían también su modo y que viendo las antenas podían saber onde mero quedaban las casas. Después supe que no, que ellos tienen calles con nombres y números y aluego pos hay casas altas, muy altas, como si quisieran estarse arriba de las antenas, y entonces le ponen número también a cada pedazo de casa.

En la estación de los autobuses me esperaban Andrés y Marta, que son dos ciudadanos que sea compañeros de la ciudad, pero vivos los dos, no finados como yo. Los miré desde lejos y rápido me despedí de los campamenteros para que no los conocieran al Andrés y a la Marta. Muy pálidos los vi a los cuatro campamenteros, pero yo creo que de por sí es su color en su mundo del que son.

—Ya vine ya —los saludé a Marta y a Andrés.

El Andrés me preguntó si traigo maleta. Le dije que sólo mi mochila. Me dijo que vámonos. Le dije que vámonos. Nos trepamos en el metro ése que le dicen.

Que cómo me fue, me preguntó Marta. Que sin novedad, le respondí.

Andrés me dijo que vamos a tardar como una hora en llegar, por el tráfico, que depende de si hay partido de futbol, que él le iba a los pumas de la UNAM pero que cuando se enteró de que también le iban la Rosario Robles y un locutor de Televisa, mejor se cambió de equipo y ahora le va a los Jaguares de Chiapas pero que tienen uniforme de chetos. Que a qué equipo le voy yo. Yo le dije que al de los jodidos. Ya no dijo nada de futbol.

Llegamos a una su casita que está trepada en un edificio. Les di su carta que les mandaba el Sup. La leyeron. Me preguntaron que cuánto tiempo voy a estar con ellos. Les dije que como seis meses, agarrando el modo ciudadano y haciendo unos trabajos. Que así hasta que salga el comunicado del Sup donde hable de la finada Digna Ochoa y del finado Pável González.

—¡Ah! Otros muertos incómodos —dijo el Andrés.

—Sí —dijo la Marta—, los muertos de abajo nunca se están quietos.

—De por sí —dije yo.

Eso fue en julio o agosto, no muy me acuerdo, pero fue antes de que salieran los comunicados con los informes de las juntas de buen gobierno. Todavía no empezábamos a buscar al más hijo de la chingada de todos los hijos de la chingada y de la chingada incluida, que sea el tal Morales, que era como si el Mal y el Malo se hubieran casado y hubieran tenido un hijo, que sea el tal Morales.

O sea que ya pasó tiempo ya. No me había acordado hasta que me llegó una carta del Sup que terminaba con un...

Desde las montañas del Sureste Mexicano.

Subcomandante Insurgente Marcos.

México, diciembre del 2004.

Capítulo IV

"Donde habita el olvido"

El Palacio Negro de Lecumberri, la cárcel histórica de la ciudad de México, una de las columnas vertebrales de las tinieblas del viejo DF, se había vuelto hacía varios años el Archivo General de la Nación. Este acto de maquillaje político, la transmutación, no había logrado quitarle al enorme edificio su halo maligno, y más en uno de esos días de principios de invierno, cuando la ciudad de México tenía querencia de grises. Nubarrones y esmog, un vientecillo frío, pero por alguna razón asociada a su historia, sobre el edificio había unas cuantas nubes ligeramente más negras que las demás.

Vio a Fritz cruzar desde la entrada principal del Palacio sorteando los automóviles, trataba de impedir que lo atropellaran y al mismo tiempo de encender un cigarrillo. Se sentaron en el parque ante la estatua de Heberto Castillo.

—Años, mano, años sin saber de ti. Y seguro no voy a saber nada de ti, seguro me quieres para que te cuente alguna pendejada.

Belascoarán sonrió. Fritz Glockner, por razones históricas, políticas y personales, llevaba cuatro años metido en la historia de la guerra sucia, revisando los archivos de las policías secretas del viejo régimen. Archivos que por casualidad habían ido a dar al archivo nacional, a la vieja cárcel. Una casualidad deliciosa, alguien los había confundido, en el desplome priista, con materiales de la comisión de fomento de las aguas territoriales, o algo así.

—¿Qué sabes de Jesús María Alvarado?

Fritz miró fijamente a Belascoarán antes de contestar; no en balde, aunque de nombre austriaco, era poblano y, por tanto, justificadamente desconfiado.

—Está muerto, lo mataron en el 71, como a mi padre... Un tiro en la nuca.

Un aire frío flotó entre los dos. Héctor se quedó mirando fijamente la silueta del palacio donde había pasado Alvarado los últimos días de su vida. Un edificio que cubría una enorme extensión, muy achaparrado, vetusto. Parecía un gran internado de señoritas cuidado por monjas que trataban de que las chicas gozaran la vida.

—¿Por qué lo mataron?

—Ve tú a saber, en esa época primero disparaban y luego preguntaban. Habrán pensado que estaba en contacto, o que era el eje, de alguno de los grupos de resistencia armada que se formaron después del 68... O tenía un grupo antes y al salir iba a reanimarlo... Eso, o una venganza personal de las autoridades de la cárcel, porque él fue uno de los organizadores de la huelga de hambre del 69.

—¿Tú lo conociste?

—Lo vi alguna vez, de lejos.

—¿Tenía hijos?

—Cuando yo visitaba a mi padre, a él lo visitaba una mujer ya muy grande, que sí, que traía a un chavito de la mano, un poco más chico que yo; o sea que si yo tengo 42, el chavito tendrá sobre los 38 o así, ahora. Pero no sé si era su hijo, no recuerdo haber visto a una mujer joven con el niño. A lo mejor era su sobrino o un hermano chiquito. Recuerdo al chavito porque durante las visitas se ponía jugar con un yoyo alrededor de unas de las fuentes que hubo en los patios de la crujía.

—¿Y en la investigación que se ha estado haciendo, se sabe quién lo mató? ¿En los papeles que han estado revisando se dice algo de la muerte, de los responsables del asunto?

—Déjame revisar y preguntar a los topos que estamos metidos en esos archivos. Si sale algo te llamo.

Se abrazaron y Fritz volvió a intentar el paso suicida de la avenida. De repente se detuvo y giró en medio de los automóviles, que tocaban el claxon:

—¿Por qué no buscas al Chino? Era su compañero de celda.

—¿Qué Chino?

—Fuang Chu, el único chino del movimiento de 68. Nomás él y los pósters de Mao Tse Tung. Creo que ahora vive en Guadalajara.

El despacho de Héctor Belascoarán Shayne, detective independiente, está situado en Donato Guerra casi esquina con Bucareli, en el corazón del más corazón de la ciudad de México. Y resulta, como si fuera canción de Juan Luis Guerra, un corazón no consciente de serlo, que poca gloria acumula y sólo ruido. En las mañanas la esquina está dominada por los distribuidores de periódicos, que hacen paquetes y bulla, en las tardes por las tiendas de discos y las loncherías.

El elevador no funcionaba y subió rengueando los tres pisos. El frío acentuaba la cojera, se pegaba al hueso. ¿Duelen los huesos? "Sólo cuando hace frío", se dijo. Carlos Vargas se cruzó con él en la puerta.

—Tiene a su funcionario progresista ahí, jefe.

Sin embargo, fue el perro Tobías el primero en recibirlo. Cojeaba, claro, arrastrando la pierna entablillada; debería ser por el frío además de por la pata rota. Miró fijamente a Héctor y le lanzó un lengüetazo que le mojó al detective el Delicado sin filtro que estaba sacando de su cajetilla. Héctor le entregó el cigarrillo al perro, que se lo tragó muy feliz.

—Le gusta. No le gusta que yo fume, pero a él le gusta fumar —dijo Monteverde.

Pensándolo bien, ambos, can y dueño (¿quién había adoptado a quién?) tenían cara de perro triste.

Héctor le señaló un sofá de cuero negro a su tocayo, fue a la caja fuerte que siempre estaba abierta, sacó dos cocacolas y una automática y las depositó sobre la mesa. Con un gesto le ofreció un cigarrillo a Monteverde.

—Tengo dos nuevos mensajes —dijo éste encendiendo con una imitación de ronson, muy dorado, demasiado, comprado sin duda en un tianguis.

Héctor destapó las cocacolas usando la mira de su pistola y le ofreció una a su misterioso informador. Guardó el arma en la caja fuerte y se sentó. Nuevamente la cara de Alec Guinness, ahora, porque no sabía qué decir.

—¿De dónde saca las cocacolas de corcholata? En mi barrio sólo venden de envase de plástico.

—De aquí abajo, de un changarrito. Han de ser viejísimas, por eso todavía tienen corcholatas —respondió Héctor.

Se hizo un silencio.

Héctor Monteverde le tendió una nueva cinta de contestador telefónico, lo miró y alzó los brazos, como disculpándose de la molestia, lanzó el humo hacia el techo y él también esperó.

Así pasaron unos minutos, fumando. El ruido de un merengue subía de la calle por las paredes del edificio, parecía mezclado con los graves de algo que parecía remotamente tex mex. El resultado era horrible. Quizá fue por eso que Belascoarán rompió el silencio.

—¿Alguien más sabe de estos mensajes?

—No, cómo va a creer. Vivo solo, y en la chamba no me atrevería a contarlo, iban a pensar que me volví loco... Además, ni sé qué me está diciendo Alvarado. Ni sé qué me cuenta.

—¿Es Alvarado?

—Jesús María Alvarado o quien sea. ¿Qué importa? Su

pinche fantasma. ¿Y por qué a mí? Digo, éramos cuates, pero cuates, ¿no? Nomás eso. Y hace tantos años.

—¿Y por qué a usted?

Monteverde se puso de pie. No sólo era alto, de alguna manera era desgarbado. Tobías, el perro, se alzó también y rengueó hasta su dueño.

—Le juro que le he dado vueltas y no le hallo.

—¿Y por qué a mí?

Monteverde lo miró fijamente con cara de asombro.

—Pues porque usted se dedica a estas cosas, ¿no?

¿Se dedicaba a "estas" cosas?

Vagabundeó por la calle Victoria para comprarse una grabadora que pudiera reproducir las cintas chiquitas de los contestadores telefónicos. "Esas cosas." Muertos que hablan en un país en que a los vivos no los dejan hablar mucho o hablan demasiado. "Esas cosas." Al descubrir vendedores ambulantes que ofrecían vírgenes de Guadalupe rodeadas por foquitos de color rosa, se dio cuenta de que se acercaba el 12 de diciembre. A un mes de su cumpleaños.

> Ésta es una historia narrada por Jesús María Alvarado, y que seguro te interesa, mano: un día en Burbank, a Juancho, al que hacía de Bin Laden, le prohibieron que se anduviera cogiendo a las actrices de las películas que filmaban en el estudio de al lado, el motel de al lado, para los efectos, dizque por razones de seguridad. Aunque Juancho cuando iba de su hotel al de enfrente se quitaba la barbita chafa que le ponían para los comunicados y se disfrazaba de luchador de lucha libre, El Horrible, con una máscara verde que tenía cuernitos, y hablaba con puros gruñidos. Pero sus controladores se enojaron porque a Juancho los del hotel de enfrente, el estudio *Lux Cal XXX* hasta le habían ofrecido un

papel fijo aunque se quejaban de que era un eyaculador precoz, y eso sucedía en plenas elecciones bushianas, ¿cómo ves?, y Juancho estaba haciendo todo el día, parriba y pabajo, videos de prueba, y que ahora la kalashnikov pa acá, y que tomándose un tecito, y que las cejas depiladas, y sus controladores lo querían a tiempo completo, y le dijeron: *Mister Juancho, no more fucki fucki.* Y Juancho les metió unos gruñidos pero se cuadró, porque le pagaban en efectivo, condición de taquero que no fiaba y no creía en los bancos, ni en las cuentas numeradas en Suiza, porque después del gobierno de Salinas los mexicanos tienen dudas de que la tal Suiza exista, y tenía debajo de la cama de su cuarto una maleta con billetes de cien dólares, que sacaba en las noches y desplegaba sobre la cama. Total que aparentemente se cuadró, pero a la mañana siguiente, el agente que estaba sentado frente a su puerta, cuando intentaba llevarle unos hot cakes de desayuno, descubrió que Juancho había desaparecido. ¿Cómo ves? ¿Se les peló Bin Laden? Pero un Bin Laden que pensaba que estaba haciendo comerciales de turbantes o de tiendas de campaña. Un pinche Bin Laden que no sabía que era Bin Laden. ¿Cómo ves? Y se llevó la máscara, el güey...

Luego el sonido de línea ocupada. Héctor apagó la grabadora, se llevó las manos a la cabeza y se las pasó por el pelo. Últimamente lo traía muy corto, manchado por algunas canas. Y ahora le iban a salir unas cuantas más. Se asomó la ventana y comenzó a reírse suavecito, como sin atreverse a la carcajada. Encendió un cigarrillo con toda la calma del mundo sin dejar de hacer gorgoritos de risa.

Héctor Belascoarán Shayne era mexicano, de tal manera que el absurdo no le espantaba. Era mexicano y tuerto, de manera que veía la mitad de lo que veían los demás mexicanos, pero con mayor precisión focal. En los últimos años había vivido en las fronteras, en el límite, de unos extraños territorios que bordeaban la incoherencia, la irracionalidad y la extravagancia, y también la tragedia, la pendejez, el agravio colectivo, la impunidad, el miedo y el ridículo. Territorios que eran cualquier cosa menos inocentes, en los que de repente se perdía un ojo, moría un amigo, te soltaban una descarga de escopeta cuando salías de comprar unas donas de chocolate. Territorios que retaban a la razón y que sin embargo estaban repletos de oscuras razones. El país era un gran negocio, un territorio convertido en botín por jinetes apocalípticos chafas y medio narcos; un supermercado gerenteado por un Federico Nietzche pedo, muy pedo, donde nada era lo que parecía. Era como una telenovela venezolana con Alí Babá de secundario y los 40 ladrones de estelares. Pero esto... Esto era demasiado: Bin Laden Juancho era más de lo que podía soportar. Era una intrusión planetaria, era como si México ahora se dedicara impunemente a ganar los mundiales de futbol, las olimpiadas y la copa Davis. Era como, y sin el como, un taquero mexicano se metiera de lleno en los planetarios noticieros de la CNN.

La segunda historia que Alvarado proporcionaba al contestador del progresista Monteverde parecía estar en otro nivel de realidad, pero desconectada de las que había contado anteriormente.

—Oye, mano, habla Jesús María Alvarado —decía la voz rasposa, y sin más entraba en tema—. ¿Sabes cómo se hizo rico Morales? Contrató siete policías judiciales que se habían quedado sin empleo porque habían torturado a la persona equivocada, un comerciante rico que era primo de un diputado del PRI, y se compró una pluma de metal, de esas con las que se cierran las colonias de los ricos, para hacer barreras de tráfico, y la puso en lo alto de una brecha, un camino vecinal que la mayor parte del año era lodo y tierra suelta, pero que durante un par de meses servía como ruta de salida de comunidades cafetaleras y por ahí, por donde bajaba el café, tenía su pluma y sus pistoleros con escopetas y no dejaba pasar nada. Ahí detenía a los que bajaban el saco o el burro cargado y les decía: a tanto, y lo compraba, pero lo compraba a mitad de precio del precio ya de mierda que los intermediarios pagaban 20 o 30 kilómetros sierra abajo. Eso hacía, eso estuvo haciendo un par de años, chingando, pero eso sí, con modernidad, con una pluma metálica, de esas que usan en las calles de los ricos, con un letrero que dice PRIVADO. Eso hizo. Eso es el más culero de los neoliberalismos culeros, privatizar una carretera de pueblo, una brecha, chingarse a los pobres.

Héctor marcó lentamente los ocho números.

—Oiga, Monteverde. ¿Usted se cree esa historia de Juancho Bin Laden?

—Para nada. Me parece una locura absoluta. Aunque viendo como se comportan los norteamericanos...

—¿Y había oído antes hablar del tal Morales?

—Nunca en mi vida.

—¿Y qué piensa de todo esto?

—Ya ni pienso. Nomás recibo estas orateces y se las paso... Se supone que usted es el que piensa. ¿Y luego, qué piensa usted?

—Que si el difunto Jesús María Alvarado quería darnos un recado, escogió la manera más enrevesada de hacerlo —dijo Belascoarán.

—Ahora, que si quería llamarnos la atención, bien que lo logró —contestó Monteverde.

—La realidad se está poniendo bien rara.

—¿Mande?

—No, nada, una frase de un escritor amigo mío —respondió el detective y colgó.

Estaba imaginándose el camino en la sierra, la brecha, la pluma metálica, los pistoleros con escopeta. ¿En qué sierra era? ¿En qué estado de la república? ¿Qué comunidades cafetaleras? ¿En que año? ¿Cómo subió la pluma hasta...? El teléfono interrumpió la ronda de preguntas, las imágenes. Era Fritz.

—Belas, ¿querías hablar con el Chino, con Fuang Chu? ¿Verdad?

—El que era compañero de Alvarado.

—Pues si vas a la Gayosso de Félix Cuevas ahí casi seguro te lo vas a encontrar en la noche. Después de las 10. Estará en el velorio de Samuel, casi seguro, o eso me dijeron. Mañana te hablo porque te conseguí algunas cosas sobre el Alvarado...

—¿Qué Samuel? —preguntó Héctor, pero Fritz ya había colgado.

Comió enfrente de la oficina unos tacos al pastor que estaban medio secos y no había salsa que los arreglara. Volvió a la oficina y perdió el tiempo repasando en la guía telefónica del DF a los 12 mil Morales que había, como si un nombre, una dirección y un número le fueran a dar una clave. Le pidió a una amiga suya, medio *hacker* medio curiosópata, lo que en los sesenta se llamaba chismosa pero con mentalidad racional, que le averiguara en internet qué Morales salían más y cuáles eran los más raros, y se descorazonó media hora más tarde cuando ella le contó:

—Belascorancito, Google me da tres millones setecientas mil entradas de "Morales", ¿no puedes ser más específico? ¿Poemas de Lolo Morales? ¿Recetas de cocina de Lola Morales? ¿La academia de Ciencias Morales?

—Prueba con un "Morales" mexicano.

—Espera —dijo Cristina Adler, y casi podía oírla teclear—. Sólo le bajamos a 870 mil. ¿La hacienda de los Morales? ¿Martirio Morales, la tía de alguien que le regaló un dibujo?

—¿Puedes asociarlo a 1971?

—Puedo, Belasquín. Puedo...

Silencio, tosecillas.

—Sólo 64 mil entradas... ¿Es mexicano tu Morales?

—Sí.

—Déjame limitar la búsqueda a noticias en México.

Héctor esperó tratando de no hacer ruido en el teléfono no fuera a ser que la Cristina se desconcentrara.

—Vaya, 9510, Beluscas, vamos de gane... Espera, voy a excluir un restaurante, La Hacienda de los Morales y todos los Morales con minúsculas... Auditores externos... ¡Charros, Elba Esther se llama Elba Ester Gordillo Morales!... un futbolista con el número 7 en la playera, una imprenta en Chihuahua.

—No sirve —dijo Héctor, y eso que no sabía qué estaba buscando.

—El DF, déjame cerrarlo al DF... 815 entradas. Eso es un número sensato, manejable... déjame quitar la dirección "Insurgentes sur" que es de un despacho que sale muchas veces. Vale...

—¿Qué vale?

—671 entradas.

—Busca por policía —dijo Héctor que ya se estaba desesperando. El exceso de información era muy parecido, demasiado parecido, a la falta de información.

—Ok —dijo la Cristina en el teléfono—. Son 171. Muy decente. ¿Qué buscas?

—No sé.

—Te leo: policía veterinaria, un fotógrafo, hay unos hermanos Morales en la brigada de Ajusticiamiento del Partido de los Pobres de Lucio Cabañas... ¿Y eso qué es? Belascuarín, yo no había nacido en el 71... Un subjefe de policía de tránsito que tiene el Morales de segundo apellido, un taller de alta costura que hace uniformes para la policía...

Héctor produjo un suspiro que casi le vuela el tímpano a su auxiliadora internauta.

—Ese tipo está tonto, es un menso, simplemente eso, estamos condenados a ser gobernados por rateros o por mensos, uno y uno, ahora toca menso —dijo el ingeniero Javier Villarreal, alias el Gallo, experto en drenajes profundos y demás subterraneidades.

—Cierro a doses —dijo Gilberto Gómez Letras, de oficio plomero, golpeando la ficha sobre la mesa—. Lo más peor es cuando son rateros y mensos. Paso, claro.

—Las nalgas —dijo Carlos Vargas, ilustre tapicero, y soltó el dos/cuatro—. ¿No llevábamos dos mensos seguidos?

Héctor guiñó el ojo sano e hizo un gesto con el brazo hacia su izquierda. Él pasaba. Más le valía a Gilberto haberse quedado con la firme de doses.

—¿Y qué lo enoja tanto del menso? —preguntó.

—Que siempre dice que estamos creciendo, que la economía crece, y dice números, que el siete, que el cinco, que el 13, que el medio. ¿De dónde los saca? No coinciden con los números de nadie. Si este güey dirigiera la Lotería Nacional no le tocaba a nadie nunca. ¿Cuál economía que crece? Será la suya, chingá —dijo el Gallo, que no solía ser vehemente en cuestiones políticas, pero que sabía bastante de matemáticas.

—Nos vamos, socio —le dijo a Héctor, y dirigiéndose a sus oponentes, los fustigó con un—: a contar, plebe —dijo Gilberto soltando el último dos.

El dominó es ciencia inexacta, como el marxismo de Engels, de Plejanov, de Bujarin. Sólo hay 28 fichas distribuidas en el tablero y siete rondas para ponerlas. Teóricamente, viendo los movimientos iniciales, puede deducirse quién tiene cada cual, a partir del conocimiento de las siete que tiene uno. Eso, como el marxismo, en teoría. Pero la revolución social no se produjo en Inglaterra en el siglo XIX por más que estuviera repleta de fabriquitas horrorosas, dickensianas, hollineras y una clase obrera luchona y cervecera, y la dictadura del proletariado nunca representó al proletariado, y a veces los saltos cuantitativos producían regresiones cualitativas. Porque en el dominó, como en la vida misma, el factor azar cuenta y cuenta mucho, y por si esto fuera poco, además, sobre todo, hay cuatro culeros en torno a la mesa tratando de engañarse unos a otros.

Esa noche de viernes, como en las últimas 45 o 50, cumpliendo un propósito de principio de año, el club Francisco Villa, integrado por los cuatro compañeros de oficina se reunió a jugar dominó y a hablar de política, ambos factores de educación de todo mexicano respetable.

—¿Cómo vamos? —preguntó el Gallo.

—Mal, no dice usted que ya no se puede confiar en los números —respondió Carlos Vargas—. Sesenta y dos a cuarenta y dos. Números derechos, sin intervención presidencial. Perdiendo.

—No llore, ingeniero y haga la sopa.

Villarreal comenzó a mover las fichas sobre la mesa en lentos movimientos circulares mezclándolas.

—A usted, lo que le pasa es que el tratado de libre comercio no afecta a los plomeros.

—Si usted lo dice, pero llevo un año a mitad de chamba. Si a los culeros de ahí afuera se les descompone el grifo, no llaman profesionales, ahí lo parchan con dúrex y ligas...

—Charros, para eso quería Bejarano las ligas, para arreglar la plomería de su casa —dijo Belascoarán sintiendo como le llegaba la revelación y haciendo referencia a un sonado caso de corrupción, en el que un dirigente del PRD había sido filmado recibiendo millares de dólares y al final se había llevado hasta las ligas con las que se hacían los fajos de billetes en su portafolio.

Habían perdido, es más, en los dos últimos juegos, Carlos y el inge Villarreal los habían destazado, humillado. Por eso hasta agradeció dejar la oficina y tener que ir a buscar a su chino, y se metió en el aire nocturno del centro de la ciudad de México. Tomó un taxi hasta la funeraria de la colonia Del Valle. El día seguía gris, plomizo, el tráfico infernal. Quién sabe si había más antenas de televisión, pero lo que seguro había era más coches. ¿Qué hacían los chilangos ahora, cuando no tenían nada mejor que hacer? Ándale mano, vamos a ver cómo anda el tráfico, o como decían petulantemente en la radio, la “carga vehicular”. Héctor probó la fórmula con el taxista:

—Y qué, ¿cómo anda la carga vehicular?

—Carga vehicular mis tompiates, es la pinche clase media pendeja del DF, que como no tienen dinero para comprar en diciembre salen a disimular que compran, antes iban al cine, ahora van al estacionamiento del súper y luego se regresan a su pinche casa —respondió el taxista, demostrando una notable percepción sociológica.

—Pero gastan en gasolina y en parquímetros y en propinas a los selocuidos, los valeparkin y los vieneviene —dijo Héctor, demostrando que en materia de percepción sociológica, él también la hacía, y que había descubierto la nueva fauna del DF.

Los selocuidos habían aparecido en los últimos años. Uno estacionaba su coche en una calle solitaria y, de repente, salido de la nada, aparecía un personaje, franela roja al hombro, que sonriendo sugería: ¿Se lo cuido, jefe? Con la implícita amenaza de que a tu coche le iban a caer todas las maldiciones talmúdicas y los temblores del DF si te negabas. Los valeparkin eran, no como su nombre indicaba: bailarines del Bolshoi en paro laboral, sino estacionadores particulares de restaurantes. Los vieneviene eran una variante de los selocuidos, solían ser más jóvenes y aparecían en el momento del estacionamiento, cuando prudentemente ibas de reversa y el sonriente personaje, casi siempre con cachucha de beisbolista, se ponía a tu lado diciendo: “Viene, viene, quebrándose tantito”. Héctor, que era peatón o ferviente usuario del transporte público, no había tenido tratos profesionales con esos nuevos hijos de la endémica crisis económica del DF, pero no había podido menos que registrar su aparición urbana.

—De que se la chingue el PRI la gasolina de Pémex, para financiar las campañas de uno de sus culeros, mejor que se la chingue el personal —remató el taxista, que sin duda llevaba años votando por Cuauhtémoc Cárdenas.

La Gayosso de Félix Cuevas estaba relativamente vacía. Hacía frío en el inicio de la tarde. La ciudad de México sin sol es peligrosa para el dolor de huesos, se dijo Héctor. Buscó y encontró a un "Samuel" entre la lista de los difuntos. Se dirigió hacia una de las salas. Samuel no debería tener demasiados amigos, o era muy temprano, porque en torno al ataúd y a unas mesitas con ceniceros sólo se encontraba media docena de hombres y mujeres por arriba de los cincuenta. Avanzó de cabeza hacia el único chino que estaba allí. Un hombre extremadamente flaco, arrugado, correoso, con un traje color hierro oxidado y corbata negra.

—¿Fuang Chu? —preguntó Héctor, acercándose al personaje.

—Martínez... Todo el mundo me llama por el apellido de mi mamá... ¿Para qué soy bueno?

—¿Sabe usted si de casualidad Jesús María Alvarado podría estar vivo?

El Chino lo miró fijamente.

—Y usted, ¿quién es?

—Héctor Belascoarán Shayne, detective independiente —respondió Héctor, e instantáneamente, al ver la cara de su interlocutor, se arrepintió.

—Ay, no mames —dijo el Chino, como si le saliera del alma.

Capítulo V

Algunas piezas para el rompecabezas

—Hay vivos y hay muertos. Son mejores los muertos que los vivos.

Así me dijo el Sup cuando me estaba dando orientación antes de irme al monstruo. Que sea que me estaba explicando de los buzones, de los buzones ciudadanos. Porque hay buzones de montaña. Que sea los buzones de montaña son donde se guardan medicinas, alimentos, armas, balas, equipos, libros. Que sea son para no andar cargando todo de una vuelta, o sea que se ponen en diferentes lugares según el plan. Los buzones de montaña son muy delicados y hay que estar dándoles su vuelta cada tanto porque aluego la lluvia o el tlacuache los chingan. Que sea los echan a perder. Pero en la ciudad no es igual. Que sea en la ciudad sí hay lluvia y aluego dicen que también hay tlacuaches, pero no es lo mismo. Porque arresulta que en la ciudad los buzones se usan para dejar mensajes o para recogerlos. O sea que no son lo mismo los buzones de montaña que los de la ciudad. Entonces pues resulta que hay buzones muertos y buzones vivos, en la ciudad. Y buzones muertos es cuando no hay una persona que pepene el mensaje o entregue, sino que nomás se deja el mensaje y alguien lo recoge y entonces no se conocen entre ellos los que dejan el mensaje y los que lo recogen. Entonces se llama buzón muerto cuando no hay gente, sólo lugares, cosas. Y entonces buzones vivos es cuando un cristiano recibe el mensaje o lo entrega o las dos cosas. Y entonces se llama buzón vivo porque hay una persona viva que recibe las cosas, las guarda un tanto de tiempo y ya aluego las entrega a otro que llega y dice claro la contraseña.

Y entonces me estaba explicando el Sup lo de los buzones ciudadanos vivos y muertos y que eran mejores los muertos. Yo digo que de por sí.

Que sea eso fue antes de que me fuera para el monstruo, que sea la ciudad de México. Fue un poco bastante difícil. Que sea moverse en el monstruo. Seguido se me iba otra vuelta el pesero, que sea la combi, que sea el microbús. O sea que por estar pajareando se me iba hasta tres vueltas la combi y nomás no acababa de irme por quedarme mirando en la calle que es muy grande, que sea que se llama avenida porque está un poco gorda, que sea que está muy doble y van los carros para un lado y van para otro lado y si uno no se pone bien trucha pues lo pasan a uno a difuntear. Bueno, yo ya estoy difunto, pero qué tal que los carros no lo sabían, así que más me valía que me esperaba a que se hiciera un tantito de tiempo y dale con la corredera para llegar al otro lado.

Cuando uno andaba en el metro no era tanto batalle porque el metro camina por debajo de la tierra y ahí no hay carros. Todavía. Bueno, les decía pues que estaba ya en la ciudad de México, que sea en el monstruo. Creo que era el Sup el que decía que era la tierra que se crece para arriba, pero yo creo que lo dijo porque no se ha caminado por allá, porque la mera verdad, es la tierra que se creció para abajo. Que sea que arriba hay puros carros y, bueno, también hay un chingo de antenas que en sus patas tienen casas, que sea en sus patas de las antenas.

En el monstruo hay casas chicas y grandes, altas y chaparras, gordas y flacas, ricas y pobres. Que sea como la gente, pero sin corazón. En el monstruo lo más importante son los carros y las casas, y entonces la mandan a la gente para abajo, que sea al metro. Si la gente anda arriba, los carros como que se encabronan y lo quieren cornar a la gente como si fueran machos de vaca, que sea toros y bueyes.

En la ciudad no muy hablan bien la castilla, porque en lugar de "buey", dicen "güey". Cuando los ciudadanos no saben decir cómo se sienten o cómo piensan o si están bravos o si están contentos o así nomás, entonces dicen "güey".

Una vez iba yo en el pesero, que sea en el microbús, y estaban dos jóvenes, que sea un joven y una jóvena, estaban queriéndose y entonces el joven le pregunta a la jóvena si lo quiere, que sea si la jóvena lo quiere al joven, y entonces la jóvena nomás dijo "güey", pero con mucho sentimiento en su corazón, y entonces en su ojo de la jóvena se veía que "güey" quería decir "sí te estoy queriendo un poco bastante", y entonces ya se chupetearon, que sea se besaron. Pero también otro día, la combi, que sea el pesero, se dio un buen frenón y todos nos caímos para adelante y un señor le dijo a otro que le pegó con su mochila cuadrada, que sea su maletín, que sea le dijo, "ora pinche güey" y claro se veía en su ojo que estaba encabronado. Que sea que "güey" quiere decir muchas cosas diferentes. Que sea que los ciudadanos también lo tienen muy revuelto su pensamiento. Como yo, que sea Elías Contreras, comisión de investigación del Ejército Zapatista de Liberación Nacional.

Bueno, pero les decía que cuando ven gente que anda a pie, que sea los ciudadanos dicen "peatones", los carros la quieren cornar a la gente peatona. Entonces si no tienes carro tienes que corretearte para que no te difunteen o ponerte trucha para agarrar el pesero o de plano meterte a la tierra y agarrar el metro. Cuando me bajaba otra vuelta de la combi y estaba otra vez en la calle, aluego me tenía que meter bajo la tierra. Que sea al metro.

El metro es como un buen tanto de carros pegados, como si estuvieran amarrados con un hilito y uno jala a los otros. Cuando llega el metro, se aprieta mucho la gente que está afuera y se aprieta mucho la gente que está adentro, y entonces unos quieren salir y otros quieren entrar. Gana el que empuje más. Yo las primeras vueltas pensé que era su modo de hacer deporte de los ciudadanos y yo empujaba echándole muchas ganas y animando a todos con esa de "el pueblo unido, jamás será vencido", pero aluego me di cuenta de que no, que sea que así viven. Que sea empujándose. Que sea los que andan a pie. Los que andan en carro se mientan la madre cada rato. Yo pensé que es que están encabronados, pero no, que sea que así viven. Que sea que mentándose la madre. El otro día le pregunté al Andrés y a la Marta que qué había más, si gente o carros. Me dijeron que gente. Yo pensé que entonces por qué los carros eran más importantes que la gente. Porque clarito se mira que la ciudad está hecha para los carros y para las antenas, pero no está hecha para la gente. Y entonces como no caben juntos la gente y los carros y las antenas, entonces le hicieron un hoyo debajo de la ciudad, que sea debajo de la tierra. Bueno, pues ahí debajo de la tierra hay mucha gente. Hay hombres y mujeres y niños y ancianos y también hay policías.

La gente es de todos los tamaños, que sea como las casas de arriba. Nomás que abajo no hay ricos. Un día me fui para una estación de metro que se llama... que se llama... Pérenme, voy a ver en la mapa que me traje de recuerdo. Bueno, pues se llama "Azcapotzalco". Cuando llegué ahí me fui a agarrar otro pesero que tarda un buen tanto y entonces llega a una parte que tiene un como potrero pero que no es potrero. Ahí había una cosa que se llama circo. En el circo fui a buscar dónde está su casa de las jirafas. Las jirafas son unas como vacas, que tienen su cacho, que sea su cuerno, pero tiene un pescuezo como que las jalaron mucho de la cabeza cuando se nacieron, o como que quieren ver muy lejos y entonces estiran el pescuezo, o como que quieren parecerse a las casas del monstruo. Que sea las jirafas son como una vaca pero con antena.

Bueno, pero yo no iba a ver jirafas. Iba a buscar a un compa que iba a estar viendo a las jirafas a las siete en punto de la noche y que iba a tener el pelo azul. Que sea el compa, no las jirafas. El compa era joven, o sea que no muy se le daba llegar a tiempo a la cita porque es su modo de por sí de los jóvenes, pero por fin llegó. En el monstruo en veces los jóvenes y las jóvenas se pintan su pelo de colores. En veces de rojo, o de verde, o de amarillo, o de muchos colores, o de azul. Entonces el joven que llegó tarde tenía el pelo azul. Yo me puse a su lado, pero no mero pegado porque qué tal que no era. Entonces, sin mirarlo, dije: "caminan como si estuvieran bailando rock, las jirafas". Y el joven, sin mirarme, dijo "las jirafas unidas jamás serán tapete". Yo entonces lo miré que sí es un compa y dejó una su bolsita de pan a un lado de la reja y, sin decir nada más, se fue.

¿Qué cómo supe dónde buscar al joven de pelo azul? Bueno, pues arresulta que las claves, que sea las pistas, venían en los comunicados del Bolsillo Roto, en el saludo a Don Manolo Vázquez Montalbán y en el comunicado de las Jirafas. Ya el Sup me había explicado que con los comunicados me iba a mandar decir onde mero recibía o ponía mensajes. En veces en buzones vivos y en veces en buzones muertos. Entonces con las claves yo supe dónde y cuándo voy a recibir un mensaje. Ahí les dejo de tarea que investiguen cuáles mero eran las claves. Como quiera, ése fue fácil. Las claves más difíciles fueron las de los comunicados del video que se lee. Fui a parar hasta un lugar muy pupurufo, que sea muy elegante, que se llama Santa Fe y buscar detrás de una letrina, que sea detrás de la taza del baño, en un lugar donde venden tamales.

Ahí había un su mensaje del Sup. Y aluego tuve que saber que tenía que recoger el mensaje el día 8 y entregar mi informe el día 15 ahí mismo, que sea en la letrina de la tamalería. O también cuando, con el comunicado de la velocidad del sueño, fui al metro Oceanía y busqué una zapatería con el número 69 en la puerta y me dieron un par de zapatos que primero no muy me quedaba el zapato izquierdo, pero ya luego lo miré que adentro tiene un papel que me mandan y por eso no muy entraba mi pie y entonces ya lo saqué el papelito y ya me quedó el zapato y ya lo leí el papelito, que sea el mensaje. Y con el comunicado del

Miguel Enríquez fui a dar hasta el centro, a una calle que se llama República de Chile y buscarlo un letrero que decía "se vende" y detrás del letrero lo pegué mi informe para que otro lo recogiera, que sea que era un buzón muerto.

Total que mucho batallé al principio, pero ya aluego pues le agarré el modo y pos me gustó. Que sea la ciudad de México me gustó. Ya me había dicho el Sup que al monstruo, para conocerlo, hay que caminarlo. "Camínalo a pie", me dijo, "verás que esa ciudad tiene abajo a quienes la pueden salvar". Y eso hice, la caminé a la ciudad. Onde quiera anduve y onde quiera encontré gente como nosotros los zapatistas, que sea gente que está jodida, que sea gente que es luchona, que sea gente que no se deja.

Bueno, pero les decía que el joven de pelo azul dejó una su bolsita de pan al lado de la reja donde están las jirafas de un circo que se llama "Circo Unión". Pues entonces yo me acerqué y la pepené la bolsita de pan que no tenía pan, sino que tenía una su carta del Sup que decía nomás: "Búscala a Mamá Piedra".

El eje Barcelona-La Realidad-el Monstruo

"Mucha vigilancia, mucho movimiento, mucha desconfianza."

Eso fue lo que le dije a Elías como recomendación general antes de partir. Repetía así la del Che Guevara en el libro *Pasajes de la Guerra Revolucionaria*, y la que cada uno de nosotros recibimos cuando hubimos de movernos solos. Le hablé también del DF. Más bien de lo que yo recordaba de la ciudad de México. Y no me refiero a la que, generosa y atenta, nos recibió en la Marcha por la Dignidad Indígena. No, le hablé de aquella ciudad que dejé hace más de 20 años, cuando me vine a la montaña. Según supe después, la ciudad de entonces no tiene nada que ver con la de ahora. Lo de la salida de Elías empezó a cocinarse después de que Pepe Carvalho trajo unos papeles escritos de puño y letra por Manuel Vázquez Montalbán. Los papeles venían acompañados de una pequeña nota de su hijo:

> Subcomandante: revisando los papeles de mi padre, a raíz de su muerte, encontré estos apuntes que, supongo, algo le dirán. Un abrazo, Daniel.

En uno de los papeles venía una especie de esquema que hilaba con flechas, rayitas, bolitas y cuadritos, lo siguiente:

- BARCELONA. Hotel Princesa Sofía. Plaza Pius xii, 4., Centro Financiero, Avenida Diagonal; estación María Cristina del metro. Morales.
- VALIJA DIPLOMÁTICA MÉXICO-MADRID-MÉXICO. Checar vuelos 1994-2000. Morales.
- DESAPARECIDOS-GUERRA SUCIA. Morales. La Brigada Blanca.
- ACTEAL. General Renán Castillo. Morales.
- MONTES AZULES. Morales.
- ZEDILLO-CARABIAS-TELLO. Morales.
- BIODIVERSIDAD-TRASNACIONALES. Morales. Cheques. ¿Asesorías?
- EL YUNQUE. Morales. Reactivación de paramilitares.
- ¿EL MURO reeditado?

En otro papel, una serie de preguntas:

> 1.- ¿Qué hacía Morales en la suite del Reina Sofía? Se hospedaba solo. ¿Qué hacía en el Centro Financiero? Entraba a las 21:00 y salía a las 22:00. ¿Y en el metro María Cristina? Entraba a las 22:30 y salía a las 23:00. Al hotel.
> 2.- ¿Qué hacía Morales viajando continuamente México-Madrid-México? Nunca en la misma línea aérea en forma consecutiva. Sin orden aparente.

> 3.- ¿Cuál fue la participación de Morales en la Guerra Sucia en México? ¿Brigada Blanca? ¿Y en Acteal?
> 4.- ¿Qué hacía Morales con los materiales sobre Montes Azules que carga en su maletín?
> 5.- ¿Qué hacía Morales en aquella cena con el ex presidente Ernesto Zedillo, Julia Carabias y Carlos Tello Díaz?
> 6.- ¿Para qué o quién eran los maletines con euros con los que Morales trasegaba del Centro Financiero a la estación María Cristina del metro en Barcelona?
> 7.- ¿Cuál era la función específica de Morales en el nuevo organigrama de El Yunque en México?

El tercer documento no era tal, era una servilleta. En ella se leía:

> Barcelona agotada. Respuestas... ¿En México?, ¿en Chiapas?, ¿un eje Barcelona - La Realidad - Ciudad de México?

¿Estaba Manuel Vázquez Montalbán haciendo una investigación o un rompecabezas? En cualquiera de los casos había que investigar las piezas. Fui a hablar con los compas del Comité. Estuvimos pensando un rato y entonces decidimos mandar a Elías al monstruo. Después de que Elías salió, mandé otras comisiones a conseguir informes sobre Montes Azules y le mandé pedir a "garganta profunda" lo que supiera sobre las andanzas actuales de Zedillo y la Carabias. Le escribí una carta a Álvaro Delgado, periodista de la revista *Proceso* y experto investigador sobre El Yunque y su reactivación en el gobierno foxista, solicitándole encarecidamente información sobre ese grupo de ultraderecha. Hice una carta más, dirigida a la Junta de Buen Gobierno de Los Altos, pidiéndole que se pusiera en contacto con el Centro de Derechos Humanos Fray Bartolomé de Las Casas para reunir datos sobre la matanza de Acteal. Mientras yo reunía información, Elías podría aprender a moverse en el DF.

Cuando, viendo los informes de Elías, consideré que ya estaba listo, le mandé decir que buscara a Doña Rosario Ibarra de Piedra. Ella sabría dónde encontrar al Belascoarán y tal vez ella y las doñas de Eureka sabrían algo del tal Morales y su papel en la guerra sucia.

UNA TARJETITA

Yo bien lo sabía que "Mamá Piedra" es como le decimos nosotros a Doña Rosario Ibarra de Piedra, que sea que está con un grupo de señoras que les decimos las Doñas y que están organizadas para buscar a los cristianos y cristianas que se desapareció el mal gobierno *priyista* y que todos los malos gobiernos, que sea del partido PAN y el partido PRD, se hacen patos y no dicen claro dónde se desaparecieron a esas personas que sea luchadores de la justicia de los pobres, que sea del lado de los jodidos, que sea del lado de todos nosotros. El grupo ese se llama "Eureka", que quiere decir que se ponen muy contentas cuando encuentran a un desaparecido y lo aparecen y entonces hacen una su fiesta que se llama "Eureka".

Entonces la busqué a Doña Rosario. Tardé un tanto porque ella no estaba en el monstruo, sino que andaba por Monterrey. Ya aluego apareció y la fui a ver a su casita.

Cuando me vio se puso un poco bastante contenta y mucho me abrazaba y mucho me decía "mijo", así como golpeado, pero no era que estuviera enojada, es que es su modo porque ella es norteña y de por sí es su modo de los norteños. Y me preguntaba por el Sup y que cómo estaba y si estaba enfermo y que cómo estaba el frío allá o sea acá, porque el allá de los ciudadanos es nuestro acá y nuestro acá es el allá de los ciudadanos. Ya lo ven por qué dicen que tengo muy revuelto mi pensamiento. Bueno, pues yo ni podía decir nada porque pura preguntadera y abrazadera de la mamá Piedra que le decimos. Ya aluego que acabó con su abrazadera, la Doña me preguntó si tengo hambre, y le dije que un poco sí. Mientras estaba cocinando cuche con mole o algo así, le platiqué entonces de qué mero estaba haciendo yo en el monstruo y que andaba de comisión de investigación. Cuando le menté al tal Morales se quedó quieta y en silencio, como pensando. Aluego me dijo que ya está la comida y lo comimos bien sabroso el cuche con mole, creo, y un poco sí pica.

Tomando el cafecito, la Doña me dijo que la mera verdad no se acordaba del tal Morales, pero que iba a preguntar con las otras Doñas y que también en la Casa Museo del Doctor Margil que está en Monterrey. Le dije que está bueno. Entonces le dije que si no sabía dónde podía encontrar a un señor que se llama Belascoarán y que trabaja de lo mismo que yo pero en la ciudad, que el Sup me dijo que ella tal vez sabía de ese señor y onde mero vive, que sea onde mero trabaja. Ella le dio otra sorbida al café y aluego me respondió:

—Trabaja ahí por el centro. Tiene una oficina por la calle de Bucareli. Ahorita te busco la dirección exacta —y empezó a buscar entre un montón de papeles que tiene en una su mesita. Nomás murmuraba que una tarjetita, que por aquí la tengo, que donde chingaos la puse. Tardó. Por fin la encontró y me la dio, que sea me dio la tarjetita que decía...

HÉCTOR BELASCOARÁN SHAYNE
Detective independiente
Donato Guerra, casi esquina con Bucareli
México, DF

FRAGMENTOS DE LA CONVERSACIÓN ENTRE EL SUP Y EL QUE LLAMAN "GARGANTA PROFUNDA" (según como fue interceptada por un avión espía modelo EP-3, trasmitida a uno de los satélites SIGNIT de la Red Echelon, y retrasmitida al Centro de Operaciones de Seguridad Regional de Medina Annex, EUA, coordenadas 98° O, 29° N, del NAVSECGRU y la AIA, con el código "morai"):

—Zedillo y Carabias tienen negocios en Montes Azules. La ONG de la Carabias es sólo una tapadera para el saqueo de especies animales, que colocan en varias partes del mundo por medio de una especie de mercado negro internacional. Lo de traficar con guacamayas, tapires, changos y otros animales que no me acuerdo ahora, es sólo el primer paso. En realidad están preparando la entrada de grandes consorcios que van por la madera, el uranio y el agua. El agua será tan importante en este siglo como lo fue el petróleo en el pasado. Estoy hablando de dinero, mucho dinero. En el gabinete de Fox saben todo y se hacen patos. El Morales es como una especie de agente de ventas y cajero ambulante. Bueno, eso ahora, porque antes ha sido muchas cosas.

—¿Y Tello?

—Un arribista mediocre, como toda su vida. Supongo que ya lo sabes, pero el libro que según esto escribió él sobre el alzamiento zapatista en realidad lo hizo inteligencia del ejército federal, por encargo directo de Zedillo. Le habían propuesto a Pérez Gay, no sé si a Rafael o a José María, que lo firmara, pero se negó por una cuestión de ética. Entonces Aguilar Camín recomendó a uno de sus cortesanos: Carlos Tello Díaz. El tal Morales es el que reunió algunos datos e inventó otros mezclando historias de organizaciones guerrilleras a las que combatió o infiltró en los setenta. Parece que el tal Morales estuvo bajo las órdenes de Nazar Haro, pero tenía iniciativa propia. Cuando Nazar y Salomón Tanús torturaban a los presos, el tal Morales era de los que tomaban nota de lo que, inventado o real, soltaban las víctimas. Hacía reportes dobles. Uno lo entregaba y otro se lo quedaba. Cuando Nazar cae de la gracia de sus jefes, el tal Morales se esfuma, pero con una copia, su copia personal y sin editar, de los archivos secretos de la Dirección Federal de Seguridad. Los archivos verdaderos, no los que hicieron públicos. El tal Morales desaparece un tiempo y reaparece ahora. No soy experto en la Guerra Sucia, pero sí te puedo decir que los de antes siguen activos, más bien los reciclaron. El gobierno del cambio es más bien el gobierno del mal reciclado. Donde antes decía PRI, ahora dice PAN. En fin, que el tal Morales redactó y Tello sólo firmó, parece que hasta ahí es la relación entre esos dos. Zedillo quedó tan contento con el resultado del libro que metió a Tello en su círculo íntimo. Mientras Juan Ramón de la Fuente dopaba a Nilda Patricia, Zedillo inició una relación digamos que muy íntima con Julia Carabias. Los pasados viajes turísticos de Tello a la Selva Lacandona coinciden con las apariciones de Zedillo y Carabias en la zona. En las reuniones nocturnas, Tello Díaz comparte algo más que la cena con esos dos. Tello podría ser algo así como el puente entre Zedillo-Carabias y los grupos de las revistas *Nexos* y *Letras libres*, pero parece que no. Creo que sólo es el patiño de Zedillo, que sigue con el mismo sentido del humor que lució durante su sexenio. No creo que Krauze o Aguilar Camín arriesguen nada vía Tello, no porque no les interese sacar raja, sino porque para ellos Tello no es más que una servilleta desechable. Aunque puede ser que Tello vaya a ser el "teórico" de la Selva Lacandona en su versión disneylandia ecológica. Saqueo de riquezas naturales con fachada de protección ecológica y respaldo intelectual, un negocio redondo.

—¿Será que el tal Morales tuvo algo que ver con Acteal?

—No lo sé, pero no me extrañaría.

—¿Averiguaste algo sobre El Yunque?

—Eso se mueve en un círculo más cerrado. No he obtenido nada.

—¿Tiene el tal Morales contacto con el gabinete de Fox?

—Parece, pero no estoy seguro. Si es que lo hay, está muy mediado y difícil de encontrar. En una reunión salió a relucir su nombre, todos voltearon a ver a Creel y cambiaron de tema. Creo que el que lo mencionó fue Martín Huerta. Tal vez te interese saber que el tal Morales tiene paso franco en la embajada norteamericana. Según mis informes lo vieron comer con el embajador Tony Garza en un restaurante muy exclusivo.

—¿Tienes alguna foto del tal Morales?

—No, sólo descripciones aproximadas. Entre los 50 y los 60, como de mi rodada. Digamos que parece un próspero banquero. Le gusta vestir bien y la buena mesa.

—Bien, creo que con eso basta. ¿Tuviste algún problema para llegar acá?

—No, ninguno. Consideré que tenía que venir a decirlo personalmente, porque no confiaba en mandarlo por escrito. Lo que sí te digo es que se cuiden. Están como locos con la sucesión presidencial.

—¿Los gringos?

—No, ésos no se preocupan porque, salga quien salga, lo tienen comiendo de su mano. Yo hablo de la mierda nacional, de lo que tú llamas la clase política. Hay en juego mucho dinero. Hay una cantidad estratosférica para quien consiga las privatizaciones de la energía eléctrica y el petróleo. Como se ve que ya no salen en este sexenio, la apuesta es para el siguiente. Se van a dar con todo. A López Obrador lo atacan no porque le tengan miedo por ser populista o de izquierda. No es ni una cosa ni otra. En sus cuatro años de gobierno no ha hecho sino tratar de congraciarse con los de arriba. Lo que pasa es que él va adelante en la carrera por el premio mayor. Hoy lo atacan a él, mañana a quien puntee en las encuestas. A López le están aplicando los relevos: le avientan por turnos a la PGR, a Gobernación y a la Suprema Corte de Justicia, luego todos en bola. Las reuniones de gabinete no son para acordar acciones de gobierno, sino para revisar encuestas y acordar el siguiente golpe. Cuando se aplaque la polvareda, sólo va a quedar Martita de pie. En el PRI se están dando con todo, lo que pasa es que los medios no se dan cuenta por los otros escándalos. Lo de Enrique Salinas fue Carlos. Es un claro mensaje para Raúl y dice "cállate". En el PRD están haciendo cuentas para ver si es mejor negocio vender la cabeza de López Obrador o subirse al tren. En la subasta,

Cuauhtémoc es uno de los que más pujan pidiendo la cabeza del Peje. Al final quedarán los peores de cada lado: Martita por el PAN, Madrazo por el PRI y Cárdenas por el PRD.

—Te pedí informes de inteligencia, no análisis políticos.

—Ya lo sé, pero es que estos cabrones están convirtiendo a la Patria en una fulana sifilítica. Con perdón de las fulanas, pero da coraje... Oye, diles a los compas del Comité que ya me saquen de ahí. Lo pendejo se puede contagiar.

—¿No decías que hay aves que cruzan el pantano y no se manchan?

—Es que eso no es un pantano, es un pinche drenaje profundo y se va a reventar. Vamos a nadar en mierda.

—"¿Vamos?" Me suena a Unión Europea...

—No chingues, si yo soy de este lado.

—Ya pues, no te angusties. Falta lo que falta...

Otra tarjetita

La mera verdad, me dio envidia su tarjetita del Belascoarán. Entonces lo que hice fue irme para las imprentas de Santo Domingo, por allá por el Zócalo, y ahí me hice unas tarjetas que dicen... que dicen... Pérenme, aquí traigo una en mi morraleta. Si aquí está. Mírenla:

Elías Contreras
Comisión de Investigación.
EZLN.
Montañas del Sureste Mexicano,
casi esquina con Guatemala.
Chiapas, México.

Ora que la problema es que tengo que hacerme otras con lo mismo, pero en tzeltal, tzotzil, chol y tojolabal. Ahí será en otra vuelta que vaya al monstruo. Bueno, pues estaba en que no podía ir mero directo a buscarlo al Belascoarán ese, porque tenía que preguntar primero si ya lo busco o todavía no lo busco. Entonces lo escribí uno mi informe y se lo mandé al Sup y le pregunté si ya lo busco al Belascoarán ese y si ya lo hablo o según qué me va a decir el Sup. Al tiempo me respondió:

> Todavía no lo busques al refresquero. Espérate a que te mande unos papeles. Ya que los tengas, lo buscas. No lo veas en sus tienditas. Que sea en otro lado que reconozcas bien antes. Chécalo a ver si no trae cola. Si está limpio, lo contactas. Y ahí lo ves tú, si te da buen pensamiento, entonces le muestras los papeles y le dices que le proponemos trabajar coordinadamente. Si ves que es un baboso, entonces sólo le dices que lo mando saludar y ya. Es a tu criterio. Informa luego. Es todo. Un abrazo.
>
> Desde la montañas del Sureste Mexicano.
> Subcomandante Insurgente Marcos.
> México, diciembre del 2004.

CAPÍTULO VI

UNA VEZ QUE HAS ENTREGADO EL ALMA...

Héctor Belascoarán Shayne estaba enamorado de una mujer fantasma.

Una mujer que había desaparecido. Eso era habitual en su historia pasada. No el que se enamorara de mujeres fantasmas, el que la mujer de la que estaba enamorado, y lo había estado por largos periodos de amor y desamor durante los últimos años, desapareciera.

Según los misteriosos calendarios de la muchacha de la cola de caballo, que ya no era una muchacha y que hacía mucho tiempo que no se peinaba de cola de caballo, sino de fleco tapando el ojo, a lo Verónica Lake, tenía algunas maravillosas y elegantes canas, era doctora en filosofía y bebía caballitos de tequila; según pues esos azares que ella programaba, estaba en ninguna parte. Y ni siquiera se había tomado la molestia, como era su costumbre, de despedirse. Simplemente se había esfumado. No aparecía en su trabajo, en la Universidad estaban de vacaciones, su teléfono no sólo no contestaba sino que se había tornado mudo y en la puerta de su departamento se amontonaban los sobres de publicidad, recibos de luz, saldos bancarios y ejemplares de *La Jornada* y *Proceso*.

A veces, Héctor asumía estas desapariciones como descansos obligatorios de una relación que no podían definir claramente: ¿enamorados ocasionales pero regulares? ¿Pareja inestable con fugas siderales? ¿Matrimonio a la maorí? ¿Amantes de *Un hombre y una mujer* pero 25 años después? ¿Pareja de hecho con derecho a deshecho?

Pero esta vez no debería haberse desaparecido así, porque sin quererlo había logrado que Héctor se quedara triste, desvaído, como desvalijado por un pesero pirata, y probablemente un poco más viejo que de costumbre.

¿A qué horas se había enamorado perdidamente de esta mujer, al grado de estar voluntariamente dispuesto a cortarse las venas por ella? Ella era esas inquietudes repentinas, esos dolores de ausencia absolutamente adolescente que lo perseguían, esas cadencias cinematográficas de su rostro que se le aparecían cuando se estaba lavando la cara, comiendo tacos de carnitas o escuchando a Mahler.

Mahler. ¿Qué tenía que ver la ex muchacha de la cola de caballo con ese maravilloso judío azotado de inicios del siglo XX? Había conocido a Gustav Mahler muchos años después que a la muchacha de la cola de caballo. Ella había llegado antes. Y lo que unía al músico y a la muchacha no era el *adagietto* de la quinta sinfonía (pasó meses antes de que descubriera que un *adagietto* es un *adagio* pinchón, un *adagio* que no acaba de animarse, y *adagio* una composición que se interpreta lentamente), aquel que mucha gente recuerda asociándolo a la película *Muerte en Venecia*, de Thomas Mann pasado a mejorar por Visconti. Ese incremento de pasiones que se pierden y se van, ondas en el agua, y no hay, chingada madre, nadie que pueda recuperarlas. No, no era ese Mahler el que asociaba a la muchacha de la cola de caballo y sus gloriosas apariciones y desapariciones. Curiosamente era una música tremenda, grande, enorme, que había descubierto cuando los de la Sinfónica del DF le pidieron que interviniera para recuperar un camión cargado de instrumentos. Una tarde, a mitad de un ensayo, Héctor se descubrió, en un teatro vacío, habitado tan sólo por los músicos y sus sonidos, a sí mismo llorando con una música que lo sacudía y agitaba. Y por eso se había pasado más tiempo en los ensayos que en la investigación. Era la *Octava* de Mahler. Era ese canto a la grandeza de los seres humanos, que Belascoarán intuía como algo personal, en medio de las miserias del DF. Y ella estaba asociada a eso. Y no te pregunten Héctor Belascoarán Shayne, solitario detective de la ciudad más trastornada, extraviada del planeta, por qué. No te lo pregunten, porque no sabrías decirlo.

O sea, que, con querencia femenina y mahleriana, se sentó en el borde de la cama, que no había hecho en los últimos quince días y que merecía una cambiada de sábanas, y puso a Mahler y su *Octava* en el tocadiscos, con orden de repetir el disco hasta la infamia, y de pasada se dedicó a repasar su conversación con el chino Fuang Chu Martínez, mientras fumaba un cigarrillo y luego otro y así hasta llenar el cuarto de humo.

—Ay, no mames —dijo el Chino como si le saliera del alma.

Héctor no se sintió obligado a explicar por qué era detective en México, y aguantó estoico la mirada del Chino que no estaba dispuesto a tomárselo en serio. Chino contra tuerto. Ganó el tuerto, quizá porque concentraba todo su poder en un solo ojo.

—¿Y por qué me pregunta sobre Jesús María Alvarado?

—Porque la persona que me encargó este trabajo ha estado recibiendo mensajes de él en el contestador del teléfono.

El Chino volvió a mirar de Héctor de pies a cabeza.

—Alvarado está muerto. Yo no estuve en su velorio porque estaba en la cárcel, pero está muerto. Murió en el 71, hace un chingo de años... Y usted dijo que era policía independiente. ¿De qué parte de la Secretaría de Gobernación?

Belascoarán encendió un cigarrillo. En las funerarias dejaban fumar; por alguna extraña razón se habían quedado a salvo de la ola de puritanismo antitabaco que bajando de Estados Unidos había arrasado con el México de clase media.

¿Cómo le explicaba a Fuang Chu Martínez estos últimos 30 años? ¿Cómo le explicaba sus relaciones tortuosas y más bien cabronas con el poder? Optó por el camino de las cicatrices. La vía de las cicatrices, como dirían sus amigos cheyenes.

—El ojo que me falta me lo voló un ex comandante de la judicial, hoy finado. Cojeo por culpa de un escopetazo que me metieron los mismos que organizaron los halcones. Y me he pasado siete meses y tres días en una cárcel en Tabasco por documentar un fraude electoral del PRI hace unos añitos. Me apalearon las hordas de un cura de Tlaxcala que quería exorcizar los pokemones y yo fui el que reunió la documentación para encarcelar a Luisreta, el banquero.

—Ah, usted es gente seria —dijo el Chino—. Como quien dice, gente decente.

—Alvarado... Cuénteme. Todo lo que sé es que ustedes fueron compañeros de celda después del 68.

—¿Y para qué quiere saberlo?

Héctor le tendió copia de los cinco mensajes que había recibido Monteverde del muerto.

—Ah, qué Alvarado, qué cabrón, volviendo de entre los muertos... —dijo el Chino sonriendo. Sonreía como personaje del cine mudo, sólo con una parte de la cara.

—¿Usted sabe quién lo mató?

—Mandando mensajes desde el más allá, que a toda madre —dijo el Chino, respondiendo y sin responder—. Y se trae a Morales con él.

—¿Qué sabe usted de Morales? —preguntó Héctor, jurándose que sería la última pregunta que le haría al Chino. Que contara lo que le diera la gana, que lo contara como quisiera.

—Pues a mí me llegó esto —dijo el Chino, y sacó del bolsillo del pantalón un papel de fax todo arrugado.

Héctor tomó el papel y lo leyó en voz alta:

No es perro, pero muerde
No es Speedy González, pero sale borroso en las fotos
No es veneno pero mata
No es avestruz pero tiene pluma
Es como yo, vuelve hasta después de muerto.
¿Quién es?

Tu viejo compañero de celda,
Jesús María Alvarado

Era una adivinanza medio pendeja, se dijo Héctor, pero aun así juntó el fax con las copias de los otros mensajes sin que el Chino tratara de evitarlo.

—¿Usted tiene contestadora telefónica?

—No —dijo el Chino—. Yo soy premoderno, no tengo tele, ni gas estacionario.

—Por eso se lo mandó por fax.

—No me lo mandó a mí, lo mandó a unos baños públicos, ahí en Guadalajara, donde trabajo.

Héctor puso cara de Alec Guinness y le rezó a San Le Carré para que funcionara. Funcionó. El Chino tomó aliento y contó:

—¿Sabe usted cómo se cocinan los traidores? No se pudren de un día para el otro. No se acuestan guerrilleros y se levantan agentes de Gobernación. Simplemente se debilitan. Se traiciona por cansancio, por aburrimiento, por inercia. Es como si el tejido del que están hechos los hombres a fuerza de estirarse se fuera volviendo guango, flácido; y en los intersticios de los músculos se fueran depositando pequeños pedazos de mierda, viejos temores. Y todo ello necesita de una permanente autojustificación, de un montoncito creciente y denso de autoengaño y explicaciones. ¿Sabes lo que hizo Morales cuando cumplió 25 años? Delató a su ex esposa a la policía política y a ella la terminaron torturando en los sótanos de las oficinas que tenían enfrente del Monumento a la Revolución. ¿Sabes lo que hizo Morales para justificar la delación? Dijo que la estaba salvando de la muerte. ¿Sabes en qué soñaba Morales? Soñaba con su ex mujer paseando descalza por las arenas de una playa en Veracruz. Mientras a ella la violaban tres veces y le rompían la mitad de la dentadura a patadas.

—¿Y usted cómo lo sabe?

—Porque en una celda de seis metros donde hay tres personas, nos sabemos hasta los sueños. Hasta los pinches sueños conocemos. Aunque no haya palabras. Porque Alvarado era cabrón y decidió que al Morales, que era un traidor y un soplón, que por casualidad le sabíamos su historia, que lo habían puesto en la celda para ver si nos sacaba algo, no le iba a dirigir la palabra, y yo, como soy chino, pues me sumí en el más oriental de los silencios e hice como si Morales no existiera... y ahí estábamos los tres en la celda como si fuéramos sólo dos, y si Morales nos dirigía la palabra no le contestábamos, si nos pasaba una cuchara la dejábamos caer, tropezábamos con él y no nos disculpábamos, pasábamos a través suyo.

Héctor guardó silencio. El Chino se había quedado vagando por el pasado.

—¿Era Morales su verdadero nombre?

—Vaya usted a saber. Con ese nombre alguna vez se presentó y así quedó.

—¿Tenía nombre o sólo apellido?

—Morales. Sólo Morales. Salió mucho antes que Alvarado, y mucho antes que yo, que salí tres meses después que Jesús María.

—¿Y usted piensa que Morales mató a Jesús María Alvarado?

—Lo pienso. No me pregunte por qué, pero lo pienso. Jesús salió de la cárcel dispuesto a rearmar la red que había creado cuando lo detuvieron al fin del 68, y quería todo, decía que ya no había tiempo de palabras, y que las manifestaciones sólo servían para ponerle los blancos al ejército. Iba muy grueso. Cinco días después de salir, lo mataron. Un tiro en la nuca.

—¿Y cómo conecta usted a Morales con esto?

—No lo conecto. Sólo lo sé. Recuerdo su mirada.

Héctor se quedó pensando, era un argumento tan bueno como cualquier otro.

—Yo me fui a Guadalajara, pero durante un tiempo checaba las sombras, andaba con la espalda pegada a la pared, no fuera a ser la de malas.

—¿Volvió a ver a Morales o supo algo de él?

—Nunca. Pero cuando llegó el fax, me acordé de una frase de Henry Miller: "Una vez que has entregado el alma, lo demás sigue con absoluta certeza". Era un buen retrato de Morales. Y si ahora Jesús María Alvarado quiere venganza, pues en su derecho está, y en el nuestro, y ojalá se lo chingue —le dijo el Chino, y entró a la funeraria dando por terminada la conversación.

Héctor recordaba vagamente a Henry Miller. Los trópicos, que eran cualquier cosa menos tropicales, eran calzones de mujeres volando por el aire, eyaculadores voladores, y la puritana capacidad de espanto que tenía un estudiante de ingeniería de 19 años, hijo de la exótica clase media mexicana que podía producir una cantante irlandesa de folk y un marino vasco exilados en el DF. ¿A qué hora el muerto se había encontrado con Morales y con Henry Miller? ¿Por qué sacarlo del olvido? A Héctor, el Marqués de Sade y Miller no le parecían subversivos, le parecían simplemente putañeros. Y en el fondo de su más silencioso corazón, aquel que se negaba a hablar de literatura con nadie, no fuera a ser que le volvieran pecaminosos, políticamente incorrectos, o simplemente anticonvencionales sus amores y sus odios, pensaba que Miller era un gringo que debería tener un huevo mucho más grande que otro. Sin embargo, lo de entregar el alma era algo conocido. Algo sorprendentemente conocido para un ateo que no creía en las almas, sino más bien en las "almacenes". Las imágenes de las historias de las novelas de Miller se le superpusieron a las frases sobre la ex mujer de Morales.

Hizo un gesto de asco, un repeluz; un escalofrío le subió por la espalda.

Con ese escalofrío acompañándolo, se quedó dormido en una esquina de la cama, como si no quisiera ocuparla toda, como si una parte fuera para los fantasmas y los muertos.

Fritz iba caminando unos metros por delante de él, cruzando la galería siete y previo permiso para mirar, nomás tantito, una celda.

No había nada que ver. Cajas y papeles. Las huellas habían desaparecido. El archivo histórico se había comido a la memoria histórica, a la simple memoria.

—¿Hay manera de encontrar los registros del penal en 68? —preguntó Héctor.

—Fácil, vamos a la sala de lectura, ahí hay un cuate que está trabajando sobre el 68 y Lecumberri.

Se acercaron a un cuate con lentes de un grueso similar al fondo de una botella que estaba casi oculto por cajas de documentos y legajos.

—Mi amigo Belascoarán necesita saber algo sobre los presos del 68.

El supermiope levantó la mirada sonriendo.

—La celda que compartían Jesús María Alvarado y Fuang Chu Martínez... ¿había alguien más en ella? ¿Hubo durante un tiempo alguien más en ella?

—¿Crujía?

—La "C"—dijo Fritz sin dudar.

El estudioso se quitó una mata de pelo que amenazaba bloquearle la visión y escarbó entre lo que parecían sus notas. Rápidamente llegó hasta una lista que fue siguiendo con el dedo.

—Alvarado Estrada, Jesús María. Chu Martínez, Fuang

—¿Y el tercer hombre?

—No hay. Según la dirección del penal nunca hubo un

tercer hombre allí. Porque mira, en la lista se muestran cambios, ingresos. Y cuando hay temporales, se ven las fechas entre paréntesis... Y ésta es la lista oficial de los presos del 68, la que tenía en su mesa el director del penal.

—¿Tienes en la lista de los presos un "Morales"? Morales a secas —preguntó Belascoarán ansioso.

Los dedos recorrían ahora otra lista buscando el orden alfabético.

—Ningún Morales estuvo preso a causa del movimiento del 68 —afirmó categórico el eficaz miope.

Héctor tamborileó sobre la mesa provocando la mirada castigadora de otro estudioso al que el ruido parecía desconcentrar.

—Sácale la foto —dijo Fritz.

—¿Qué foto? —preguntó Belascoarán.

—Ésta —y una docena de fotos aparecieron sacadas de las carpetas mágicas.

Héctor observó con cuidado. Eran los presos del 68, reconocía a Pepe Revueltas y a los más conocidos: Cabeza de Vaca, Salvador Martínez, Luis González de Alba. Posaban de manera caótica frente a una fuente.

—Hay tres que aún no logro identificar, pero todos los demás ya sé quiénes son —dijo el estudioso orgulloso y sacó un croquis de la foto donde en cada silueta había apuntado un numerito que se correspondía a una tabla de identificación.

—¿Cuál es Jesús María Alvarado?

—Éste —dijo sin dudar el investigador, mostrando a un joven fornido de potente bigote y melena rizada.

—Y éste a su lado es el chino Fuang Chu, ¿verdad?

—Sí, ése era fácil.

—Y este otro —dijo Héctor, señalando con el índice—, seguro que es uno de los tres que no puedes identificar.

—¿Cómo lo supiste?

—Aquí mi amigo es detective —dijo Fritz muy orgulloso, mientras los tres contemplaban la foto medio borrosa, medio de perfil de un joven de nariz afilada, muy flaco, con lentes de miope, que no llegaría a los 25 años, un joven común y corriente.

Horas más tarde, en su oficina, su amiga Cristina Adler le informó a Belascoarán que en el directorio de servidores públicos de primer nivel del gobierno federal no había Morales machitos de primer apellido, sólo *una* Morales que trabajaba con Creel en la Secretaría de Gobernación, haciendo galletas de animalitos para los regalos de compromiso del ministro.

Héctor salió, buscando el frío de la calle para ver si podía volverlo más inteligente. Cuanto más escurridizo se volvía Morales, más real parecía. Hizo la parada al primer taxi que pasó frente a la puerta de sus oficinas y dio la dirección del supermercado de Pachuca, en la Condesa. Quería comprarse un cuarto de kilo de chorizo de cantimpalo y un provolone para cenar.

Un cuarto de hora más tarde, el taxista, al entrar en una de las cerradas que abundan en torno a la avenida Mazatlán, comenzó a estacionarse en una zona oscura, se volteó y le mostró un cuchillo de cocina. Héctor, que había estado tratando de ponerle treinta años más al rostro de la foto de Morales, lo miró sorprendido.

—¡Dame toda la lana que traigas y las tarjetas! ¡Órale, güey, en chinga! —dijo el taxista, transmutado en asaltante.

—Míreme, joven, el ojo éste que tengo malo —dijo Belascoarán, señalándose el parche sobre el ojo. Y cuando el ex taxista sorprendido lo miró mientras le movía el cuchillo a unos cinco centímetros de la cara, Héctor manoteó el cuchillo con la derecha y con la izquierda le sacó una cuarenta y cinco escuadra de la funda sobaquera y le apuntó a mitad de los ojos mientras alzaba el percutor.

—¡Quihúbole!

—Te vas a morir, güey. Suavecito, deja caer el pinche cuchillo, porque si no lo haces al grito de újule, disparo.

El tipo soltó el cuchillo mientras a Héctor le costaba trabajo no disparar, porque la adrenalina cuando salta es cabrona. Y porque como tantos otros mexicanos ya estaba hasta la madre de la violencia gratuita que impedía que un tipo terminara su jornada laboral a gusto y se fuera a su casa a comer chorizo con provolone.

—¿De quién es el taxi? ¿Tuyo o lo robaste?

—Es de mi primo que me lo presta —el asaltante tenía cara de cabrón; a pesar de que repartía la mirada entre el agujero de la pistola y su propio cuchillo tirado en el suelo, no tenía cara de derrota, sino de rabia.

—Pues ya se chingó también tu primo por estar prestándote el taxi para hacer chingaderas —dijo Héctor, y le pegó tremendo putazo en el rostro con el cañón de la pistola.

Puede ser que en las películas cuando esto sucede la gente se desmaye apaciblemente, pero el taxista se puso a gritar como si él fuera el asaltado, sangrando por la cabeza a lo güey, y Héctor tuvo que sonarle otras dos veces en la cabeza antes de que se quedara quieto. Lo sacó del taxi arrastrándolo por los pies y lo encadenó a un árbol usando una cadena y candado que encontró en la cajuela protegiendo que no se robaran la llanta de refacción. Debería ser cierto lo de que se trataba de un taxi real, prestado y no robado, porque tenía cubierta la placa trasera con lodo.

Decidió robarse el taxi. Ladrón que roba a ladrón... la mano estaba sangrando de una cortada que llegaba de la parte inferior del dedo meñique hasta la muñeca. No era muy profunda, pero sangraba mucho. Por otro lado, tenía la camisa cubierta de sangre, sangre de la cabeza del taxista asaltante. Condujo hasta una farmacia que estaba a unas tres cuadras y logró que la farmacéutica le hiciera en la trastienda una cura de emergencia.

—Qué fea cuchillada. ¿Cómo se la dio, joven?

—Mi mamá, sin querer, cuando estaba cocinando —dijo Héctor, al que le encantaban las mentiras inocentes.

Se llevó el taxi hasta el barrio. Aprovechó la oscuridad de la calle Mexicali para dejarlo allí estacionado, anónimo de todo anonimato. Revisó los papeles: como el dueño del carro se llamara Morales... Afortunadamente, la factura estaba a nombre de Casimiro Alegre, nada que ver con "Autos Morales", "Morales Motors" o cosa por el estilo. La cena se había jodido, a estas horas no iba a llegar al súper todo cubierto de sangre a comprarse el chorizo y el queso. Abandonó el carro con la puerta semiabierta y dejó la llave escondida en el interior del forro del asiento delantero. Si se lo robaban, ni modo, ladrón que roba a ladrón, que roba a ladrón...

En la puerta de su casa lo estaban esperando Monteverde y el perro cojo.

—¿Qué le pasó en la mano?

—Me corté con una sierra tratando de salvar a niño que se estaba ahogando —dijo Héctor, sin darle mucha importancia. El perro pareció mirarlo con interés. La calle bullía de pachanga. Los restaurantes de las cuatro esquinas estaban repletos, los selocuido de lo más animados y los motociclistas de una versión nagual de nacidos para perder estaban bien tranquilos ante la puerta de un supercito, consumiendo paletas heladas de limón y de fresa.

Monteverde dudó si seguir preguntando por la salud del detective o hacer algún comentario pendejo sobre lo insegura que era la ciudad, o acaso decir que a él nunca le pasaban esas cosas. Pero ante el rostro despreocupado de Héctor decidió dejarlo correr.

—Tengo un nuevo mensaje de Alvarado. En su oficina me dijeron que aquí lo podía encontrar, y como somos casi vecinos...

—Suban y lo escuchamos —dijo Héctor—. Tengo una torta de pavo vieja para su perro.

—A Tobías le encantan las tortas.

El contestador telefónico recitó:

> Ésta es la lección de historia contemporánea de México número 27, proporcionada gratis por Jesús María Alvarado. Comienza cuando al triunfo de las pasadas elecciones, el gobierno saliente del PRI y el gobierno entrante panista firmaron un pacto. Era un pacto muy chistoso, porque nunca se escribió. El pacto secreto tenía que ver con la amnistía. "Si tú me dejas gobernar, todo el pasado será olvidado", decía el pacto que nunca se escribió. No había que escribir nada, bastaba con guiños de ojo, sugerencias, alusiones, certezas sin certeza. Si alguien hubiera jurado algo habría perdido verosimilitud. Nadie de estos güeyes se cree un juramento, ni aunque lo hagan invocando a la virgen de Guadalupe y a la selección mexicana de futbol. Pero ahí estaba el pacto. Pocos días más tarde el ex presidente de la república apareció como miembro, con derecho a sillón de cuero negro, de dos consejos de administración, el de la Procter and Gamble y el de unas empresas ferroviarias gringas. Curiosamente, ambas compañías habían recibido favores durante su régimen: ventas a bajo precio de ferrocarriles mexicanos, terrenos baratos y libres de impuesto.
>
> Pero la amnistía estaba dada. El que el presidente entrante no hubiera dicho ni pío, no hubiera comentado el sorprendente hecho de que su antecesor hubiera pescado un paquete accionario tan importante como para agarrar sillita en esas ilustres reuniones, significaba que el pacto había sido cerrado. Quizá el operador del asunto había sido el canciller Jorge Castañeda, quien frecuentemente había dicho en el pasado que sin amnistía no habría transición. Pero eso sólo era un botón. Los últimos 30 años habían tenido abundantes juegos sucios; muchas fortunas extrañas, muchos asesinatos,

> muchas inexplicables afinidades, mucha mierda que hay que barrer y esconder en el tapete bajo la puerta.
>
> Pero a veces las presiones son muchas y el pacto se resquebraja. Y, ¿a poco el pobre Morales se va a quedar colgando de la brocha? No, cómo va a ser... Continuará próximamente...

Y luego silencio. Y luego el tono de ocupado.

Cuando Monteverde y su perro se fueron, Héctor trató de sustituir el provolone con chorizo cantimpalo por una tortilla de ostiones ahumados japoneses. Cocinó escuchando a Mahler. Comenzaba a caerle bien el muerto, tenía una cierta perspectiva histórica que los vivos no tienen, unida a un extraño sentido del humor.

El teléfono sonó al amanecer. Con las luces difusas del primer día, el cuarto estaba malamente iluminado. Avanzó hacia la entrada de la casa tropezando con un paquete de 24 cocacolas envueltas en plástico y dejó la mitad del dedo gordo embarrado. Echando grititos bastante ridículos y agarrándose el pie, o sea que cojeando de ambos lados, llegó hasta la mesa que estaba al lado del sillón de los sueños. En ese momento saltaba el contestador:

> —Óyeme manito, habla Jesús María Alvarado. (Una racha de tos), Sé que Monteverde y su perro te encargaron el caso. ¿Qué vas a hacer? ¿Demostrar que estoy muerto? ¿Y cuando lo demuestres? En vía de mientras te dejo un regalo: ¿sabes dónde está Juancho? ¿Sabes quién tiene a Juancho? ¿Sabes dónde está el taquero Bin Laden de Ciudad Juárez? Morales lo tiene... Para más datos, Juancho, con su maleta de billetes de cien dólares, decidió que le gustaban el *fucki fucki* y las taquerías, y entonces, pensó en el DF. Donde dicen que hay chingo de las dos cosas. Y órale, pero...

Belascoarán sonrió a la cinta del contestador, que comenzó a reproducir el tono de ocupado. Ni por un momento había dudado en descolgar, las reglas eran las reglas. Uno lo buscaba, el otro le dejaba recados. Así era el juego, así se tendría que jugar. ¿Cómo había conseguido su teléfono?

Taquerías había muchas... Pero eso de que abundaba el sexo en el DF. Puros rumores. Delirios de grandeza generados en los subterráneos de la ciudad más grande del mundo. Los pinches chilangos que andábamos de ostentosos. Y por lo visto el mítico y metafísico y probablemente metafórico Juancho Bin Laden el taquero, el inexistente, Osama, el genio del mal, había caído en la trampa de creerles a los defeños-defectuosos nativos, que en el DF se cogía mucho.

CAPÍTULO VII

Y PANCHO VILLA NO FUE TESTIGO

—Que no me vengan a mí con esa mamada de que la globalización es la modernidá —el Ruso no está enojado, así habla, y, sin dejar de hablar, sigue preparando tortas—. Cuál modernidá, a ver, dígame usted. Eso viene de mucho antes. A nosotros ya nos han tratado de globalizar desde hace 500 años. Primero los pinches españolistas, más luego los pinches gringos, más después los pinches franceses. Y ahora se juntan todos en bola para echarnos montón, junto con los japoneses.

El Ruso es indígena purépecha, pero vaya usted a saber por qué salió güero y alto. Pero güero de veras, no "güero oxigenado". Aunque es originario de Michoacán, el Ruso tiene un puesto de tortas "salvadas" en Guadalajara, por el rumbo de la catedral, cuya figura es símbolo de "la Perla de Occidente". Para entender lo de "tortas salvadas", hay que ver el puesto y a quien lo atiende. El Ruso despacha con un delantal que dice "Salvavidas", tiene un póster gigante de Pamela Anderson en "Guardianes de la Bahía" y un letrero grande en el que se lee "Nuestras tortas no están ahogadas, las salvamos a tiempo. Diga NO al *fast food*". Más abajo, otro letrero advierte "Este puesto es chiva, no se acepta propaganda del América, ni de otras religiones". Además de por güero, al Ruso le dicen el Ruso porque en el 68 fue a la Villa Olímpica, en la ciudad de México, a buscar a la delegación deportiva de la URSS para pedirle apoyo para los presos políticos del movimiento estudiantil. Lo mandaron por un tubo y él empezó a gritar que todos eran unos pinches agentes de la CIA y que él, el Ruso, era más soviético que todos ellos porque él, el Ruso, un día le vendió tacos a León Trotski en Coyoacán. El Ruso estuvo preso tres días en Lecumberri, "por faltas al espíritu olímpico y a la hermandad de los pueblos", según dijo el juez. Lo metieron por revoltoso y por revoltoso lo sacaron. No lo aguantaron. En esos días en la cárcel, el Ruso conoció al chino Fuang Chu en una discusión política. Porque el Ruso será muy ruso pero es maoísta, y el Chino será muy chino pero es trotskista.

Se pasaron dos días con sus noches discutiendo la naturaleza de la Revolución mexicana, porque serían muy ruso el uno y muy chino el otro pero los dos eran mexicanos. Acabaron de muy cuates porque entró a mediar Adolfo Gilly, que estaba preso en Lecumberri desde 1966, con una exposición que después sería parte de su libro *La revolución interrumpida*. Al Ruso lo sacaron de la cárcel porque le dio una golpiza a un celador. Se necesitaron seis custodios para controlarlo. Lecumberri no tenía mucho personal, así que era más fácil soltarlo que cuidarlo. El Ruso y el Chino se volvieron a ver en la Convención Nacional Democrática celebrada en agosto de 1994 en tierras zapatistas. Esa vez, después del aguacero, volvieron a discutir: el Ruso decía que los zapatistas eran maoístas y el Chino decía que eran trostskistas. La noche del 10 de agosto de 1994 hablaron con el mayor insurgente Moisés y con el comandante Tacho y se hicieron simpatizantes del zapatismo. Han vuelto a coincidir en las distintas iniciativas zapatistas. Los dos trabajan en Guadalajara, Jalisco, en el occidente de la República mexicana.

Frente al Ruso está ahora Elías Contreras, comisión de investigación del EZLN. Elías no habla, sólo come una torta.

—Pinches gringos, nos robaron la mitad del país con una

guerra, luego lo persiguieron a Pancho Villa pero se la pelaron, pero ahora se están robando la otra mitad de México con puras pinches hamburguesas transgénicas y *hot dogs* con residuos nucleares.

El Ruso sigue preparando tortas y Elías comiendo de la suya.

—Y pinches franceses que lo corretearon al Don *Juarito* Juárez que sí era un chingón, no como el charrito mocho ése que ahora se retrata con la foto de Don *Juarito* atrás. Pero Don *Juarito* se fue a la resistencia y los chingó a los franchutes. Y luego los pinches japoneses con sus cacahuates, sus takechi y koyi, y su comida dulce.

Un mordisco de Elías a su torta.

—No, mi buen. ¿Cómo dijo que se llama en esta misión? Bueno pues, Elías, Elías Contreras. Seguro que el Sup le puso ese apellido. Yo conocí a un Contreras por allá de 1969, muy culero él porque hacía trampa en el dominó, llevaba un plumón y les hacía puntitos a las fichas y era un desmadre porque luego salían dos o tres mulas, sin agraviar.

La torta de Elías recibe otra mordida.

—No, el Chino se fue para el DF. Creo que se le murió un pariente o un amigo, no lo sé. Pinches chinos. Primero nos chingaron con las películas de Bruce Lee, y luego con su comida rara, y ahora con esos pinches desarmadores que se rompen al primer apretón.

Elías da la penúltima mordida a su torta.

—Ora que si quiere, espérese. Al rato llega la Chechenia porque le va a llevar estas tortas a los jóvenes altermundistas presos. A esos chavos los quieren quebrar y que se hagan mochos y se entren en El Yunque, pero con estas tortas que les mando con hartas vitaminas, hidrocarburos y minerales se van a resistir y ni madres que los quiebran. Ahí viene la Chechenia. ¡Qué pues mi Chechenia! Aquí el señor don Elías lo anda buscando al pinche Chino, quesque le trae un mensaje del Sup. Ya le dije que el Chino no está...

La muchacha a la que el Ruso llama "Chechenia", dirigiéndose a Elías:

—No le crea al pinche ruso purépecha, yo me llamo Azucena. Me dice "Chechenia" porque quiere conmigo y alega coincidencias geográficas, pero no se le va a hacer. El Chino acaba de regresar del defectuoso, ahorita voy a verlo, si quiere le doy un aventón.

La torta desaparece en la boca de Elías. La servilleta es ya nostalgia mantecosa.

El Ruso dirigiéndose a Elías:

—Lo que pasa es que la Chechenia quiere con un intelectual y yo ya le dije que yo mero soy su intelectual orgánico y no transgénico.

El Ruso, dirigiéndose a la Azucena:

—Nomás no te pierdas otra vez en la glorieta de Minerva... ¡y no te acabes las tortas ni le vayas a dar ni una al pinche Chino!

El Ruso, dirigiéndose a Elías:

—Si lo ve al Sup, dígale que ya se deje de mamadas de cuentos y novelas, que ya nos diga qué sigue...

La Azucena, con un altero de tortas "salvadas" y Elías Contreras, se pierde en la glorieta de Minerva.

—¡No manches! —dice la Chechenia, quejándose de su extravío.

Con disimulo, Elías se mira las manos y se las limpia en el pantalón. Después de una hora logran salir. Se estacionan a dos cuadras de La Mutualista. "Por si traemos cola", dice Azucena. "Voy a entrar primero", vuelve a decir Chechenia. Elías Contreras queda esperando en el carro. Al rato regresa Azucena. "Ahí está. Que lo espera en los *lockers*". Elías no sabe qué cosa es "lockers". Azucena explica: "son como unas cajas de fierro color gris con candado, hay un chingo en varias hileras, ahí va a estar el Chino". Se despiden. Elías entra a los baños públicos. En una banca, frente a varias "cajas de fierro color gris con candado", está el chino Fuang Chu. Elías y el Chino se saludan. El Chino pregunta cómo están todos. Elías dice que bien, que anda de comisión de investigación, y le entrega un sobre. El Chino lo abre y ve los documentos y una foto.

—Así que ustedes también están buscando al tal Morales... Parece epidemia. Allá en el monstruo me encontré a un dizque detective independiente que también lo anda buscando. A mí me mandó un fax un compa que ya está muerto. Yo conocí a un tal Morales cuando estuve en la cárcel. Un ojete. Pero no se parece al de la foto. Orita te escribo todo.

Mientras el Chino escribe, Elías camina por las hileras de "lockers" como buscando algo. De uno de ellos, detrás de un cartel viejo que anuncia un acto en honor a Manuel Vázquez Montalbán en la Feria Internacional del Libro, despega un papelito. Elías lo lee y enciende un cigarro. Regresa a donde el Chino ha terminado de escribir. El Chino le entrega a Elías los papeles y la foto, le da la mano despidiéndose y le dice:

—Ahí lo saludas al Moy. Y si ves al Sup dile que ya se deje de mamadas de cuentos y novelas, que ya nos diga qué sigue...

Una *hacker* en la Unión Americana

Paris, Texas, USA, Diciembre del 2004. Natalia Reyes Colás, 100% indígena ñahñú, siendo casi una niña se fue de mojada al otro lado en el 44, por ahí de la segunda guerra mundial, y se casó con un "bolillo" a los 20, al que mandó a la fregada porque le pegaba. Ahora acaba de cumplir 75 años y lleva 15 en eso del internet y la radiotransmisión. Leyendo y practicando se ha convertido en una *hacker* respetada en la red, en la que usa el "nickname" de *NatKingCole.* Radio aficionada y experta en sistemas cibernéticos, esa madrugada de diciembre interfiere una señal del sistema de espía electrónica satelital llamada "Echelon", al que lleva años siguiendo. NatKingCole "baja" la transmisión y la decodifica. Escucha y piensa: "Cabrones zapatistas, no se están quietos. Vamos a darles una ayudadita y que se chinguen los Halcones y Palomas". Teclea con rapidez, cifra y añade un "atachment", vuelve a teclear y la transmisión de Echelon se modifica. En el Centro de Escucha de Medina Annex reciben algo incomprensible: *Allá en la fuente había un chorrito, se hacía grandote, se hacía chiquito.* El operador, desconcertado, repite una y otra vez la cinta. Lentamente, el virus que será conocido posteriormente como "Pozol Agrio" invade el sistema operativo y se disemina por toda la red Echelon. Los técnicos tardan tres semanas en "limpiar" el sistema de las obras completas de Francisco Gabilondo Soler, alias Cri-Cri, cuya pertenencia ideológica no está en los archivos de la Agencia Central de Inteligencia. El "accidente" provoca que Bush reorganice sus servicios de inteligencia y el Departamento de Estado saca un boletín de prensa donde acusa a Al Qaeda y a Osama Bin Laden de "terrorismo cibernético".

NatKingCole, conocida entre los ex braceros de Tlaxcala como doña Natalia, apaga la computadora, acaricia su gato Eulalio y le pregunta "¿Crees que nos hemos ganado unas *cookies* con leche tibia?" Eulalio maúlla. "Yo también", añade Natalia Reyes Colás, neozapatista en Paris, Texas, USA, mientras abre la puerta del refrigerador.

La Magdalena

A veces como que también el Dios se equivoca. El otro día andaba yo vuelteando por el Monumento a la Revolución, que sea que estaba reconociendo el terreno. Que sea para saber pa dónde correr, que sea por si se ponía brava la cosa o el caso, según. Bueno, pues andaba yo por esos rumbos y había estado un buen de tiempo en un parquecito que se llama San Fernando, que está ahí nomacito de un cementerio. Y tardé frente a la estatua de mi General Vicente Guerrero, ésa donde viene escrito en piedra el lema del EZLN que es "Vivir por la Patria o Morir por la Libertad".

Y entonces se me hizo tarde y ya era noche ya. Y entonces me fui caminando por esa calle que se llama Puente de Alvarado y ahí nomás me paró la justicia, que sea los judiciales. Y entonces que me dicen que quién soy, que qué ando haciendo, que me caiga con lo que traigo y otras cosas que no muy entendí porque hablan muy otro esos judiciales. Y entonces ya me querían subir a la patrulla, pero que se acerca una muchacha con una falda bien rabona y una blusita, que sea que estaba bien encuerada y hacía mucho frío. Y entonces la muchacha los habló a los judiciales y ya me dejaron ir ya. Y entonces la muchacha se me acercó y se puso a platicar conmigo y me dijo que se llama Magdalena. Y entonces me preguntó que de *onde* era yo porque hablaba muy otro. Y entonces yo, como vi que es buena gente porque me espantó a los judiciales, le dije que de Chiapas. Y entonces ella me preguntó si era yo zapatista. Y entonces yo le dije que no conozco qué cosa es zapatista. Y entonces ella dijo que claro se veía que yo sí era zapatista, porque los zapatistas no andan diciendo que son zapatistas. Y entonces ella me dijo que ella había estado en el Frente Zapatista de Liberación Nacional, que sea el FZLN, pero que no muy le daba tiempo de ir a las reuniones. Y entonces ella me dijo que no es una ella sino un él. Y entonces, como muy no le entendí, ella se levantó la falda y ahí se miró su *ése-cómo-se-llama* haciendo bulto en su calzón. Y entonces yo le pregunté que cómo era que es un él y se viste como una ella. Y entonces ella o él me contó que es mujer pero tiene cuerpo de hombre. Y entonces me invitó a su cuartito, que porque no había clientes, dijo. Y entonces en su cuartito me contó todo y que ella o sea él quiere ahorrar su dinerito para operarse el cuerpo de hombre y hacerlo cuerpo de mujer y que por eso estaba taloneando. Y entonces yo no muy entendí qué cosa es "taloneando" y ya me explicó. Y entonces se quedó dormida. Y entonces yo me acomodé en un rincón con mi chamarra y una su cobija de la Magdalena que me emprestó. Y no dormí porque estuve pensando que a veces el Dios también se equivoca, porque a la Magdalena, que es mujer, la puso en cuerpo de hombre.

Y entonces al otro día tomamos cafecito ya tarde porque la Magdalena no se alevantó luego. Y entonces yo le platiqué de la lucha zapatista y de cómo estamos organizados los pueblos en resistencia y ella estaba muy contenta escuchando. Y entonces yo no le dije que andaba de comisión de investigación y ella no preguntó qué ando haciendo en el monstruo, que sea en la ciudad de México. Y entonces yo lo miré que es buena compañera porque es discreta y no pregunta qué ando haciendo. Y entonces ella me dijo que si me hacía falta podía quedarme en su cuartito el tiempo que quisiera. Y entonces yo le di gracias y aluego salí y le compré un su ramo de rosas rojas y se lo di y le dije que cuando gánemos la guerra íbamos a poner un hospital para enderezar todo lo que le había salido chueco al Dios. Y entonces ella se puso a chillar, que sea porque nunca le habían dado flores, creo. Y entonces un buen rato estuvo chillando. Y entonces ya luego se fue a talonear. Y entonces yo me fui a buscar su trabajadero del Belascoarán.

FRAGMENTOS DE LA CARTA DE ÁLVARO DELGADO, periodista de la revista mexicana *Proceso*, al Submarcos (fecha: finales del 2004):

> Es indudable que hay una liga entre El Yunque en México y cuando menos una organización de corte fascista en España, llamada 'Ciudad Católica'. Esta última se mantiene aún fiel al franquismo y es detractora rotunda de la democracia.
>
> El fundador de El Yunque, Ramón Plata Moreno (asesinado en 1979, supuestamente a raíz de una delación interna) tenía como héroe a José Antonio Primo de Rivera, jefe falangista español. Además de en España, El Yunque mantiene también relaciones con organizaciones de ultraderecha en Francia, Argentina, Brasil y Perú. Todo lo referente a El Yunque tiene un tufillo al

oscurantismo de la Edad Media y a la persecución de las ideas.

En el gabinete foxista abundan miembros de EL YUNQUE. Algunos ejemplos: Emilio Goicochea Luna (alias Jenofonte), secretario particular de Fox (además es jefe nacional de los *boy scouts*); Guillermo Velasco Arzac, ideólogo de Fox y de Marta Sahagún; Ramón Muñoz Gutiérrez (alias Julio Vértiz), jefe de la Oficina de la Presidencia para la Innovación Gubernamental y, junto con Marta Sahagún, el poder tras el trono; Enrique Aranda Pedrosa, director de Notimex; Martín Huerta, secretario de seguridad pública federal; Alfredo Ling Altamirano (alias Daniel Agustín) en el Instituto de Acceso a la Información; Luis Pazos, director general de Banobras y famoso por haber desviado fondos federales a PROVIDA de Jorge Serrano Limón. En el PAN, Luis Felipe Bravo Mena (presidente nacional), Jorge Adame (senador), Manuel Espino Barrientos (secretario general); Juan Romero Hicks (alias Agustín de Iturbide) actual gobernador de Guanajuato, entre otros.

No sólo el MURO (Movimiento Universitario de Renovadora Orientación) es una careta de El Yunque, también lo son las organizaciones Vanguardia Integradora Nacionalista (VIN), Frente Universitario Anticomunista (FUA), Movimiento Cristianismo Sí, Consejo Nacional de Estudiantes (CNE), Desarrollo Humano Integral y Acción Ciudadana (DHIAC), Asociación Nacional Cívica Femenina (ANCIFEM), Comité Nacional Provida, Movimiento Testimonio y Esperanza, Comisión Mexicana de Derechos Humanos, Alianza Nacional para la Moral, A Favor de lo Mejor, Coordinadora Ciudadana, Guardia Unificadora Iberoamericana (GUIA), por mencionar algunas. Los Legionarios de Cristo del padre Maciel surgen en forma casi paralela, así que es probable que tengan que ver entre sí.

Aunque, como en lo que se refiere a la izquierda, la derecha no es una, única e indivisible (existen diferencias e, incluso, confrontaciones), la ultraderecha en México tiene poder real y actúa para expandirse en todos los ámbitos políticos, sociales y culturales.

Ignoro si hay un tal Morales en su estructura, pero es claro que El Yunque, también llamado "el ejército de Dios", tiene una estructura paramilitar y sus reuniones de adoctrinamiento tienen disciplina militar. Una de sus ramas se llama "Cruzados de Cristo Rey". EL YUNQUE se ha esforzado por ligarse al ejército, pero no tengo todavía datos que lo vinculen a la formación de grupos paramilitares.

Le mando mi libro *El Ejército de Dios. Nuevas revelaciones sobre la extrema derecha en México,* de editorial Plaza y Janés. En él encontrará más datos escalofriantes.

COSA FÁCIL

> "No se puede vivir / con una muerte dentro / hay que elegir / entre arrojarla lejos / como fruto podrido / o al contagio / dejarse morir".

Así empezaba el comunicado de la finada Digna Ochoa y el finado Pável González. Es parte de una poema de una señora que estaba con los jodidos y que se llamaba Alaide Foppa. La poema se llama "La sin ventura". Del comunicado ese yo sabía que iba a salir el día 6 de enero. Porque arresulta que un día lo vi al compañero Alakazam, que es un mago, que sea uno que aparece y desaparece cosas y adivina el pensamiento. Y entonces el Alakazam me dio un mensaje de que ya fuera a buscar al Chino onde ya sabía yo, dijo, y me entregó unos papeles para que se los mostrara al Chino y que él me dijera su pensamiento, que sea que el Chino me dijera su pensamiento. Y entonces me fui para

Guadalajara pero no llegué directo onde el Chino, sino que primero lo busqué al Ruso. Y entonces estaba comiendo tortas con el Ruso y se llegó una ciudadana, que sea una compañera de Guadalajara, que se llama Azucena y ella me llevó con el Chino. Y entonces lo hablé al Chino y le di a mostrar los papeles y una foto que me había mandado el Sup con Alakazam. Y entonces, mientras el Chino escribía su pensamiento, yo me di una vuelta y busqué algo que tuviera que ver con Don Manolo, que sea con Manuel Vázquez Montalbán. Y entonces encontré un cartel que decía su nombre de Don Manolo. Y entonces, detrás del cartel encontré un papelito que decía "Lo de los finados sale el día de reyes, cuando tengas los papeles velo al refresquero". Y entonces yo entendía que mero ese día 6 de enero iba a saber onde mero iba a encontrar los papeles para la investigación que íbamos a hacer con el Belascoarán, aunque entonces yo no sabía si el Belascoarán le iba a entrar o se iba a arrugar como saladito. Después de regresar de Guadalajara, fui a buscar su trabajadero, que sea su oficina del Belascoarán, asegún la tarjetita que me dio la Mamá Piedra, que sea Doña Rosario Ibarra de Piedra. Yo ya sabía más o menos cómo era el Belascoarán porque el Chino escribió en su pensamiento cómo era. Y entonces me fui para la calle esa de Donato Guerra y me hice pato un buen tiempo para ver si había vigilancia y a ver si aparecía el Belascoarán. Y entonces, ya tarde, entró el Belascoarán a un edificio cargando unas cocacolas. Y entonces yo claro supe que era el Belascoarán porque está choco, que sea que le falta un ojo. Además está rengo, que sea que tiene una pata que no muy camina bien. Y entonces como quiera me esperé otro buen tanto de rato porque qué tal que hay varios chocos y rengos en la calle de Donato Guerra casi esquina con Bucareli, allá en el monstruo. Y entonces lo miré que no hay otro. Y entonces pensé que ése era el Belascoarán porque estaba choco y rengo, como me escribió el Chino. Y cargaba cocacolas, así que tras que por eso el Sup le decía "el refresquero". Y entonces les cuento que el Belascoarán es como de mi vuelo, que sea como de mi vuelo cuando yo todavía no estaba finado. Que sea que debe andar por entre 50 años entrados en 60. Y entonces yo lo pensé que así como está, choco y rengo, pues rápido lo iban a mirar. Y entonces pensé que lo tenía que ver en un lugar con harta gente, porque así entre la plebe pues no lo iban a mirar mucho. Y entonces yo creo que ahí duerme el Belascoarán, que sea en su trabajadero, porque yo me fui ya tarde y nomás no salió. Y entonces al otro día lo estuve pastoreando desde temprano. Y entonces como al mediodía se salió y yo rápido me metí al edificio. Y entonces la subí la escalera y lo busqué su trabajadero. Y entonces encontré una puerta que tenía un letrero que decía "Héctor Belascoarán Shayne, Detective; Gilberto Gómez Letras, Plomero; Carlos Vargas, Tapicero; Javier Villarreal, Ingeniero no sé qué".

Y entonces pegué la oreja. Y entonces escuché que alguien estaba cantando esa que dice "de piedra ha de ser la cama, de piedra la cabecera, la mujer que a mí me quiera, me ha de querer de a de veras" y se le iba chueca la tonada cuando cantaba el "ay, ay". Y entonces toqué la puerta. Y entonces le dejé un recado al Belascoarán, se lo dejé con un señor que se llama Carlos Vargas que se dedica a despanzurrar sillas. Y entonces el recado estaba en un sobre y adentro le puse una mi tarjeta con estas palabras: "Lo espero en la tumba de Villa. El día de reyes. A las 23:00 hora del frente de combate suroriental". Y entonces así hice porque en el Monumento a la Revolución había un chingo de gente que estaba paseando con la familia y comiendo "garnachas", que sea que son como unas comidas con harta manteca que mucho les gustan a los ciudadanos y yo ya probé y sí están un poco sabrosas. Y entonces, entre la gente y las garnachas, pues no muy se iba a notar el Belascoarán choco y rengo. Y entonces el día 6 de enero lo compré el periódico que se llama *La Jornada* y lo miré que no venía nada de comunicado. Y entonces los busqué al Andrés y a la Marta para ver si no sabían nada del comunicado. Y entonces ya estoy un poco bastante preocupado porque si no salía el comunicado entonces no iba a saber onde mero recoger los papeles que eran para mostrar al Belascoarán y entonces yo iba a hacer un papelón si llegaba sin los papeles a verlo al Belascoarán. Y entonces el Andrés y la Marta se pusieron a picarlo a un aparato que se llama computadora. Y entonces, como a la 4 de la tarde hora de Fox, que sea como a las 5 de la tarde hora del frente de combate suroriental, el Andrés me dijo que en Alemaña ya habían recibido el comunicado. Y entonces yo pregunté onde mero queda la Alemaña esa. Y entonces la Marta me enseñó una mapa y lo miré que la Alemaña queda bien lejos. Y entonces pensé si a poco el Sup se fue para Alemaña. Y entonces el Andrés y la Marta me explicaron que no, que lo que pasa es que el comunicado lo mandan del Centro de Información Zapatista para todo el mundo y que seguro ya lo tienen en *La Jornada* pero que lo publican hasta el otro día. Y entonces yo pensé que ya me fregué. Y entonces el Andrés y la Marta lo picotean otra vuelta la computadora y dicen "ya lo tenemos". Y entonces lo vuelven a picotear y ya se imprime el comunicado. Y entonces ya me puse un poco contento porque ya lo tengo el comunicado. Y entonces lo tengo que ver rápido onde voy a recoger los papeles. Y entonces mi trabajo era leer con atención el comunicado porque que sea ahí el Sup me mandaba decir onde mero tenía que recoger un mensaje.

Entonces lo que hice fue que leí bien y entendí que tenía que ir a la biblioteca de la UNAM, que sea allá en la Ciudad Universitaria del monstruo y ahí buscar el libro de la señora Foppa y mero onde está la poema ese, entonces ahí iba a estar su mensaje del Sup. Y entonces lo que hice fue agarrarme un metro para irme rápido hasta la Ciudad Universitaria. Que sea CU que le dicen. Pero arresulta que el metro no te deja mero en CU sino que nomás te avienta en la orillada. Y entonces pues me fui preguntando y caminando un buen de tanto. Y entonces, aunque ya eran como las 6 de la tarde hora de Fox, onde quiera había jóvenes y jóvenas con libros y mochilas. Muy alegre la CU que le dicen.

Por fin me llegué hasta onde mero está una casa que se llama "Filosofía y Letras" y onde hay mucha plebe y venden muchas películas en cidi bien baratas. Pero no ahí es la biblioteca central, según me dijo una jóvena muy morena que estaba preguntando si tienen una película que se llama *Alicia en el Subterráneo* o algo así, y no la tenían la película. Y entonces la muchacha muy morena me señaló onde mero queda la biblioteca, que sea ahí nomancito. Y entonces entré y pregunté si tienen libros de Alaide Foppa y me dieron uno que se llama *Poesía*. Y entonces lo busqué la poema que se llama "La sin ventura" que está un poco largo y que habla de una señora que estaba muy enamorada y se le muere un su marido y ella queda triste porque mucho lo quería.

Y entonces la poema ese empieza en la página 87 y cuando llegué a la página 110 encontré la parte que puso el Sup en el comunicado de los finados Digna y Pável. Y entonces en esa página estaba una llavecita y un papelito que sólo decía "Central de Autobuses del Norte". Y entonces yo entendí clarito que tenía que irme para ese lugar a buscar los papeles que se necesitaban para mi trabajo de comisión de investigación. Y rápido me fui porque ya eran la 7 de la noche hora de Fox, que sea las 20:00 hora del frente de combate suroriental. Y entonces estoy un poco bastante preocupado porque sólo me quedan tres horas para verlo al Belascoarán. Y entonces me volví a agarrar el metro que iba bien lleno de gente y llegué a la Central de Autobuses del Norte como a las 21:30 hora del frente de combate suroriental, que sea las 8:30 de la noche hora de Fox. Y entonces pensé que onde mero voy a buscar. Y entonces me acordé de los cajones de fierro, ésos que estaban onde trabaja el Chino. Y entonces pensé que la llavecita era para abrir uno de ésos. Y entonces ya los encontré los cajones de fierro. Y entonces lo miré que son muchos y ni modo de estar probando la llavecita en todos, que sea que tal que piensan que ando de robador. Y entonces me senté un rato a leer otra vuelta el comunicado. Y entonces me di cuenta que la poema que venía al principio tenía siete líneas. Y entonces rápido lo supe que la llavecita era para abrir la caja de fierro que tuviera el número 7. Y entonces abrí y sí, ahí estaba un sobre un poco doble porque tenía hartos papeles.

Y entonces ya me puse un poco bastante contento y me lancé en el metro hasta la estación que se llama Hidalgo para irlo a esperar al Belascoarán. Y entonces sí me llegué a tiempo para verlo al Belascoarán. Y entonces que sea que ésa fue un caso o cosa fácil, ¿que no?

UN SOMBRERO

Me puse un sombrero. Pero no un sombrero como los que usamos acá, no. Éste era un sombrero ciudadano, como rabón del ala y con una tela muy bonitilla, calientita. Me lo dio el Sup, me dijo que se lo había regalado su papá hace muchos años, cuando él todavía era ciudadano, que sea cuando el Sup era ciudadano. "Te va a servir", me dijo el Sup y sí un poco me sirvió porque hacía frío en el monstruo, que sea en la ciudad de México. Con el sombrero me fui para el Monumento a la Revolución. Había bastante gente, que sea familias, que estaban en la feria y tomándose fotos con los reyes magos. En medio de la bulla, lo seguí al Belascoarán, que se detuvo a encender un cigarro frente al hotel ese muy pupurufo que se llama Meliá. Se miró claro que él también estaba viendo a ver si traía cola, pero no traía. El Belascoarán se atoró con la plebe que estaba hecha bola frente a la casa del ISSSTE, así que yo me adelanté y lo esperé frente a la tumba de Pancho Villa. Cuando llegó, lo miré en su ojo choco y le dije nomás:

—Ese Villa era muy bolo, por eso lo difuntearon —y encendí un mi cigarro de los que le decimos "alacranes".

Él sacó un cigarro que clarito lo miré que es de los que se llaman "Delicados", lo prendió y dijo:

—No era bolo. Lo mataron porque estaba con los jodidos.

Nos quedamos un rato callados, nomás fumando, mirándonos. Me dio buen aire el Belascoarán ese, así que le di la mano y mi tarjeta diciéndole:

—Elías, Elías Contreras. Comisión de investigación.

Él me dio la mano y su tarjeta diciéndome:

—Héctor Belascoarán Shayne, detective independiente.

Después me estuvo platicando que el finado Pancho Villa no estaba enterrado onde estaba enterrado sino que el susodicho... Que sea que la palabra "susodicho" se dice cuando uno está hablando del alguien ya de antes y para no estar vuelteando con el nombre de alguien, que sea que en este caso o cosa el alguien es Pancho Villa y entonces cuando digo "el susodicho" estoy diciendo Pancho Villa, pero no siempre, que sea depende de cuándo se usa, que sea que está muy revuelto, pero como es una palabra nueva que aprendí pues la estoy usando pero no mucho porque de por sí tengo muy revuelto mi pensamiento. Y entonces pues que tras que el susodicho, que sea el Pancho Villa, estaba enterrado saber onde y en su lugar estaba difunteada una señora. Y el Belascoarán me estaba contando eso del muerto susodicho que andaba por otro lado y no onde todos creían que andaba. Y entonces, después de otro tanto hablando, yo le dije:

—Ando buscando al Mal y al Malo. Ahí lo ves si también le entras o según cómo es tu pensamiento —y le pasé la carpeta con los documentos que me mandó el Sup.

El Belascoarán los miró rápido, tiró el cigarro y dijo, muy claro:

—Le entro.

Y entonces yo me puse un poco contento porque qué tal que dice que no le entra y entonces de balde di mi vuelta al monstruo, que sea a la ciudad de México. Y entonces quedamos de vernos otro día, ya que él los hubiera visto despacio los papeles, para ponernos de acuerdo de trabajar coordinadamente que sea de acuerdo ambos dos, él y yo. Nos despedimos, pero antes de irse él me preguntó si no necesito algo. Yo le respondí:

—Sí, no sé onde mero se consigue pozol aquí en el monstruo, que sea en la ciudad de México. Y también necesito un refresco que se llama "Chaparritas El Naranjo", uno de sabor uva.

—Voy a ver, ahí te digo luego —dijo el Belascoarán.

Nos fuimos. La bulla seguía. En su cuartito de la Magdalena le escribí un pequeño informe al Sup.

En unos días me respondió:

Enterado del encuentro con el refresquero. Hay que volver a verlo para ponerse de acuerdo en la investigación. Acá estamos un poco bien, riendo con las tarugadas que dijo el Fox en su visita acá. Por si no lo has escuchado en las noticias, dijo la misma burrada que dijeron Hernán Cortés, Agustín de Iturbide, Antonio López de Santa Anna, Maximiliano de Habsburgo, los gringos Polk, Taylor, Pershing y Eisenhower, Porfirio Díaz, Gustavo Díaz Ordaz, Salinas de Gortari y Ernesto Zedillo, o sea que dijo que prácticamente somos cosa del pasado. Luego, cuando acabe de reírme, te mando más información que me llegó. Un abrazo y feliz año nuevo.

Desde las montañas del Sureste Mexicano.
Subcomandante Insurgente Marcos.
México, enero del 2005.

Capítulo VIII

Una noche con "Morales"

Del encuentro con el investigador zapatista Elías Contreras, tres cosas se habrían de quedar en la memoria de Héctor Belascoarán Shayne: el súper desmadriento caos de aquel Monumento a una Revolución perdida controlado por reyes magos y fritangas, la cara del enviado Contreras cuando mencionó la virtud comparada de Pancho Villa y Emiliano Zapata y "los expedientes Morales" que los zapatistas le habían hecho llegar. Las tres cosas juntas se quedaron en su alma.

El Monumento a la Revolución de la ciudad de México nació como un monstruo para mayor gloria del poder pofiriano, la revolución de 1910 lo dejó a medias y así se quedó hasta el inicio de los treinta, cuando fue reciclado para ser un grandilocuente monumento a la fenecida lucha armada. En los pies de sus columnas se encuentran los restos de Venustiano Carranza, Plutarco Elías Calles, Lázaro Cárdenas y supuestamente los de Pancho Villa, personajes que frecuentemente se encontraron en campos opuestos y que sólo la magia pragmática del PRI, con la cual la historia se volvía material de uso y legitimación de su poder, podía reunir en un mismo suelo. Habría que recordar que Villa combatió a Carranza, que Calles participó en el asesinato de ambos y que Cárdenas ordenó la expulsión de México de Calles. Aun así, todos juntitos. Los habitantes del DF atribuyen a estos entierros incómodos el exceso de temblores que sacuden la ciudad con excesiva y maligna frecuencia.

Esta vez estaba poseído por carruseles, caballitos, taquerías, juegos de bolitas, carreras de caballos de metal, puestos de artesanía y centenares de reyes magos, con tenderete y fotógrafo, la única forma de monarquía asumida popularmente por el México republicano. Y a esas horas de la noche, cumbias, norteñazo balín y el chucachuca del tropical más pinchurriento, y a todo volumen, en medio del olor de las manzanas de caramelo y los algodones de azúcar.

El centro del monumento no estaba invadido por la fiesta de día de reyes, y en la sombras Belascoarán avanzó hacia el personaje con sombrero gris que estaba al pie del mausoleo de Pancho Villa y con el que, curiosamente, habrían de identificarse con un formal intercambio de tarjetas.

—¿Usted sabe que ahí donde dicen que está Pancho Villa no está Pancho Villa? —preguntó Belascoarán, señalando la muy oficial tumba.

—¿Y a quién pusieron en lugar del susodicho? —repreguntó Elías Contreras.

—Verá, está medio complicado, pero está divertido. En noviembre de 1976, al presidente Echeverría se le ocurrió ponerse una pluma más en su sombrero y ordenó que se trajeran los restos de Villa desde Parral para enterrarlos con honores militares en esta pata del monumento. Pero resulta que ya en 1926 habían violado la tumba de Villa para robarle la cabeza, que nunca apareció, y una de las viudas...

—¿Tenía más de una?

—Oficiales, tres, pero reales como 25... Pues una de las viudas, para que no fueran a seguirle robando cachos a los restos de mi general, lo había sacado de la tumba y lo había movido ciento veinte metros más para allá en el mismo cementerio de Parral, y fue unos años después que una señora que se iba a curar a Estados Unidos de cáncer murió en Parral y aprovecharon para enterrarla en la vieja tumba de Villa. Por eso, cuando abrieron la fosa en el 76, con un antropólogo presente, alguien le hizo la observación al ejército de que ese muerto sí tenía cabeza, y, además, curva de pelvis femenina, pero los encargados lo mandaron al diablo, ellos tenían misión y a la chingada; si Villa tenía cabeza o no y pelvis de mujer, valía madres. Y con honores militares, en un armón descubierto con alumnos del colegio militar en uniforme de gala, se lo trajeron para acá y aquí enterraron a la ñora y todos los años le hacen honores y le suenan la trompeta y el clarín. Que bien merecido lo tiene la señora por andarse yendo a morir a Parral.

—¿Y Villa?

—No, pues Villa se les escapó de nuevo.

El sorprendente personaje, con un sombrero antidiluviano arriba del pelo parado, se le quedó viendo a Belascoarán fijamente.

—¿Usted seguro ha de pensar que Emiliano Zapata era mucho más chingón que Pancho Villa? —preguntó Belascoarán para darle una medida de aceite al compañero zapatista.

Elías Contreras no sólo lo pensaba, sino que no entendía cómo alguien inteligente podía tener alguna duda. Miró a Belascoarán preguntándose qué clase de nauyaca lo había picado quitándole el seso.

Para impedir que le dijera que Villa era muchísimo mejor que Zapata, lo que daría por muerta la relación, porque el Sup le había dicho que si el Belascoarán estaba medio pendejón, lo dejara tirado, Contreras le tendió el sobre.

Héctor tomó el paquete y vio en la carátula escrito en mayúsculas: "Morales". Eran varios fólders, una serie de expedientes sobre un "el tal Morales". La sorpresa casi lo paraliza. No sabía si reírse o volverse budista. ¿A poco Juancho el Bin Laden iba a ser real? ¿Estaban también los zapatistas tras las huellas de

"Morales"? ¿Cree usted en las coincidencias? "Es en lo único que no creo." ¿Cree usted en la casualidad? "Nomás cuando no existe."

El zapatista Contreras, muy serio, le dijo entonces:

—Ando buscando al Mal y al Malo. Ahí lo ves si también le entras o según cómo es tu pensamiento.

—Le entro —dijo Belascoarán sin dudarlo.

Héctor Belascoarán no creía en los complots, había vivido en demasiados de ellos para acabar de creérselos. Era un mexicano sujeto a la definición mexicana de paranoico: "un ciudadano con sentido común que dice que lo andan persiguiendo unos tipos que realmente lo andan persiguiendo". Tampoco tenía una versión simplista del asunto. Su hermano Carlos, el militante eterno de la familia, decía que paradójicamente, el marciano Héctor era un marxista existencial, de esos que piensan que el ser social acomoda la conciencia; que Alí Babá de tanto andar con los 40 ladrones de rola se había vuelto uno de ellos y priista. Héctor pensaba en que a fuerza de ser silla termina gustándote que te pongan el culo encima. Tampoco creía en la maldad natural de los gobernantes. Pensaba que a fuerza de serlo terminas siendo un hijo de la chingada, y que la estancia en el poder crea la obsesión por la perpetuación del poder, y cuando el poder político se acaba, queda el poder del dinero y ésa es la otra forma del poder y que por eso había tantos cajones abiertos donde meter la mano, tantos abusos; y que para mantener en pie el país que les gustaba, los gobernantes de México de los últimos años habían establecido una especie de ley suprema de la nación que nunca se hizo pública, que estaba escondida en el supremo clóset del supremo jefe, y que decía cosas como "El único principio de subsistencia es el principio de autoridad" y "Una vez que tu moral se fue por el desagüe, lo mejor es ser rata" y "La revolución nos hará justicia" y "Uca, uca, el que se lo encuentre se lo emboruca", y "Éste es el año de Hidalgo, chingue su madre el que deje algo" y "Usted me rasca la espalda a mí y yo se la rasco a usted". Héctor creía que México había sido en los últimos años un país esencialmente injusto, dominado por el abuso del poder, la arbitrariedad, la violencia contra los desamparados, y últimamente por la mediocridad, la mochería, la maldad y el mal gusto.

Pero cuando leyó por encima el "expediente Morales" estuvo a punto de que la boca no se le acabara de cerrar y que el cigarrillo que traía entre los dedos se los quemara. Aquello era demasiado. Aquello era el álbum Barbie y Ken del abuso del poder. Era la justificación de la idea de que el sistema le había pagado mordida al demonio.

El paquete contenía los papeles de Manuel Vázquez Montalbán, una foto enigmática, una hojita mecanografiada titulada "Los negocios del temblor", el folleto negro de la brigada blanca, algunos comunicados de la comandancia del Ejército Zapatista, el resumen de una conversación entre Marcos (¿?) y alguien llamado "garganta profunda" y una escueta nota del subcomandante Marcos que decía:

> Reciba el saludo de todos nosotros y el mío personal. Hace unas semanas llegaron hasta nuestras manos unas notas del escritor Manuel Vázquez Montalbán, encontradas por su hijo entre sus papeles tras su muerte, que nos llamaban poderosamente la atención sobre un personaje al que él llama "Morales". Desconocemos cómo fue la investigación que generó esas notas en Barcelona. No sabemos si eran notas para una futura novela o algo muchísimo más serio, o ambas cosas. Dado que parecen un rompecabezas detectivesco, se me ocurrió que quizá usted estuviera interesado en ayudarnos a desentrañarlo. Sobra decir que el personaje, si existe, puede ser extremadamente peligroso. Si usted acepta colaborar en la investigación, el compañero Elías Contreras será su enlace permanente con nosotros. En caso

contrario, le rogaríamos la máxima discreción. Un abrazo desde las montañas del sureste mexicano, Subcomandante Insurgente Marcos.

De todos los posibles escenarios había elegido su oficina y la mitad de la noche, quizá porque para extender ante sí todos los papeles necesitaba de los escritorios del Gallo Villarreal, de la mesa de trabajo del plomero Gómez Letras y de los sillones desvencijados de Carlos Vargas. Trató de ordenar el material y sumarle los datos por él conocidos; poner todo en orden y perspectiva. Perspectiva, esa dama a la que le había perdido la costumbre.

Hacia el final del 68 un ex guerrillero, de unos 25 años, traiciona a su gente, incluida su ex mujer y se vuelve ¿aliado, informante, agente? de los servicios secretos del gobierno mexicano (según el muerto que habla).

Este hombre comparte celda en la cárcel con Jesús María Alvarado y con Fuang Chu Martínez tratando de sacarles información (según el Chino). Se hace llamar "Morales".

Pero no existen huellas de su paso por la cárcel, a lo más una foto en la que se ve a un joven de nariz afilada, muy flaco y con lentes de miope. De unos 25 años máximo.

Ese personaje asesina a Jesús María Alvarado cuando éste sale de la cárcel en 1971 (dice el Chino).

En años posteriores estará (¿puede estar?) relacionado con la Brigada Blanca (según los papeles de Vázquez Montalbán) en la etapa de la guerra sucia. En el folleto titulado "El folleto negro de la brigada blanca", un escrito anónimo, mecanografiado, de ocho paginitas, impreso en un arcaico mimeógrafo con una carátula azul pálido, se registra un poderoso catálogo de horrores respecto a esta organización policiaco-militar nacida en el 74, cuando el presidente de México era Luis Echeverría. Era una organización trans secretarial, entre el ejército y la Secretaría de Gobernación, dedicada a acabar como fuera con las incipientes guerrillas urbanas. Y se valía todo, más allá de cualquier ley: secuestros, asesinatos, torturas. La dirigía un tal Nazar Haro. Un brevísimo comentario en el folleto, que contaba varias operaciones de esta "brigada blanca" parecía dar cuenta de la presencia de Morales en ella, estaba subrayada con lápiz rojo una línea: "entre los torturadores se encontraban Morales, el agentes Urteaga y una madrina de apellido Canseco", nada más.

En los papeles de "garganta profunda", una nueva mención: cuando se torturaba en la brigada blanca, "el tal Morales era de los que tomaban nota [...] cuando Nazar cae de la gracia de sus jefes, el tal Morales se esfuma, pero con una copia sin editar de los archivos de la Dirección Federal de Seguridad. Los archivos verdaderos, no los que se hicieron públicos".

Belascoarán escribió "1983" como la fecha probable del desvanecimiento de Morales. En su pasado, la fecha estaba más o menos clara.

Luego existía un breve vacío y se podía meter después los datos de la hojita mecanografiada que parecía un fragmento de la transcripción de una grabación y decía textualmente:

> lo que me contó Gustavo Arce, quien formaba parte de una de las brigadas que los estudiantes de antropología hicieron para pararlos a estos güeyes, porque después del temblor trataron, sobre todo en el centro, de aprovechar las grietas y los hundimientos para derribar las casas y sacar a la gente a patadas para luego construir lo que les diera su chingada gana, y llegaban los granaderos con órdenes de desalojo dizque por seguridad de la misma gente, ¿no? Y ahí las brigadas de los estudiantes de la ENAH los pararon porque ponían sellos en los edificios que decían: edificio catalogado, ¿no? Como monumento histórico. No se puede derribar sin permiso del Instituto de Antropología. Y junto con los vecinos los paraban. Era de la chingada, unos cabrones especulando con la desgracia de la gente, y el que coordinaba la operación con la policía y con los dueños de los edifi-

cios era un tal Morales, el señor Morales. Gustavo, que habló muchas veces con él, se gritoneó con él, dice que era un sapo, un pinche cínico, como de 50 años, que cojeaba un poco y traía unos anillos con piedrota roja en el meñique y en el anular de la mano izquierda. A mí luego me dio curiosidad de ese Morales, porque no era parte del gobierno del DF. Y luego que se asentó todo, ya no lo vieron en el Centro Histórico. Yo pregunté por él y nadie me dio razón, pero mandaba en cuadrillas de la Secretaría de Obras Públicas del gobierno del DF, y en oficiales del cuerpo de granaderos como si fuera su meritito padre. Cuando yo quise escribir de esto, ya no andaba por ahí, aunque Laura, la de la Unión de Damnificados también me dijo del Morales este, y se acordaba que tenía bigote y canas en las sienes. Poca cosa, ¿no? Bueno…

Había pues que situar a Morales en septiembre de 1985 en la ciudad de México cuando el temblor de los 8.1 grados en la escala de Richter. Nomás que era un Morales de "como 50 años", mientras que el Morales de Alvarado y la brigada Blanca no tendría más de 35-38. ¿Era el mismo Morales avejentado? Quizá. Nadie era bueno para calcular edades. En esto de sacar la edad, como bien había demostrado María Félix, que cumplió 50 años tres veces, los mexicanos no eran muy hachas.

Y luego un salto mortal.

Un nuevo papel con una nota: "Inicio del alzamiento zapatista en Chiapas. Enero del 94." Levantó el teléfono y marcó el número de Luis Hernández, un antropólogo y periodista que escribía sobre el zapatismo, tenía la única mochila en el mundo de la que salían cervezas frías y contestaba el teléfono a esa hora de la noche en el diario.

—Habla Belascoarán. ¿Te suena un Morales?

—A estas horas de la noche me suena todo y no me suena nada. ¿Relacionado a qué, mi buen?

—A los zapatistas, por ejemplo.

—Pues sí, está el Morales que los traicionó. Un cuate que creo que se llamaba Daniel. Hay un artículo en internet de Gilberto López y Rivas. Es el tipo que le dio a Tello toda la información sobre el zapatismo para el libro de Las Cañadas.

—Gracias, mano.

—¿Y en qué andas? ¿Algo de lo que se pueda escribir?

Belascoarán hizo unos gruñidos en el teléfono que admitían múltiple interpretación.

—Ah, ta bueno.

Marcó de nuevo, esta vez a su internauta Cristina Adler. No corría el riesgo de despertarla. Solía trabajar en las noches como traductora de novelas policiacas.

—Oye, chaparrita, hay un artículo en quién sabe qué periódico en quién sabe qué año, de un tal López y Rivas sobre un tal Daniel. ¿Puedes decirme qué pedo con el Daniel ese? Sigo en la oficina.

—Menos mal que soy una tal genia. Te hablo al rato, Berlusquis.

Héctor aprovechó para salir al pasillo, llegar hasta el baño común del piso y mear largamente. Ni un refresco más, se dijo, pero lo primero que hizo al entrar al despacho fue saquear la caja fuerte y abrir una cocacola que milagrosamente estaba fría. Justo cuando el primer timbrazo del teléfono llegaba.

—Pues sí, hay un Morales, Salvador Morales Garibay, alias Daniel. A eso se debe la confusión de los nombres. "Comandante Daniel." Era uno de los dirigentes militares del EZ, pero poco antes de la insurrección, en octubre del 93, salió de la selva con el pretexto de que haría contacto con un cargamento de armas proveniente de Centroamérica y nunca más volvió. Reapareció en la puerta del Estado Mayor Presidencial, allí en Molino del Rey, ofreciéndose como informador al ejército mexicano. Les dio datos sobre la dirección del EZ, los sacó del limbo, según este artículo.

—¿Y por qué desertó?

—Parece ser que estaba a cargo de un campamento que descubrió el ejército y que la cagó y que casi precipita el alzamiento de los zapatistas, y lo regañaron o algo así. Y se piró y terminó de oreja "con grado de capitán segundo de administración en intendencia y con funciones específicas en la fuerza de tarea de la sección segunda del Estado Mayor de la Defensa Nacional", remató citando el artículo.

—¿Y dice cómo es? ¿Qué edad puede tener?

—No, en ese artículo no, pero en otro sí. Me anticipo a tus peticiones Bascorancín. Cito textualísima: "de una estatura de un metro setenta, de 42 años (45 hoy día, váyase a saber de qué día habla, debe ser de hace a lo más un par de años) cabello negro con calvicie pronunciada, ojos café oscuro, labios delgados, piel blanca y complexión delgada, fue bautizado como *El Dedo* por los militares de bajo rango; otros le decían *Chava*".

—¿Algo más, genia?

—Hay una entrevista con él de Maité Rico y de La Grange en *Letras libres*.

—Yo no leo *Letras libres*.

—Pues te jodiste, porque yo tampoco, que la servidora era la responsable de la célula Ángela Davis de la JC en los ochenta y algo se le ha de haber quedado.

Héctor volvió a los papeles de los zapatistas. Afuera los ruidos de la noche se habían suavizado, tan sólo el leve rumor del tránsito. Encendió un cigarrillo sólo para descubrir que tenía otros dos encendidos en el cenicero.

Entre 1994 y 2000, según las notas de Manolo Vázquez Montalbán, Morales tiene acceso a la valija diplomática de la embajada de México en Madrid. ¿Para qué la usa? ¿Con quién contacta? ¿Qué negocios está haciendo en España? ¿Para quién negocia? Pero también está trabajando como delator para el ejército, y también tiene los archivos de la Dirección Federal de Seguridad y está conectado con el más grande fraude inquilinario de la historia de México después del temblor. Y tiene... Momento, se dijo Héctor, primero ordenar luego preguntar.

Volvió a la secuencia cronológica y colocó un papelito que con letras mayúsculas decía ACTEAL.

11:20 horas del 22 de diciembre de 1997. Matanza de Acteal. Los papeles de Vázquez Montalbán vinculan a Morales con la matanza y se pregunta: "¿Cómo se relaciona con el general Renán Castillo?" Según un comunicado del EZLN: un grupo paramilitar organizado por el PRI y financiado y armado por el ejército, había asesinado a 45 tzotziles que estaban rezando en una iglesia, un grupo perteneciente a una facción neutral, desvinculado del zapatismo. El comunicado era muy preciso: los paramilitares estaban "apoyados, entrenados y financiados por dependencias oficiales y elementos del ejército mexicano. Entre otros elementos castrenses intervinieron: el general de brigada retirado Julio César Santiago Díaz; Mariano Arias Pérez, soldado raso del 38 Batallón de Infantería; Pablo Hernández Pérez, ex militar que encabezó la masacre, y el sargento Mariano Pérez Ruiz". En el informe no aparecía el nombre de Morales. ¿Había estado allí? ¿Era parte de la estrategia de formar grupos paramilitares?

Luego un salto hasta el 2002. En las notas de VM aparecía una geografía urbana: Hotel Princesa Sofía, Plaza Pío XII, Centro Financiero (¿en el hotel?).

—De nuevo yo, chaparrita. ¿Qué se puede saber de un hotel llamado Princesa Sofía, en Barcelona?

—¿Y qué sigue después? ¿La cotización de la bolsa? ¿El precio del camote en el mercado de mayoreo? Espérate, Berlisquín, ni cuelgues... —segundos tan sólo, debería tener una máquina voladora, algún día Belascoarán entraría en el paraíso perdido de la red—. Lo tengo, ¡bingo! Trescientos noventa euros la noche, ciento treinta y cuatro con tarifa especial, con secador de pelo en la recámara, en avenida Diagonal, muy cerca del Museo de las Artes Decorativas, un hotelote, grandote, lujosote, en la plaza Pío XII…

—Se agradece —dijo Héctor.

¿Qué pasaba allá? Manolo *dixit*: Morales vivía solo en una

suite del Reina Sofía. Iba al centro financiero, entraba a las 21 y salía a las 22. Entraba al metro María Cristina a las 22:30 y salía a las 23:00, y de ahí al hotel. Según las notas del mismo Manolo, el maletín que llevaba al metro María Cristina estaba repleto de billetes, de euros.

Nuevo telefonazo.

—¿Cuándo entra a circular en España el euro, m'hija?

—Sin necesidad de máquina, caballero. ¿Qué estás haciendo? ¿Crucigramas para tarados? Enero de 2002.

Traía materiales en el portafolio (¿cómo lo sabía Manolo?)(¿Qué materiales? Sobre Montes Azules) ¿Qué chingaos era Montes Azules?

De nuevo la Adler fue sacada de su retiro.

—Nomás porque estoy traduciendo una novela de terror bastante malita y estas exploraciones tuyas me tienen muy divertida. Un hotel en Barcelona, un misterioso traidor llamado Daniel, la entrada en circulación del euro, una reserva ecológica. ¿Te estás volviendo ecologista Belasquito?

—No, sigo pensando que a los delfines hay que taqueárselos.

Diez minutos después sonaba el teléfono:

—Ahí te va, Belascucho, pero la verdad es que tus intereses se están volviendo muy variados, pareces un detective del siglo de las luces: 16 grados 4 minutos a 16 grados 57 minutos latitud norte y 90 grados 45 a 91 grados 30 longitud oeste, en Chiapas, al este del estado. Municipios de Ocosingo y Las Margaritas. Charros, en la madre, eso es zona zapatista... La llaman una "Reserva de la Biósfera" y tiene 331 mil 200 hectáreas. El 8 de diciembre de 1977 fue decretada Reserva de la Biosfera; el decreto no fue publicado hasta el 12 de enero de 1978 en el *Diario Oficial de la Federación*. Eso, y ahí te va una perla, mira cómo lo fundamentan, mi estimado Belus: "Por otra parte, dadas las bellezas naturales de la zona, la reserva presenta un notable potencial turístico incrementado por la presencia de restos arqueológicos en su interior y en sus cercanías". Se hicieron muchos "econegocios" al final de los años noventa en esa reserva. Que mariposas, que muestras de bacterias, que aves, yo qué sé, no entiendo gran cosa del asunto. ¿Algo más, Belascas?

Héctor colgó mientras sumaba mentalmente: o sea que el gobierno federal activa el interés en una reserva ecológica durante el gobierno de Zedillo, en plena zona de conflicto, años después del alzamiento zapatista, en plena tensión militar. Una reserva ecológica, para cuidar a los zopilotes y que los nativos no se fueran a mear en las aguas, y que los turistas no dejaran botes de cocacola encima de una pirámide maya.

Alguien había estado fumando mota de mala calidad entre los federales.

Había una foto en los expedientes que le enviaron los zapatistas, a lápiz en la parte de atrás una referencia críptica: "Morales, presidente, Legazpi, Ramos de Miguel, Hotel Reina Sofía, Barcelona, 2002". El que es indicado como Morales parece un hombre de poco más de 50 años, calvicie prematura, mirada fuerte, con bigote; el que es identificado como "presidente" está de espaldas. ¿Presidente o ex presidente? Ernesto Zedillo. ¿Estaba en España? Héctor no reconoció a los otros dos personajes en la foto.

¿Qué seguía?

13 octubre 2004. Entre los papeles que envían los zapatistas estaba un comunicado de Marcos sobre las comunidades de Montes Azules: "Debido al hostigamiento de grupos paramilitares y a la intolerancia alentada en algunas comunidades por el Partido Revolucionario Institucional, decenas de familias indígenas zapatistas se vieron obligadas, hace tiempo, a desplazarse y formar pequeños núcleos de población en la llamada 'biosfera de los Montes Azules'. Durante el tiempo en el que han estado en esta terrible situación, lejos de sus tierras originales, los zapatistas desplazados se han esforzado por cumplir nuestras leyes que mandatan el cuidado de los bosques. No obstante, el gobierno federal, de la mano de las

trasnacionales que pretenden apoderarse de las riquezas de la Selva Lacandona, ha amenazado, una y otra vez, con desalojar violentamente a todos los poblados de esa zona, incluyendo a los zapatistas. Los compañeros y compañeras de diversas comunidades amenazadas de desalojo decidieron resistir mientras el gobierno no cumpla con los llamados 'acuerdos de San Andrés'. Su decisión es respetada y apoyada por el Ejército Zapatista de Liberación Nacional. En su momento lo señalamos y ahora lo ratificamos: si alguna de nuestras comunidades es desalojada con violencia, responderemos, todos, en el mismo tenor".

"Zedillo, Carabias y Tello. Morales" dicen las notas de Manolo. Hay una referencia a una cena. Ok. Montes Azules, el ex presidente, la ex secretaria de Ecología, el escritor del libro sobre los zapatistas por encargo del propio Zedillo y con la colaboración del capitán Morales. ¿Un negocio? ¿Un gran negocio? ¿Un econegocio?

Y eso lo llevaba al fin del 2004. A este personaje que según una adivinanza enviada por el muerto que habla: "tiene pluma" (¿escribe?), es más rápido que "Speedy González", "vuelve después de muerto", "mata" y muerde". Hoy.

Y hoy también las relaciones con El Yunque. Esa sociedad secreta de ultraderecha que está enquistada dentro del gobierno de Vicente Fox. Y hoy también, según los llamados del muerto que habla, Morales había secuestrado a un taquero de Ciudad Juárez llamado Juancho, que la CIA usaba como doble de Osama Bin Laden.

Se asomó a la ventana para que le diera el aire.

Si Morales era esos Morales, había tenido una vida muy movida, pero algo no le cuadraba, a más de las diferencias de edad y contradicciones entre las dos fotos, que al fin y al cabo no eran importantes, porque en 30 años la gente cambia mucho. El asesino espía vuelto torturador, vuelto capitán traidor por segunda vez, vuelto financiero transa, vuelto operador de paramilitares, en Barcelona haciendo bisnes raros, vuelto resuperfinanciero transa, vuelto enlace con la ultraderecha, vuelto secuestrador de un taquero.

¿Habría tres Morales? ¿Uno mutante, cambiante? ¿Cinco? ¿Cincuenta? ¿Eran una familia? ¿Un trío? Los Morales, no, ésos eran otros. ¿Padre e hijo? ¿Cuál era el negocio de Montes Azules? ¿Y se había cerrado? ¿Quién era el que había tomado la voz de Alvarado para revivir esta historia? ¿Era todo el guión de una novela de Manuel Vázquez Montalbán con Carvalho en México? ¿Eso y un montón de casualidades?

Preparó un resumen de las grabaciones de el muerto que habla con una nota previa para Contreras. Se descubrió bostezando. Cerró la ventana para que el aire de la noche no le fuera a mover los papelitos que cubrían todo el cuarto. De repente se acordó de algo fundamental.

—Cristina, necesito que averigües dónde venden Chaparritas El Naranjo, de uva.

—¿En serio? No mames, son las tres de la mañana. Sí, claro, es en serio. Estás como perro astronauta, Belascurris... Te llamo.

Unos minutos más tarde sonaba el teléfono.

—Parece que en el DF dejó de haber un tiempo, porque la página web de la compañía que la producía, una tal Alimentaria de Refrescos, ya no se abre... Pero en Guadalajara sí hay, y en Tuxtla Gutiérrez las vendían a domicilio. "A la puerta de tu casa un paquete con 24 piezas de mandarina, piña y uva, a 65 pesos." Pero se me hace que eso es en el pasado, porque tampoco pude entrar en esa oferta para comprarte una... Dicen que se fusionó con la cocacola. Alguien me dijo que compró una chaparrita de uva el otro día, o sea que a lo mejor están regresando. Y un señor que tiene una página que llama piropos nacos incluye uno que dice: "Señor Naranjo, qué buenas están sus chaparritas" al lado de otro que dice: "Mamacita, dichoso el clavo que ponche esas llantitas..." ¿Le sigo?

—No, ahí muere.

Capítulo IX

El Mal y el Malo

...en el que se narra de lo que platicaron la Magdalena y Elías en un café de chinos; se explica que la geografía del Mal está chueca y que el mundo está lleno de ventanas y puertas; se da razón de cómo los comandantes zapatistas armaron el rompecabezas enviado por el finado Don Manolo; y se da cuenta de lo que pasó cuando Elías fue a su trabajadero del Belascoarán, de las preguntas que se hicieron y de las respuestas que se dieron, del acuerdo al que llegaron, y de cómo se inició una partida de dominó de futuro incierto. Todo esto y, además, algunas reflexiones (o definiciones) sobre el Mal y el Malo, hechas por invitados involuntarios a esta novela.

"Que sea que es como un papá muy grande, que sea un papá muy chingón, que dicen los ciudadanos."

Así dije yo, Elías Contreras, comisión de investigación del EZLN. Y entonces la Magdalena se echó una risa grande. Y entonces dale con risa y risa. Y entonces nomás no paraba. Y entonces hasta se tuvo que ir al baño porque de la risadera le dieron ganas de ir a 25, que sea orinar. Y entonces toda la gente nos miraba porque mucho reía la Magdalena. Y bueno, también porque traía un vestidito muy chiquito y mostrando todo, que sea que andaba bien encuerada, la Magdalena. Y entonces es que arresulta que estábamos tomando un café en un café de chinos que está en la calle de Puente de Alvarado, ya tarde en la noche, porque arresulta que la Magdalena pasó por mí a un su cuartito que queda en la coloña Guerrero, allá en el monstruo, que sea en la ciudad de México. Y entonces en ese cuartito estaba yo sufriendo un poco bastante porque arresulta que le cortaron el agua a la Magdalena, que sea que había que subir el agua con cubeta por las escaleras, y entonces la cubeta estaba hoyada, que sea que se le salía un buen tanto de agua y entonces pues tenía que dar varias vueltas, y entonces era un tiradero y entonces me resbalé y me caí. Y entonces lo estaba lavando mi ropa y entonces sin darme cuenta lo eché cloro a mi pantalón y se puso como pálido, como enfermo de descolorido, y la camisa, que era blanca, pues ya no es blanca, que sea que quedó como manchada porque la metí en la misma cubeta del pantalón, y entonces pues estaba yo sufriendo porque que sea que ésa era mi ropa de salir, que sea la mejorcita que llevaba yo a mi comisión de investigación en el monstruo, que sea en la ciudad de México. Y entonces llegó la Magdalena a decirme que esa noche había mucha competencia en la taloneada y que lo único que iba a agarrar era una gripa y entonces me dijo que vámonos a tomar un café a un café que yo te invito, dijo, que sea que la Magdalena me invitaba. Y entonces, sin cambiarse la ropa, que sea sin ponerse nada más porque tampoco tenía mucha ropa encima, nos fuimos a ese café de chinos. Y entonces, en el café onde tomábamos café, nos pusimos a platicar y entonces yo le pregunté a la Magdalena que qué cosa les dijo a los judiciales, que sea a la justicia, que me quería detener la otra noche, que sea que qué les dijo para que no me llevaran en la patrulla. Y entonces la Magdalena me dijo que les dijo a los judiciales que yo era su "padrote". Y entonces la Magdalena me preguntó si yo sé qué cosa es "padrote" y yo le dije que sí sé y entonces ella, que sea él, me preguntó qué cosa es "padrote" y entonces yo le contesté eso de que es un papá muy grande, que sea muy chingón y entonces ella empezó con su risadera y tardó un buen tanto de tiempo. Y entonces, ya cuando se calmó de su risadera, yo le dije que entonces él, que sea ella, era como mi hijo o hija, según.

Y ella se pasó de la risadera a la chilladera, que sea que la Magdalena tiene muy revuelto su pensamiento porque un rato está rise y rise y otra vuelta ya está con la lloradera. Y entonces ya le pasé mi café con leche porque ella, que sea él, ya se había acabado el suyo. Y entonces ya con el café se calmó un poco pero siempre algo se lloraba. Y entonces yo le dije que no estuviera triste su corazón. Y entonces él, que sea ella, me dijo que no estaba triste, que lloraba porque estaba contenta, que sea contento.

Y entonces yo claro lo miré que sí es cierto que la Magdalena tiene muy revuelto su pensamiento.

Y entonces yo le dije que cuando derrótemos al Mal y al Malo, ella, que sea él, se iba a poder enderezar lo que estaba chueco y hasta se iba a conseguir un su marido y que yo mero iba a ser su padrino de casamiento y que íbamos a llevar una marimba para echar baile y que íbamos a dar pozol y tostadas dulces y quién quita y hasta matábamos una vaca, según si conseguíamos la paga, y echábamos caldo. Y entonces la Magdalena nomás decía "Ay Elías, ay Elías" y se reía y se chillaba pero al mismo tiempo todo, que sea que era un relajo. Y entonces ella, que sea él, dijo que ojalá gánemos la guerra, porque nosotros, que sea los zapatistas, sí estamos luchando por la gente jodida. Y entonces él, que sea ella, dijo que no importa si ella, que sea él, lo mira el día o la noche, según, cuando gánemos, pero que nos apoya en todo lo que pueda porque una causa así, que sea la causa zapatista, se merece el apoyo de lo mejor y que lo mejor está siempre abajo, en la gente jodida. Y entonces la Magdalena me preguntó que onde están el Mal y el Malo para ir a partirles su madre *orita* mismo, dijo. Y entonces yo le conté que eso mero es lo que estoy investigando, que sea 'onde mero tienen su casa, que sea su trabajadero, el Mal y el Malo.

El Mal y el Malo según Federico García Lorca, poeta español, fusilado por los falangistas de Francisco Franco, acusado de ser homosexual, intelectual, crítico de la iglesia y enemigo del conservadurismo

Los caballos negros son,
las herraduras son negras.
Sobre las capas relucen
manchas de tinta y de cera.
Tienen, por eso no lloran,
de plomo las calaveras.
Con el alma de charol
vienen por la carretera.
Jorobados y nocturnos,
por donde animan ordenan
silencios de goma oscura
y miedos de fina arena.
Pasan, si quieren pasar,
y ocultan en la cabeza
una vaga astronomía
de pistolas inconcretas.

Fragmento de "Romance
de la Guardia Civil Española", en
Romancero gitano. 1924-1927.

El Mal y el Malo según la Magdalena

—Mira Elías, tal vez tú me entiendas porque eres indígena y sabes lo que se siente con la discriminación y el racismo. No sé, hay como un odio a lo que es diferente. Y ese odio no es nada más que te vean mal, que se burlen de ti, que hagan chistes o que te humillen y te insulten. Es algo que llega hasta el crimen. A algunas de nosotras, o nosotros, nos han llegado a asesinar. A veces se sabe y a veces no. Y no me refiero a que nos asesinen en un asalto o un secuestro. No, nos matan nomás por el coraje que les da nuestra diferencia. Y además, por ser lo que somos, si pasa algo malo, de quien primero sospechan es de nosotros, o nosotras. Porque ellos piensan que nuestra diferencia no es natural, sino que es una perversión, una maldad. Como si nuestra preferencia sexual fuera producto de una mente criminal, un rasgo de delincuencia... o de animalidad, porque un obispo dijo que somos como cucarachas. No sé, pero el caso es que si uno, o una, es homosexual, lesbiana, transexual o trabajadora sexual, ya estuvo que es el primer sospechoso o sospechosa de algo malo. Entonces una, o uno, tiene que esconder su diferencia o arrinconarla en una calle oscura. ¿Y por qué vamos a esconder lo que somos? Trabajamos como cualquiera, amamos y odiamos como cualquiera, soñamos como cualquiera, tenemos virtudes y defectos como cualquiera, o sea que somos iguales pero diferentes. Pero no, para ellos no somos normales, somos como fenómenos horribles, degenerados a los que hay que eliminar. Y no me preguntes quiénes son ellos porque no te sabría decir bien. Ellos. Todos. Hasta los que se dicen progresistas, democráticos, de izquierda. Ya ves que en lo de Digna Ochoa y Pável González las autoridades dijeron que ella era lesbiana y que el Pável era homosexual, como si eso fuera un argumento para no hacer justicia. Y que, como eran así, pues se deprimieron y mejor se suicidaron. Da asco. Pinche ciudad de la esperanza. Sí, porque si algo malo le pasa a alguien como nosotros o nosotras, todos dicen "se lo merecía", "por algo será", y cosas así. Además, ¿no se usa la referencia homosexual para insultar a alguien? "Puto", "marimacha", "mampo", "mariposón". Bueno, pero qué te cuento a ti, si "indio" sigue siendo todavía un insulto en este país que se construyó y se levanta sobre las espaldas de los indígenas. ¿Quiénes son ellos? Pues todos. O ninguno. Es como un ambiente. Como algo que está en el aire. Y luego pues son hipócritas, porque los mismos que de día nos insultan y persiguen, en la noche llegan a buscarnos "para saber qué se siente" o para que su cuerpo confiese lo que su cabeza niega, o sea que son como nosotros. Cierto que a veces también somos agresivos, pero es que sólo así nos defendemos. Si todo el tiempo se la pasan chingándonos, pues claro que lo primero que pensamos es que alguien se acerca para hacernos daño. La misma repulsa que provocamos la usamos para protegernos. Pero, ¿por qué tiene que ser así? Yo quisiera que fuera cierto lo que me dijiste, que pudiera operarme y que mi cuerpo fuera lo que soy, y casarme, y tener hijos. Pero no quisiera mentirle a ellos, a mis hijos, sobre lo que fui. Y no quisiera que ellos se avergonzaran de mí. Cierto que ha habido cambios, que ya la homosexualidad y el lesbianismo no son tan perseguidos, pero eso es arriba, con la gente de dinero o de prestigio. Pero acá abajo sigue la misma chingadera. El Mal es esa incapacidad de la gente para tratar de entender la diferencia, porque tratar de entender es respetar. Y luego la gente persigue lo que no entiende. El Mal, papá Elías, ¿me dejas que te diga papá?, se oye mejor que "padrote". El Mal, papá Elías, es la incomprensión, la discriminación, la intolerancia. Está en todos lados. O en ninguno...

EL MAL Y EL MALO SEGÚN DON QUIJOTE DE LA MANCHA Y SANCHO PANZA, SU ESCUDERO, viejos desfacedores de entuertos (ahora cumplen 400 años)

> En esto, descubrieron treinta o cuarenta molinos de viento que hay en aquel campo, y así como Don Quijote los vio, dijo a su escudero:
>
> —La ventura va guiando nuestras cosas mejor de lo que acertáramos a desear; porque ¿ves allí, amigo Sancho Panza, dónde se descubren treinta, o pocos más, desaforados gigantes, con quien pienso hacer batalla y quitarles a todos las vidas, con cuyos despojos comenzaremos a enriquecer?; que ésta es buena guerra, y es gran servicio de Dios quitar tan mala simiente de sobre la faz de la tierra.

—¿Qué gigantes? —dijo Sancho Panza.

—Aquellos que allí ves —respondió su amo— de los brazos largos, que los suelen tener algunos de casi dos leguas.

—Mire vuestra merced —respondió Sancho— que aquellos que allí se parecen no son gigantes, sino molinos de viento, y lo que en ellos parecen brazos son las aspas, que volteadas del viento, hacen andar la piedra del molino.

—Bien parece —respondió Don Quijote— que no estás cursado en esto de las aventuras: ellos son gigantes; y si tienes miedo, quítate de ahí, y ponte en oración en el espacio que yo voy a entrar con ellos en fiera y desigual batalla.

Miguel de Cervantes Saavedra,
El ingenioso hidalgo Don Quijote de la Mancha,
tomo I, 1605.

El Mal y el Malo según doña Socorrito

Tal vez camina por la orilla de la playa que, tal vez, a esa hora está casi desierta. Tal vez de vez en cuando se detiene a recoger alguna concha de mar. Tal vez está por cumplir 71 años. Tal vez en marzo. Tal vez la acompaña una de sus nietas. Tal vez la niña tiene menos de cinco años. Tal vez las dos tararean "Que siempre estarás con nosotros / y nosotros contigo / en el mismo bolsillo del pantalón..." Tal vez la niña desafina en la sílaba final.

Tal vez doña Socorrito está diciendo ahora que el mundo puede ser como una casa grande o como una cárcel pequeña; que el mundo está lleno de ventanas y puertas; que el mundo es un gran rompecabezas lleno de habitaciones, algunas oscuras, algunas iluminadas; que el mundo está lleno de realidades diferentes, distintas, y a veces contradictorias; que en el mundo cada realidad tiene dos puertas y que una es la puerta del Mal cierto y otra es la puerta del Bien incierto; que a veces uno puede elegir en qué habitación va a vivir; que a veces uno no puede escoger y que la vida y el Mal lo avientan a uno donde sea; que si uno puede elegir, entonces tiene que elegir dos veces; que, si puede, uno tiene que elegir dónde estar y, además, por cuál puerta entrar; que el trabajo de los adultos es mostrarles a los niños y niñas todas las ventanas posibles para que se puedan asomar a todas las habitaciones posibles; que el trabajo de los adultos es luchar todo el tiempo porque los niños y niñas tengan siempre la libertad de elegir la habitación del mundo en la que van a estar, y la libertad y la responsabilidad de elegir la puerta por la que van a entrar a esa habitación; que entonces uno puede ser lo que sea y en donde sea, pero tiene que elegir entre ser bueno y ser malo.

Tal vez doña Socorrito está diciendo que el mal lucha por que no haya libertad ni responsabilidad en elegir habitación y puerta; que los hombres y mujeres que luchan contra el Mal no hacen otra cosa que luchar por todos los niños y niñas, sin importar su color, su apellido, su tamaño, su nacionalidad, su raza, su idioma; que de nada sirve un mundo nuevo si nada hacemos por cambiar el que tenemos; que el Mal presenta a la niñez como coartada donde el mal es destino manifiesto; que quienes luchan contra el Mal quieren que la niñez sea, simple y sencillamente, una mirada abierta.

Tal vez eso, dice doña Socorrito, caminando frente al mar de oriente. Tal vez la niña la escucha.

EL MAL Y EL MALO SEGÚN PEDRO MIGUEL, periodista del diario mexicano *La Jornada.*

> Pero el actual ocupante de la Casa Blanca (George Walker Bush, presidente de Estados Unidos) habla tanto del Altísimo que lleva a preguntarse por la pertinencia de desempolvar la teología y emplearla como instru-

> mento de análisis del mundo contemporáneo [...] George Walker [...] parece estar honestamente convencido de que él y Dios (en ese orden) forman un equipo formidable. Por descontado, el presidente considera que la ayuda divina es el activo más importante que las tradicionales alianzas terrenales de Estados Unidos (Francia, Alemania, España, Canadá) [...] Si el Imperio Celestial forma parte de esa alianza, qué caso tiene lamentarse por la salida de ella de uno que otro paisucho. Qué necesidad va a tener de formular una definición clara del Mal, si resulta evidente que el Mal es todo aquello que antagonice con el Señor, Quien, a Su vez, ha resultado ser estratega genial, economista preclaro y promotor (re) electoral agudísimo y certero.
>
> "Bush y Dios", en *La Jornada*,
> 25 de enero de 2005.

El Mal y el Malo según la Chapis

La Chapis es monja, hermana, religiosa, o como se le quiera llamar. No se puede decir que "tomó los hábitos" porque anda vestida normal, aunque hay una cierta austeridad y sencillez en su atuendo que la delata.

La congregación religiosa a la que pertenece la Chapis es, como dirían los zapatistas, "muy otra": en lugar de encerrarse a rezar o adular con la promesa de indulgencias a los poderosos, sus integrantes se dedican a esa práctica cristiana que se llama "opción por los pobres". O sea que, como luego dicen, trabajan con los jodidos. Además de monja, la Chapis es chiquita. Tan pequeña es, que el apodo de "Chaparrita" le quedaba grande y por eso le dicen Chapis. O sea que es chaparrita hasta en el sobrenombre. La Chapis escogió como nombre de lucha el de "Lucrecia" porque, dijo, los malos nunca pensarían que "Lucrecia" es una monja. Pero de balde se puso "Lucrecia" porque todos le siguen diciendo Chapis.

Chapis Lucrecia está ahora platicando con Elías Contreras, en una fonda de comida corrida, por el rumbo de San Pedro de los Pinos, en el DF. Elías quiere mucho a la Chapis porque, aunque ella sabe que Elías está muerto, no le tiene miedo y habla con él, así que Elías está muy a gusto comiendo, por 25 pesos mexicanos, una tacita de consomé de pollo, arroz, hígado encebollado (¡guácala!), arroz con leche, y agua de horchata a discreción. Habla la Chapis, Elías escucha.

—El problema con el Mal y el Malo es geográfico. O sea que la geografía del mal fue invertida, la pusieron al revés. Y es que, cuando cuentan la historia de la creación, los ricos voltean todo. Según esto el cielo, o sea el Dios, o sea el bien, está arriba; y el Mal y el Malo, o sea el diablo, están abajo. Pero no, Dios no está arriba. Para corregir el error fue que Dios mandó a su hijo, o sea a Cristo, a la tierra. O sea para demostrar que el bien, o sea el cielo, no estaba arriba, lejano de lo que pasaba en la tierra. Los poderosos de entonces habían convencido a todos de que la tierra estaba organizada como el cielo, o sea que arriba estaban los buenos, o sea los gobernantes, los que mandaban, y abajo estaban los que obedecían, los malos. O sea que el equivalente del cielo era el gobierno y el equivalente de Dios era el gobernante. O sea que así justificaban, y justifican todavía, que hay que obedecer a los que gobiernan porque son buenos. Ahí está Bush, que trae a Dios como le da la gana, o sea que usa a Dios para justificar sus maldades.

Entonces a Cristo lo crucifican porque viene a cuestionar todo eso y, siendo el hijo de Dios, en lugar de reunirse con los gobernantes, cenar en sus palacios, hacer un partido político o convertirse en su asesor, ¿qué hace?, pues se va a nacer en un pesebre, rodeado de animales, crece en una carpintería y se hace una organización con puros pobres. ¿Se iría Dios a donde está el Mal? No. Entonces se va con los de abajo y así nos dice que el Bien no está arriba, porque si así fuera pues hubiera nacido en la casa del cabrón de Salinas de Gortari o del pinche Bill Gates ese, pero no. Entonces el cielo no está arriba, ni el bien tampoco. El Mal está arriba a la derecha, con los ricos, con los que mal gobiernan, con los que oprimen al pueblo. ¿Dónde quedó entonces el Bien? No lo sabemos, hay que buscarlo.

No sé si, al contrario, el bien está abajo a la izquierda, pero si sé que es un buen inicio empezar a buscarlo por ahí. Por eso yo, cuando rezo, bajo la mirada, porque estoy rezándole al Dios que está con los de abajo. Por eso no estoy de acuerdo con los pinches obispos y sacerdotes que se la pasan con los ricos y se vuelven uno de ellos hasta en la forma de vestir. Así es que yo te aconsejo que, si buscas al Mal y al Malo, los busques arriba y a la derecha. Seguro que ahí viven.

Oye Elías, no me vayas acusar con el Sup de que digo groserías. Si no vas a querer el arroz con leche yo me lo como.

EL MAL Y EL MALO SEGÚN LEONARD PELTIER, indígena, artista, escritor y activista por los derechos indígenas en USA, actualmente preso, ilegal e injustamente.

> El gobierno, bajo el pretexto de la seguridad y el progreso, nos "libera" de nuestras tierras, recursos, cultura, dignidad y futuro. Ellos violan cada tratado que han hecho con nosotros. Uso la palabra "liberar" en tono de burla y sarcasmo, de la misma manera que ellos usan las palabras "daño colateral" cuando asesinan hombres, mujeres y niños.
>
> Ellos describen a la gente que defiende sus tierras como terroristas, salvajes y hostiles, y nos acusan de ser los agresores. Mis palabras buscan encontrar a los no indios. Miren ahora antes de que sea demasiado tarde, vean lo que se está haciendo a otros en vuestro nombre y vean cuánta destrucción permiten ustedes cuando no dicen nada. Su propio tratado, el que existe entre uste-

des y el gobierno, es violado todos los días, este tratado es conocido comúnmente como Constitución.

Penitenciaria de Leavenworth, Kansas,
USA, enero de 2004.

El Mal y el Malo según el tal Morales

No es que uno sea cínico, sino realista. Y la verdad es que si no chingas, entonces te chingan a ti. Claro que hago negocios, y no me vengan ahora con tonterías de ética y justicia porque todos los negocios son sucios, siempre se trata de comprar barato y vender caro. ¿O cómo creen que se hicieron las grandes fortunas de los hombres y mujeres más respetados de México y del mundo? Todo se compra y se vende: la tierra, el cuerpo, la conciencia, la Patria. Sí, bueno, no siempre compré. Sí, arrebaté, despojé, pero si no era yo iba a ser otro. Y es que hay gente que nace para estar jodida, como que lo traen en la frente grabado: "chínguenme".

¿Traicioné? Depende de cómo lo vea uno. Según yo, sólo cambié de paradigma, y eso lo hacen todos en todo el mundo, nomás que le dicen "madurar", "realismo", "sensatez".

¿Maté? Pues sí, pero es que uno no puede ascender sin mancharse las manos.

No, nunca lo hice de frente. No por cobardía, es que me da lástima ver los ojos de los futuros difuntos. Además, de todas formas se iban a morir, yo sólo les apuré la despedida. Bueno, sí, a veces sí tuve miedo de matar de frente porque era gente brava.

¿Engañé? No más que cualquiera de los políticos o empresarios. Bueno, es que hay niveles. O sea que en esto de la maldad hay amateurs y profesionales. Yo soy de los profesionales, pero empecé como amateur. Y no pierdo la esperanza de entrar a las grandes ligas, o sea entrarle a la política y quien quita y hasta llego a presidente de la República. Si ya otros lo han hecho, no veo por qué yo no. Y es que, mire usted, en el Mal hay niveles: están los que joden a los jodidos y están los que joden a los jodedores de jodidos. Yo estoy digamos que en nivel medio. O sea que alguien con mucho poder y dinero quiere hacer un negocio pero no quiere que se sepa y no quiere batallar con las pequeñas dificultades que suelen surgir. Ahí es donde entro yo. Algo así como un intermediario, pero más efectivo porque no sólo veo lo que se va a comprar, también lo preparo, lo limpio y lo entrego lavadito y planchadito. El cliente no se mancha las manos de sangre ni se fastidia con papeleos y trámites. Claro que me quedo con mi comisión. O sea que se puede decir que soy como una especie de intermediario del Mal. Mire usted, ¿sabe cuál es la ciencia para triunfar en esto de la maldad? Pues saber caer parado siempre, jugar en todas las canchas y con todos los equipos, estar bien con dios y con el diablo, chingar al que está siendo chingado por el más chingón, bajar la mirada ante el poderoso y alzarla ante el débil. En suma, hacer política moderna. O sea que en esto de la maldad hay que tener buen "timing".

¿Qué? ¿Mirarme al espejo? No, para qué, si con influencias y dinero todos te miran muy guapo. ¿Que si tengo alguna aspiración? Cómo no, mire usted, yo aspiro a llegar a viejito sin ningún problema y, eso sí, con el colchón forrado de tarjetas de crédito y unos cuantos millones en bancos en el extranjero. Sí, viejito así como el Pinochet. Ya ven que los viejitos inspiran lástima, no importa cuántas chingaderas hayan hecho ni cuántos cristianos se hayan despachado.

En este negocio de la maldad, la jugada está en llegar a viejo, si no, dígame usted a quién de los malosos que esté viejito lo han castigado. ¿Militancia política? Bueno, pues me cambio según me conviene, o sea que mis convicciones políticas son como mis calzones. Sí, cualquier partido político te acepta si te pones guapo con una feria. Dinero, sí, eso es lo que buscan ellos, lo que buscamos todos. Y yo sé dónde está el dinero y lo que hay que hacer para conseguirlo. ¿Tenerle miedo a la justicia? No me haga reír, ¿qué no ha entendido que nosotros somos la justicia?

El Mal y el Malo según Angela Y. Davis, activista norteamericana contra el racismo y la represión política. Estuvo presa injusta e ilegalmente.

> La publicitada función de la policía, "proteger y servir a la gente", llega a ser la caricatura grotesca de proteger y preservar los intereses de nuestros opresores y no está a nuestro servicio sino al servicio de la injusticia. El Fascismo es un proceso, crece y se desarrolla con la naturalidad de un cáncer. Mientras que hoy la amenaza del fascismo puede estar primariamente restringida al uso de los aparatos de la ley, las fuerzas policiales, el aparato judicial y penal, en contra de las resistencias abiertas y latentes de las nacionalidades oprimidas, mañana podrían atacar a la clase trabajadora en masa y aun eventualmente a los demócratas moderados.
>
> Cárcel del Condado de Marin,
> USA, mayo de 1971.

El Mal y el Malo según el Ruso

Traicionar la memoria de nuestros muertos. Renegar de lo que somos. Perder la memoria. Vender nuestra dignidad. Avergonzarnos de ser indígenas o negros o chicanos o musulmanes o amarillos o blancos o rojos o gays o lesbianas o transexuales o flacos o gordos o altos o chaparros. Olvidar nuestra historia. Olvidarnos de nosotros mismos. Aceptar lo que nos da de tragar el poderoso. Rendirnos. No luchar. Hacer como que no vemos que los pinches fascistas se están apoderando de todo. Asumir el "dejar hacer, dejar pasar" en nuestras vidas y dejar hacer al poderoso y dejar pasar las chingaderas que están haciendo con nosotros. Dejarnos engañar por los medios de comunicación. Pelearnos entre compañeros de lucha. Pelearnos contra los que están jodidos como nosotros. Dejar que le metan mano a la tierra y la envenenen con sus pinches transgénicos.

Quedarnos callados ante las guerras de dominación. Votar por Bush. Comprar en la Wal-Mart. Mentirnos a nosotros mismos y mentirles a los nuestros.

Dejar que ellos atropellen, maten, saqueen, engañen y, al final, se salgan con la suya. Eso es el Mal. Eso y otras cosas que ahorita no puedo decir porque ya me encabroné. Ahí está su pinche torta.

EL MAL Y EL MALO SEGÚN EL GENERAL VICENTE ROJO, jefe del Estado Mayor Central del Ejército Popular Republicano. Combatió contra los franquistas en defensa de la República Española.

> La No Intervención pesaba como una losa sobre la República; y en tanto se creaba en torno de ésta una atmósfera de aislamiento, nosotros podíamos recibir informes fidedignos relativos a las armas y pertrechos de guerra de todas clases que desembarcaban en los puertos del Cantábrico y del Sur; apreciábamos cómo, a base de la frustrada derrota total de la República, esperada en el mes de abril, se firmaban pactos con los países que invadían nuestro suelo; veíamos crecer incesantemente los contingentes de técnicos alemanes y los italianos que nutrían las Divisiones de Gambara, y contemplábamos cómo se sucedían en el aire los nuevos modelos de aviones italianos y alemanes, salidos de la experiencia de nuestra guerra, para hacer nuevos experimentos en la carne y en la tierra españolas. ¿Qué terrible delito había cometido una República que defen-

día su Constitución y sus leyes, para que se la sometiese internacionalmente a una asfixia material y moral, condenándola a ver esterilizados sus esfuerzos?

En *España heroica*, 1942.

El Mal y el Malo según el Chino

Hay una especie de Internacional de la derecha. Sí, así como hubo una Internacional de la izquierda, aunque luego se hizo un desmadre y desapareció. Ya ven que nos mataron a León Trotski y nos persiguieron mientras duró el campo socialista. Para eso servía el internacionalismo proletario, para que la izquierda se chingara internacionalmente. Sí pues, a la internacional de izquierda no la acabó el imperialismo o la CIA, nosotros mismos le dimos en la madre y tan-tan, se acabó, *kaput*, la internacional. Nomás que la de la derecha sigue y ahora se está reorganizando. Eso es lo que es la globalización neoliberal, una reorganización internacional de la derecha. Pero la derecha sí aprendió lo que no aprendimos nosotros, o sea la vieja izquierda, no de la de ahora que ni a centro llega. Y es que la derecha tiene su parte abierta y su parte clandestina. Y aprendió a infiltrarse. Infiltró a la Iglesia, a los partidos políticos, a los medios de comunicación, a las universidades, a los empresarios, a los sindicatos, al ejército, a la policía, a los jueces, a los diputados y senadores, hasta a los equipos de fútbol. Pero no vaya usted a creer que la derecha es muy bien portadita y muy disciplinada.

No, tiene sus divisiones y sus pugnas. Por ejemplo, están los "doctrinarios" y los "negociantes", estos últimos van por la plata, la marmaja, el *money*, la luz, la pachocha, el varo, el dinero pues, y aparecen en todos lados. Los "doctrinarios" son los que se encargan de la parte ideológica y no ven bien a los "negociantes". Como quien dice, la derecha tiene sus contradicciones internas. Los "doctrinarios" son fanáticos y ésos sí son capaces de provocar guerras.

Ándele, sí, como la de los cristeros. Los "negociantes" son más prácticos, o sea que le ponen precio a su "paciente prudencia", un puestito grande, mediano o chico y ya. ¿A poco no ha visto cómo los panistas saltan de un partido a otro? Bueno, es cierto, de todos los partidos, no sólo del PAN.

Ándele, sí, el PAN es un excelente ejemplo de una filial de la internacional fascista. La Internacional del Mal, eso es la globalización. Son 45 pesos de la regadera, con el champú, el jabón y la toalla. Sí, es que estamos en oferta porque hace mucho frío y nadie se baña. Puro desodorante se echan. Sí, a veces ni eso.

EL MAL Y EL MALO SEGÚN MUMIA ABU JAMAL, periodista y activista contra el racismo, actualmente condenado a muerte, injusta e ilegalmente, en USA (haciendo referencia a la reciente devastación provocada por los tsunamis en las costas de Asia).

> Hay otra guerra del agua que está emergiendo y que puede afectar la vida de millones [...] A lo largo de todo el globo, en África, Asia y Latinoamérica —incluso aquí, en Norteamérica—, la gente está viviendo bajo la amenaza de la corporativización del agua y de los sistemas acuíferos. Las aguas de la tierra, que habían sido, desde el amanecer de la civilización humana, para el uso colectivo de la comunidad, se están convirtiendo rápidamente sólo en una mercadería más —algo para vender. Si tienes para conseguirla, bien. Si no, peor [...] Dentro de poco, habrá dinero en el agua, y donde hay dinero hay, también, corporaciones tratando de obtener ganancias. Ése es el lado oscuro, invisible y traidor de la globalización que promueven los gobiernos occidentales y las corporaciones. Eso también es lo que realmente significa la privatización: tomar la herencia

común de la naturaleza y convertirla en una propiedad privada más.

Pasillo de la Muerte de Pennsylvania,
USA, 30 de diciembre del 2004.

El Mal y el Malo según la comandanta Esther y el comandante David (Esther y David le explican al Sup el probable origen de los apuntes de Manuel Vázquez Montalbán).

—Yo creo que lo que pasó es que Don Manolo estaba haciendo un escrito sobre la derecha en el gobierno de la España... —empieza David mientras revisa sus apuntes.

—Sí —dice Esther—, o sea que estaba viendo cómo el franquismo se había reorganizado.

—Entonces estaba investigando a la organización española esa de "Ciudad Católica" y vio que esa organización fascista tenía relaciones con otras organizaciones de extrema derecha en otros países —dice David mientras señala un mapamundi.

—En México, con la organización que se llama El Yunque —señala Esther mientras muestra el libro del mismo nombre, de Álvaro Delgado, y continúa—: Bueno, entonces acá en México tenemos que, desde 1998, empieza a hacer viajes a Chiapas la que se llama Comisión Internacional de Observación de Derechos Humanos, que está, o estaba, formada por personas de varios países del mundo, principalmente de Europa, que estaban preocupadas por las violaciones a los derechos humanos de las comunidades indígenas, la militarización y paramilitarización. Esta Comisión hace su primer viaje después de la matanza de Acteal y en pleno ataque de Zedillo y del Croquetas Albores en contra de los municipios autónomos. Para evitar que vieran sus chingaderas, el gobierno expulsa de México a varias de esas personas, principalmente de Italia.

David sigue con la argumentación:

—En esa Comisión participaba, o participa, Daniel, el hijo de Don Manolo, que, entre otras cosas, le hace a lo del video. Así que, en los trabajos de la Comisión, Daniel Vázquez Montalbán tomó videos de los puestos militares y de las reuniones con los del mal gobierno de Zedillo. De regreso en Barcelona, Don Manolo vio, en compañía de un tal Pepe Carvalho, los videos que filmó su hijo en Chiapas.

David vuelve a checar sus apuntes y sigue hablando:

—Pepe Carvalho era, o es, un detective y le estaba ayudando a Don Manolo en la investigación del neofranquismo en el Estado Español. Cuando están viendo los videos, el señor Carvalho pidió que repitieran las partes donde aparecen los representantes del mal gobierno de Zedillo y los de los puestos militares. Ni Don Manolo ni su hijo entendieron por qué, pero lo hicieron. En determinado momento, el señor Carvalho identificó a alguien diciendo "Ese es Morales". Esa persona aparecía a un lado del general Renán Castillo que, como tú sabes, es el que organizó los grupos paramilitares en los Altos de Chiapas y fue, junto con Zedillo, uno de los que planeó la matanza de Acteal el 22 de diciembre de 1997.

—Y entonces —dice Esther—, el señor Carvalho le explicó a Don Manolo que, en su investigación sobre la derecha en España, había topado varias veces con ese personaje y que sabía que tenía buenas relaciones con el gobierno de José María Aznar y que lo conocían por "Morales", así nomás, sin más datos. Entonces lo que hace Don Manolo es pedirle a Carvalho que investigue más del tal Morales.

—O sea que, como decimos acá, le pide que le ponga "cola" al tal Morales —acota David.

—Eso —dice Esther—, le pone "cola" al tal Morales y descubre lo del hotel, la estación del metro, el centro financiero, la embajada de México. Con alguna maña del Carvalho averiguan lo del maletín con los papeles y lo de los euros.

Ahora es David:

—Siguiendo su investigación descubre relaciones del gobierno de Aznar con los servicios de inteligencia del gobierno mexicano para hostigar a los ciudadanos vascos que residen en nuestro país y acusarlos de pertenecer a la ETA. Como sabes, a esos vascos los secuestran, torturan, y ya luego los entregan a los jueces, con las mismas técnicas que usaba la Brigada Blanca en la que se llama "Guerra Sucia". Carvalho descubre no sólo que en México hay un acuerdo entre los poderosos para que no salga la verdad de la guerra sucia, también descubre que El Yunque está reactivando grupos paramilitares por medio de una de sus organizaciones que se llama "MURO". Y no sólo, Carvalho además encuentra a...

—El tal Morales —interrumpe Esther.

—¿Y lo de Montes Azules, la biodiversidad y las trasnacionales? —pregunta el Sup.

Esther le responde:

—Según el informe que nos pasaste de "garganta profunda", el tal Morales estaría traficando con especies animales de la Selva Lacandona, además de estar en las transas de Julia Carabias y Ernesto Zedillo para vender terrenos de Montes Azules a las trasnacionales. Tal vez Don Manolo lo supo porque el señor Carvalho encontró algo en el maletín del tal Morales y porque supo de la reunión entre Zedillo, Carabias, Tello y Morales allá en las Españas.

—Mmh, ya se empieza a ver completo el rompecabezas —comenta el Sup encendiendo la pipa.

—¿Dónde está Elías? —pregunta David.

—En el monstruo. Ya se encontró con el detective Belascoarán, que estuvo de acuerdo en cooperar en la investigación. Elías lo va a ver otra vez en estos días para intercambiar información y decidir qué sigue —responde el Sup.

—Yo creo que ya hay que traerlo de regreso —dice Esther.

—Sí —dice David—, según los informes de la Junta de Buen Gobierno de La Realidad, el tal Morales venía en el grupo del Fox que estuvo en la Selva Lacandona en estos días y tuvieron una reunión a puerta cerrada con algunos personajes que llegaron ocultos, por eso el Fox se quedó a dormir ahí. De la comitiva del Fox regresaron todos, menos uno...

—El tal Morales —vuelve a interrumpir Esther.

—La zona de Chiapas en la que estuvo el Fox tiene maderas preciosas, petróleo, mucha riqueza de plantas y animales, uranio... y agua. Si en algún lugar están el Mal y el Malo, es aquí —dice David y señala con el dedo una parte del mapa de Chiapas, México, que dice "Reserva de la Biosfera Montes Azules".

El Mal y el Malo según José Revueltas, escritor y militante radical de izquierda en México. Fue, entre otras cosas, preso político.

> El PAN representa a los sectores económicos cuyo trabajo es menos "fecundo y creador" en la vida del país. Son los sectores del capital bancario y comercial, del capital inmobiliario y del que vive y medra a la sombra de la importación, y que tiene al prototipo físico de sus representantes en el "licenciado", cuya aparición histórica en el país data de la Colonia y la Universidad Pontificia [...] Ahora bien, el anhelo de Acción Nacional y sus licenciados sería el de que México constituyera un campo abierto al desarrollo y la prosperidad de los capitales extranjeros, sin cuyo impulso —según el propio PAN— nuestra economía está condenada a que los buitres le devoren las entrañas, a causa de haberse rebelado contra los dioses, en nuestro caso los grandes intereses del capital imperialista norteamericano.
>
> "México: una democracia bárbara",
> octubre-noviembre de 1957.

El Mal y el Malo según Pablo Neruda, chileno, poeta y militante de izquierda.

He visto al Mal y al Malo, pero no en sus cubiles.
Es una historia de hadas la maldad con caverna.
[…]
Encontré a la maldad sentada en los tribunales
en el Senado la encontré vestida
y peinada, torciendo los debates
y las ideas hacia los bolsillos.
El Mal y el Malo
recién salían de bañarse: estaban
encuadernados en satisfacciones,
y eran perfectos en la suavidad
de su falso decoro.

Fragmento de "Se reúne el acero" (1945),
en *Canto General.*

PARTES DEL INFORME SOBRE LOS TRABAJOS DE ELÍAS EN EL MONSTRUO, enviado por el Sub al Comité Clandestino Revolucionario Indígena, Comandancia General del Ejército Zapatista de Liberación Nacional a inicios del año del 2005.

Según reportó, Elías fue camarero del restaurante Champs Elisées, en Polanco, y en él provocó uno de los ataques de cólera más agudos que ha padecido Diego Fernández de Cevallos, senador del Partido Acción Nacional, abogado de criminales, amigo de narcotraficantes y arquitecto de la campaña de Santiago Creel, secretario de Gobernación, por la candidatura del PAN a la presidencia de México.

Resulta que la "Coyota" (así es como conocen a Fernández de Cevallos), estaba comiendo en ese restaurante con sus amigos Jesús Ortega (un corrupto del PRD, conocido por manejar en beneficio propio la nómina de ese partido, aspira a gobernar el

Distrito Federal después del desafuero de López Obrador), Manuel Bartlett (del PRI, vinculado al narcotráfico y aspirante a engancharse con algunos de los grupos de narcos que, tras los precandidatos priistas a la presidencia de la República, se disputan el Poder) y Enrique Jackson (también del PRI, también precandidato, dueño de varios giros negros en el DF y, según informes de la DEA norteamericana, también ligado a uno de los cárteles de la droga).

A Elías le tocó atenderlos. El señor Fernández de Cevallos le gritó a Elías "A ver tú, pinche indio pata rajada, tráenos el menú" y, volteando a ver a sus compañeros de mesa, agregó "a ver si no se queda dormido este indio holgazán" y los demás lo festejaron con risas y aplausos. Elías les llevó el menú. Al recibirlo, Fernández de Cevallos, le dijo "oye tú, no les vayas a creer a los zapatistas, los indios están para servirnos, para eso los conquistamos".

Más risas y aplausos de los *narcolegisladores.*

Elías esperó a que terminaran de ordenar, haciendo como que escribía. Se fue y, después de un rato, regresó pero no con la orden, sino con una botella de antiácido, con un moñito pegado y una tarjeta que decía "Para la Coyota y sus crías". Fernández de Cevallos se puso de todos los colores y no podía ni hablar. Según Elías, la Coyota nomás pelaba tamaños ojotes, como cuando regaña a los reporteros. El capitán de meseros se acercó a ver qué pasaba y Fernández de Cevallos sólo alcanzaba a señalar a Elías, mientras sus tres cochinitos le daban golpes en la espalda y lo abanicaban con las servilletas. Llamaron a una ambulancia. Al subirlo, Fernández de Cevallos alcanzó a balbucear "esos pinches indios". Tal vez despidieron a Elías, pero él no se quedó para averiguarlo. En esos días, Diego Fernández de Cevallos fue hospitalizado, según dijo él, "para hacerse unos análisis clínicos por si tenía cáncer". En realidad fue un derrame de bilis que hasta le puso verde la barba. En un exclusivo salón de belleza le cobraron un dineral por pintársela con canas. La cuenta la pagó el Senado de la República.

[...]

Antes de lo de la Coyota Fernández de Cevallos, Elías trabajó como recamarero en el Hotel Oxford, en la colonia Tabacalera. Estando en esa chamba, le colocó un pasamontañas al busto del *Che* Guevara que se encuentra en el parque que está detrás del Museo San Carlos, en la misma colonia. Eso fue el 8 de octubre del año pasado, 2004. Nadie se percató porque personal de la delegación Cuauhtémoc, en las primeras luces del día, retiró el pasamontañas y el cartelito que decía "VOLVERÁ Y SERÁ MILLONES".

EL MAL Y EL MALO SEGÚN MANUEL VÁZQUEZ MONTALBÁN,

escritor catalán y crítico feroz de la derecha (y también de la izquierda).

> No. No hay verdades únicas, ni luchas finales, pero aún es posible orientarnos mediante las verdades posibles contra las no verdades evidentes y luchar contra ellas. Se puede ver parte de la verdad y no reconocerla. Pero es imposible contemplar el Mal y no reconocerlo. El Bien no existe, pero el Mal me parece o me temo que sí.
>
> En "Panfleto desde el planeta de los simios", finales de 1994.

EL MAL Y EL MALO SEGÚN HÉCTOR BELASCOARÁN Y ELÍAS CONTRERAS

Lo fui a verlo al Belascoarán en su trabajadero, que sea en su oficina. Me fui cuando ya era la tarde, que sea casi la noche. En la mañana había estado leyendo, en el periódico que se llama *La Jornada*, lo que decía un señor muy sabedor que se llama... que se llama... aquí lo tengo... sí, se llama Miguel León Portilla. Y entonces aquí tengo escrito lo que dijo ese señor León Portilla. Que sea que dijo "La palabra ni se vende ni se compra, sentencia un testimonio (prehispánico) que una madre comparte con su hija. Es algo hermoso ¿o no? Cuánto contrasta eso con lo que hacen y piensan muchos políticos hoy día". Así dijo ese señor en ese periódico de *La Jornada* . Y entonces yo lo quedé pensando lo que dijo ese sabedor, pero no tardé mucho porque ya me tenía que ir a buscarlo al Belascoarán.

Creo que era domingo, no muy me acuerdo, pero sí me acuerdo bien que lo pasé frente a la casa esa grande del periódico que se llama *El Universal* y eran mero las 6 pm hora de Fox, que sea las 19:00 hora del frente de combate suroriental. Me acuerdo bien porque, mero cuando estaba pasando enfrente, se escucharon las músicas del Himno Nacional mexicano y entonces yo me cuadré, que sea que me puse firmes y saludando con la mano izquierda apuntando a un lado de mi cabeza, que sea que así saludamos los zapatistas al himno y a la bandera de nuestro país que se llama México. Entonces yo estaba firmes, solitillo en la calle porque nomás nadie más andaba a esa hora ahí, y nomás volteaba los ojos para un lado y para otro para saber de onde mero salía la música del himno que dice "Mexicanos al grito de guerra...", y nomás no encontraba onde. Y ya por fin se acabaron las músicas y lo miré que venían del reloj grandote que tiene mero arriba la casa de ese periódico. Bueno, pues esa calle se llama Bucareli y ahí nomás a la vuelta está la oficina del Belascoarán, que sea su trabajadero, en la calle que de un lado se llama Artículo 123 y del otro lado se llama Donato Guerra.

Apenas llegando yo, también se llegaba el Belascoarán cargando unos como vasitos y una bolsita de pan y entonces nos saludamos y ya nos subimos hasta onde trabaja junto con otros tres cristianos que son un poco buenos y echan mucha bulla. Y entonces el Belascoarán me presentó con los otros y les dijo algo así como "les presento a Elías Contreras, viene de Chiapas". Y entonces todos me saludaron y me preguntaron que a qué me dedico. Y entonces yo, como vi que el Belascoarán los confía, les dije que soy comisión de investigación. Y entonces el Belascoarán les dijo que yo era detective pero que en mi tierra, que sea en territorio rebelde por la humanidad y contra el neoliberalismo, así les decían, que sea a los detectives les decían "comisión de investigación". Y entonces yo le dije al Belascoarán que vamos a ver la cosa del tal Morales ese. Y entonces el que eso mero, que vamos a ver la cosa o el caso, según, del tal Morales. Y entonces el Belascoarán me dijo que no se dice "cosa" sino que se dice "caso". Y entonces yo le dije que eso mero, que vamos a ver la cosa o el caso, según, del tal Morales. Y entonces el Belascoarán sacó la carpeta que yo le di el otro día, que sea la otra noche, y que tenía los papeles que había mandado el Sup con los informes que teníamos del tal Morales. Pero ahora el Belascoarán los había acomodado los informes con otras sus investigaciones del Belascoarán y todo estaba muy revuelto.

Y entonces el Belascoarán había ordenado todo para tener orden y "perspectiva". Que sea que yo le pregunté qué cosa es esa palabra "perspectiva" y entonces ya me explicó que quiere decir que se ven las cosas, o casos, según, mirando todo y desde todos los lados al mismo tiempo y de lejitos para ver todo junto. Que sea que yo entendí que "perspectiva" es mirar las cosas en colectivo, que sea entre varios, porque uno solitillo sólo lo mira un lado y entonces ya con otros pues se ven más lados y entonces pues es más cabal la mirada de la cosa o caso, según. Y entonces se metió en la plática el señor que se llama Gilberto Gómez Letras y dijo:

—No chingue jefe, mejor déle bien la explicación aquí al don Elías porque si no va a ir a contar por allá que somos muy ignorantes.

Y entonces habló el que destripa sillas, que sea el Carlos Vargas y dijo:

—A poco un pinche plomero sabe bien cuál es la definición de la palabra "perspectiva".

Y entonces el que, según esto, era un pinche plomero dijo:

—A wilson, no por nada "Letras" es mi segundo apellido.

Y entonces que va sacando un libro bien doble, que sea bien gordo que se llama *Diccionario del Español Moderno* y se puso a buscar y encontró la palabra y dijo que esa palabra quiere decir... quiere decir... pérenme que lo busco en mi cuaderno porque bien que lo apunté la palabra. Sí, aquí está, debajo de la palabra "susodicho", aquí dice:

"Perspectiva.-Arte de representar en una superficie los objetos de tres dimensiones. Obra ejecutada con este arte. Aspecto que ofrecen los objetos al espectador, especialmente los lejanos. Representación aparente y falaz de las cosas. Contingencia previsible en un negocio".

Bueno, pues eso fue lo que apunté que decía el libro gordo del señor ese Gómez Letras. Y entonces el destripador, que sea el Vargas dijo:

—Puta madre, salió peor el remedio que la enfermedad.

Y el Belascoarán dijo que mejor se quedaba con su explicación de la palabra, que sea con su explicación del Belascoarán. Y entonces yo pregunté si era como ver todo junto de un jalón y entonces el Belascoarán me dijo que algo así y entonces yo pensé que mi pensamiento está revuelto pero con "perspectiva", porque todo lo miro de un sopetón, que sea de una vez todo en bola. Que sea el pensamiento del Belascoarán es de "perspectiva ordenada" y el mío es de "perspectiva revuelta", pero es que él es detective ciudadano y yo soy comisión de investigación zapatista y entonces yo creo que por eso no es lo mismo mi pensamiento que su pensamiento del Belascoarán. Y él entonces dijo que había que acomodar las investigaciones según el modo de ver para saber cuándo pasaron y en dónde pasaron y cómo pasaron y entonces así podemos ver si es que tienen que ver las cosas o casos, según, y entonces ahí se mira si vamos bien en la investigación o de plano estamos miando fuera del hoyo. Y entonces el Belascoarán le dijo a los otros que se apuren a comer sus donas. Que sea "donas" son unos como panes que tienen un agujero, que sea que son unos panes que no están cabales pero te los cobran como si estuvieran completos.

Y entonces el Belascoarán les dijo que se apuren con su donas y su cafés y que se vayan a ver si ya puso la puerca o que se quedaran callados, que les daba a escoger por "disciplina democrática y libertaria", así dijo. Y entonces ya se quedaron callados, nomás oyendo, mientras el Belascoarán y yo veíamos la cosa o caso, según, del tal Morales, con perspectiva, la del Belascoarán ordenada y la mía revuelta porque los dos estábamos trabajando de común acuerdo ambos dos, que sea en colectivo, en la investigación del Mal y el Malo. Y entonces el Belascoarán acomodó los papeles que tenía él y los que le dimos nosotros y era un buen tanto y hasta arriba de la taza de café del señor que se llama Villarreal puso un papel y entonces puso otros en las sillas destripadas y onde quiera había papeles. Y entonces el Belascoarán me empezó a explicar que, como no teníamos gente, que sea cristianos, a quienes les vamos a hacer preguntas, entonces hay que hacerle preguntas a los papeles y entonces que había preguntas grandes y preguntas chicas. Y entonces yo entendí claro que no era que los papeles fueran a hablar, sino que íbamos a encontrar las respuestas en lo que decían los papeles, o tal vez no las íbamos a encontrar, según. Y entonces las preguntas grandes daban respuestas grandes y entonces ya de ahí venían las preguntas chicas. Y entonces yo estaba bien contento porque lo miraba que su pensamiento del Belascoarán estaba bien revuelto, igual que el mío y entonces yo estaba entendiendo muy bien y entonces los demás estaban bien callados y entonces no sé si era por "disciplina democrática y libertaria" o porque no entendían nada. Y entonces el Belascoarán dijo que hay que hacer las preguntas grandes y entonces yo saqué un mi cuaderno y lo escribí todo porque uno siempre tiene que estar dispuesto a aprender cosas que qué tal y luego sirven para la lucha. Y entonces la primera pregunta grande que hizo el Belascoarán fue:

—¿Todas estas informaciones tienen una relación entre sí?

Que sea que la pregunta fue si todos los papeles se tenían

que ver unos con otros. Y entonces el Belascoarán se quedó callado y los demás de por sí estaban callados y entonces yo entendí que el Belascoarán estaba esperando que alguien respondiera y entonces yo dije que sí, que sí tenían que ver unas cosas con otras. Y entonces el Belascoarán prendió un su cigarro y me quedó mirando y me preguntó por qué decía yo que sí, que cuál era la relación entre todo eso. Y entonces yo dije:

—Los muertos.

Y entonces todos se quedaron callados pero no por "disciplina democrática y libertaria" sino porque esperaban que yo explicara más. Y entonces yo expliqué que las investigaciones se estaban haciendo porque los muertos las habían empezado. Que sea que no les dije que yo ya estoy difunteado, que sea finado, que sea muerto, porque qué tal que se enferman de espanto y les hace daño el café y los panes agujereados. Y entonces yo les dije que el finado Manuel Vázquez Montalbán había empezado la investigación zapatista y que la investigación del Belascoarán la había empezado el finado Jesús María Alvarado, que uno escribía y otro hablaba por teléfono pero que los dos estaban difuntos, que sea muertos. Que sea que eran unos muertos que no se estaban quietos, que no se estaban esperando nomás el día de los santos difuntos para tomar cafecito y cenar tamales y entrarle a las naranjas y al atole de pozol, sino que estaban dando lata. Y entonces el Belascoarán se sonrió, se quedó mirando por la ventana y dijo:

—Sí, muertos. Unos muertos incómodos.

Y entonces, cuando yo estaba escribiendo en mi cuaderno la palabra "incómodos", el Belascoarán dijo que "muy bien Elías Contreras". Y entonces dijo que no sólo, que sea que no sólo los muertos incómodos hacían que todos los papeles tuvieran relación, que sea que tuvieran que ver unos con otros. Y entonces el Belascoarán dijo que esos papeles eran como el libro gordo del pinche plomero, que sea el diccionario, porque esos papeles eran como el diccionario de la corrupción y la mierda de un sistema, que eran como una *perspectiva* de las chingaderas que hacía el sistema de los poderosos, que sea de los ricos y sus malos gobiernos. Y entonces dijo que ahí había de todo, que sea represión, asesinatos, cárceles, perseguidos, desaparecidos, fraudes, robos, despojos de tierras, venta de la soberanía nacional, traición a la Patria, corrupción.

—En resumen —dijo—, los de arriba chingando a los de abajo.

Y entonces yo me quedé pensando y prendí un mi cigarro "ingrato" y me sonreí y dije:

—El Mal.

Y entonces yo lo miré que el Belascoarán se puso un poco contento porque fue y sacó unos refrescos de un rincón y los abrió con la punta de una pistola escuadra, que sea con el grano de mira, y nos dio a todos. Y entonces el señor que se llama Villarreal levantó la mano y dijo:

—Pido la palabra.

Y entonces no esperó a ver si le damos la palabra, o sea que es muy otra esa "disciplina democrática y libertaria". Viera que el Villarreal hace así en una asamblea de mi pueblo, seguro que todos lo miran. Pero el Villarreal no estaba en una asamblea de mi pueblo, así que ahí nomás preguntó:

—¿Y el tal Morales?

El Belascoarán y yo nos volteamos a mirar uno al otro, que sea ambos dos, y claro se vio que los dos mutuamente de acuerdo estábamos pensando lo mismo porque parejo dijimos:

—El Malo.

Y entonces el Belascoarán volvió a explicar con el revoltijo de papeles y con las fotos del tal Morales que había pegado en la misma pared onde tenían pintada una foto de una señora bien encuerada, que sea sin portapechitos ni nagüia ni medio fondo ni calzón ni nada. Y entonces dijo:

—Del tal Morales no checan los lugares ni las fechas ni las edades.

Y entonces señaló la pared y dijo:

—Ni las fotos.

Y entonces claro se vio que todos estábamos mirando a la señora encuerada y no las fotos del tal Morales. Y entonces el Belascoarán dijo que no seamos babosos, que estaba hablando del Malo, no de la señora esa que estaba bien buena, así dijo. Y entonces se volteó a mirarme y me dijo, que sea que me preguntó:

—¿Hay un tal Morales o son varios?

Y entonces todos quedamos pensando. Y entonces yo dije:

—El Mal es grande y deben ser varios los malos.

Y entonces nos pusimos a ver cuántos tales Morales había, si es que había varios.

Y entonces vimos que sí, que se podían ver varios tales Morales. Y entonces el Belascoarán dijo que no podíamos investigarlos y agarrarlos a todos, que porque éramos muy poquitos, dijo. Y entonces yo le dije que tenemos que escoger a uno o a dos, porque de por sí no dábamos abasto para agarrar más, que sea que no nos faltaban ganas sino manos. Y entonces el Belascoarán dijo que una línea de investigación, así dijo, estaba en el monstruo, que sea en la ciudad de México, y que otra línea de investigación caminaba para Chiapas. Y entonces que podíamos hacer que los dos nos fuéramos para Chiapas a agarrar al malo que andaba haciendo sus chingaderas por allá, que sea por acá, o que los dos nos pusiéramos a investigar en la ciudad de México, que sea en el monstruo, al malo que estaba haciendo fregaderas por acá, que sea por allá. O que cada quien jalara en su terreno, el Belascoarán en el monstruo y yo en Chiapas, pero apoyándonos mutuamente ambos dos con las informaciones que juntáramos.

Y entonces así quedamos. Que sea que cada quien con su cada cual, que sea que el Belascoarán en el monstruo y yo, Elías Contreras, en las montañas del sureste mexicano. Y entonces el Belascoarán me pasó todas las informaciones que él tenía y que me iban a servir para mi comisión de investigación acá en Chiapas, y yo le pasé todas las informaciones que yo tenía y que le iban a servir para su detectiveada en el monstruo, que sea en la ciudad de México. Y entonces ya todos nos pusimos bien contentos y nos reímos un poco bastante con las chistosadas que todos decían de la señora encuerada, que sea de la foto de la señora encuerada.

Y entonces yo le dije al Belascoarán que el Sup me dijo que si tenía tiempo y modo que me enseña a jugar el dominó que le dicen. Y entonces el Belascoarán dijo que "ahora es cuando", que sea que entonces era cuando me iba a enseñar. Y entonces no muy me acuerdo de la clase y el juego, de repente el Belascoarán se acuerda y les cuenta, pero yo sólo me acuerdo que en la bolsa de la chamarra yo llevaba un plumín negro por si lo necesitaba, porque me acordé lo que me había contado el Ruso, que sea que se le podían pintar puntitos a las tablitas del dominó.

Y entonces ya nos sentamos todos y yo les dije que todos éramos colegos. Y entonces el Belascoarán me dijo que no se dice "colegos", sino "colegas". Y entonces yo le dije que no, que "colegas" es cuando son mujeres y "colegos" es cuando son hombres. Y entonces me dijeron que por qué digo que todos somos colegos. Y entonces yo les expliqué que nuestro trabajo no se mira si sale bien, que sea que si hacemos bien nuestro trabajo, nadie mira que hicimos bien nuestro trabajo. Pero que si lo hacemos mal nuestro trabajo, pues es una desgracia.

Y entonces les dije que el señor Gómez Letras es plomero, que sea que arregla que salga cabal el agua por onde tiene que salir y como tiene que salir. Y entonces, si el Gómez Letras hace bien su trabajo pues nadie se da cuenta: el agua caliente sale por onde tiene que salir y la fría onde le toca y si uno le jala la palanquita a la letrina, que sea al excusado, pues ya se va el 50 y el 25 onde se tiene que ir, que sea la mierda y los orines. Pero si el Gómez Letras hace mal su chamba pues entonces es un desmadre, porque para lavar los platos en lugar de agua salen orines, o sale el agua fría onde va la caliente y al revés volteado. Y entonces todos dicen "pinche Gómez Letras, no hizo bien su trabajo".

Y entonces les dije que el señor Vargas es tapicero, que sea que arregla las sillas y sillones y las compone para que no se les salga la tripa o un fierro y para que estén blanditos. Y entonces, si el señor Vargas hace bien su chamba nadie se da cuenta porque todos están sentados contentos, echando cafecito o viendo el futbol o películas en la televisión. Pero si el señor Vargas hace mal su chamba pues entonces es una problema, porque cuando uno está bien emocionado viendo en la película que ya lo van a difuntear al malo, ¡zas!, se le clava a uno un fierro, o se sienta uno y se queda hundido y ya no puede salir ni aunque lo jalen a uno con mecapal, o se sienta uno en la pura tabla y le quedan bolladas las nalgas. Y entonces todos dicen "Pinche Vargas, no hizo bien su trabajo".

Y entonces les dije que el señor Villarreal es ingeniero en drenaje profundo, que sea que él hace las ingenierías para que el agua mala no se salga y no se ahoguen en mierda todos los ciudadanos. Y entonces, si el señor Villarreal hace bien su trabajo nadie se da cuenta y uno se levanta en las mañanas y camina por la calle y no está llena de mierda, ni el metro está inundado de orines, y todo se mira así como normal. Pero si el señor Villarreal hace mal su trabajo pues entonces es una gran desgracia, porque cualquier rato se viene un tsunami de mierda y orín y la inunda toda la ciudad y entonces sí que segundo piso ni qué nada, puro pinche cayuco. Y entonces todos dicen "Pinche Villarreal, ni hizo bien su trabajo".

Y entonces le dije que el Belascoarán y yo somos comisiones de investigación, que sea somos detectives, que sea que buscamos para encontrar al Mal y al Malo y lo miramos que reciban su castigo por sus maldades. Y entonces, si hacemos bien nuestro trabajo pues nadie se da cuenta porque el Mal está onde tiene que estar, que sea onde no esté chingando a la gente buena y la gente está contenta en sus casas y trabajaderos. Pero si el Belascoarán y yo hacemos mal nuestro trabajo pues entonces es una gran problema porque el Mal y el Malo andan onde quiera con sus maldades y entonces todos dicen "Pinche Belascoarán y pinche Elías, no hicieron bien su trabajo". Y entonces todos quedaron callados, pensando, creo, que sí es cierto que somos "colegos". Y entonces ya sacaron las tablitas esas, que sea las fichas del dominó y empezaron a hablar muy otro. Y entonces, ya después de que acabó la jugadera del dominó ese, nos despedimos todos. Y entonces nos dimos un abrazo con el Belascoarán. Y entonces ya me fui yo y creo que ellos también se fueron porque ya era tarde ya. Y entonces ya le mandé un mi informe al Sup onde le contaba todo cómo había estado la asamblea, que sea la reunión en el trabajadero del Belascoarán y de los acuerdos que hicimos ambos dos mutuamente.

Y entonces me acuerdo que la luna estaba bien panzona, montada sin pena encima de la joroba del monstruo, que sea colgada en medio de la noche de la ciudad de México, cuando me llegó en su mensaje del Sup que decía:

> Enterado de los acuerdos. Según nuestros informes, el tal Morales anda por acá, así que ya regrésate. Cuando llegues me cuentas todo y ya hacemos el plan. Viaja con mucho cuidado y checa que no traigas cola. Acá te espero porque falta lo que falta. Mientras tanto, un abrazo.
>
> Desde las montañas del Sureste Mexicano.
> Subcomandante Insurgente Marcos.
> México, enero del 2005.

Capítulo X

Si desaparezco del presente

—Ya no me llama. Jesús María Alvarado ya no me llama —dijo el funcionario progresista con una cierta tristeza. El perro, con una mirada mucho más triste todavía, parecía confirmarlo.

—No, ahora me llama a mí —dijo Belascoarán, sacando y tendiéndole la cinta del contestador.

Había aparecido a las dos de la mañana, "Vi su luz encendida y por eso llamé", dijo a modo de excusa, mientras impúdicamente sacaba de sus ensueños al detective. Ahora funcionario y perro cojo estaban acabándose la última reserva de cocacolas, sentados en el suelo de la sala de Belascoarán, aunque Héctor les había ofrecido el sillón.

—Me da como tristeza, ya me estaba gustando lo de estar mezclado en una locura, en una investigación. Lo reconozco, es un poco morboso... Como que mi vida a veces se vuelve medio aburrida —dijo Monteverde.

—A mí me gusta cuando mi vida se vuelve medio aburrida; duermo un montón... duermo horas y horas, duermo días y días, leo todos los libros que no había podido leer, veo películas de Stan Laurel y Oliver Hardy.

Al perro pareció gustarle la idea porque puso cara de El

Gordo cuando El Flaco no entendía nada y se comió los restos de un chorizo viejo que Belascoarán le había regalado.

—Oiga, qué bueno que sigue hablando Alvarado. Aunque le hable a usted y no a mí. ¿Y está usted cerca de descubrir algo sobre ese Morales?

—Que hay más de uno —dijo Héctor enigmático, como cura de pueblo hablando de la santísima trinidad.

—Aunque no me mande mensajes yo sigo pagando su investigación —dijo Monteverde con un cierto tono de firmeza, poniéndose en pie y tendiéndole a Belascoarán un sobre.

—¿Y qué estoy investigando? ¿Quién es el Jesús María Alvarado que nos llama? O será, acaso, ¿quién es y dónde anda el Morales que un día lo asesinó?

—Usted diga, usted es el detective.

—La segunda, lo digo porque no podría aceptar su dinero si quiere que el centro de todo esto lo pongamos en descubrir al nuevo Alvarado.

—Por mí, yo últimamente empezaba a pensar en él como en un amigo que nos quería contar cosas... sí, claro, está bien, téngame al tanto.

El perro se acercó rengueando a Belascoarán y le lamió los pies descalzos. El detective lo interpretó como un gesto de solidaridad y encendió un cigarrillo.

Abrió un ojo, el ojo, y dijo en voz alta:

—El perro se llama Tobías.

No sabía por qué hablaba en voz alta en las mañanas. Quizá porque necesitaba del sonido de su propia voz pastosa para acabar de despertar. El sol espléndido de invierno que entraba por la ventana hacía relucir las paredes blancas del cuarto. Encendió un cigarrillo y saltó de la cama tropezando con una pila de novelas históricas, gruesas, de pasta dura, que prometían centenares de horas de lectura.

Camino al baño se preguntó también en voz alta:

—¿Cuál es mi Morales? ¿Cuál es mi pinche Morales?

Cojeando doblemente, Héctor Belascoarán Shayne, detective independiente mexicano, se miró al espejo y decidió que había llegado el momento de pasar a la acción. ¿Cuál acción? Decidió que todo sería mejor si se lavaba la cara con agua bien fría.

Héctor contempló la enorme galería. Lo que había sido una de las crujías de la cárcel, ahora acotada por un mostrador. Tras él, las celdas. A su lado, varias mesas. La vista de un par de estudiosos se alzó de los polvorientos manuscritos para evaluarlo. No debió parecerles gran cosa el tuerto detective, porque volvieron a lo suyo.

Fritz le hizo una seña para que salieran al patiecito que había a un costado de la galería. Un par de árboles bastantes tristones, una fuente sin agua, un par de pájaros mutantes, de esos a los que la contaminación ha vuelto extremadamente inteligentes en la ciudad de México.

—Pausa para fumar —dijo, compartiendo sus Delicados con filtro.

Belascoarán le largó de una parrafada el resumen que había venido armando en el camino a la prisión convertida en archivo:

—Creo que puedo conectar al compañero de cárcel y después asesino de Alvarado con la Brigada Blanca, pero nada después del 80. Si hubiera hecho carrera en las policías políticas de este país a ti te tendría que sonar. Morales. Estos cuates ascienden. Un Morales. El de la foto, nariz afilada, muy flaco y con lentes de miope. Si tenía 25 años en el 71, ahora debe tener un poco menos de 60. ¿Existe públicamente ese personaje? ¿Te suena?

—No —dijo Fritz—. Y mira que le rasqué a mis notas y los álbums de fotos, y conversé con un montón de gente, y enseñé la foto que vimos el otro día. Nada, naranjas de la China.

Se esfumó. Pero eso es muy común en la historia de la guerra sucia en México. Hay personajes que aparecen en la historia, hacen sus marranadas, les toca alguna lotería, se roban algo grande, hacen un favor y se esfuman. Por ahí andarán: próspero empresario de una cadena de mueblerías en San Antonio, Texas; narcotraficante muerto anónimo en Ecuador, se piensa que era mexicano; honesto presidente de la asociación de padres de familia de colegio de monjas...

—Tú tienes algo —afirmó Belascoarán.

—¿Cómo sabes?

—Porque eres poblano, y los poblanos cuando tienen misterios son como los de Pénjamo, sonríen y se ladean —dijo el detective.

—Sí, tengo. Jesús María Alvarado tenía un hijo. ¿Te acuerdas de lo que te conté la primera vez, de aquel chavito que yo recordaba, y una señora mayor...? La señora era la madre de Alvarado, y el chavito, su hijo.

—¿Y cuántos años tendría ahora?

—Mi edad, dos años menos, algo así.

Cerca de los 40, calculó Héctor.

—Y se llama Ángel Alvarado Alvarado.

—¿Y por qué el apellido doble?

—Sepa, sería que Alvarado era padre soltero.

¿Un Alvarado hablando por su padre? ¿Recuperando la voz de su padre muerto porque ha descubierto en el presente a Morales? ¿Al Morales que recuerda de cuando era niño? Héctor tiró el cigarrillo que estaba fumando y encendió otro.

—Y tiene un teléfono para que lo llames.

Héctor tomó el papelito que Fritz le tendía sonriendo.

—Y un empleo que te va a encantar. Dobla monstruos en las caricaturas. Hace voces de osos y dragones y renos. Hace doblajes para la tele. Es la voz de Scooby Doo y de Barnie.

—¿Quién es Barnie?

—Según mis sobrinas, no me hagas caso, es como un dinosaurio morado.

—Con esa definición podía ser ministro del actual gobierno.

—Será. Cosas más raras hemos visto en estos últimos años.

En la oficina, Gilberto Gómez Letras y Carlos Vargas parecían muy atareados. Héctor saludó con un gruñido y fue directo a su mesa, marcó el teléfono del Alvarado hijo y lo dejó sonar. Cinco timbrazos, seis. Nadie en casa ni en la oficina ni en la lonchería. Se volvió hacia donde reposaba el montón de papeles dentro de un fólder verde titulado "Morales". Tenía que separar a los Morales. Al menos a los tres que según sus conversaciones con Contreras se habían definido. El asesino de Alvarado, el zapatista traidor y el operador de masacres y negocios en Chiapas. Una vez que hubiera logrado separarlos, encontrar a los hijos que surgían de cada una de sus historias para poder moverse hacia algún lado. Todo deja hilos, todo tiene cola, todo deja rastros.

Era coherente que el ex guerrillero chaquetero se hubiera vuelto oreja, lo hubieran puesto en Lecumberri para sonsacar a los presos políticos y luego hubiera matado a Alvarado al salir de la cárcel. Era coherente que este mismo personaje hubiera formado parte de la Brigada Blanca y que hubiera sido uno de sus torturadores, sería sin duda el mismo que se había fugado con el archivo en el 83. Había que eliminar al que había hecho negocios sucios en el temblor, ése tenía otra descripción física y podría ser el Morales de Chiapas y de Contreras. Y eso nos llevaba a relacionar aquel Morales, el que llevaba en la nada 20 años, con el delirio del Morales de Juancho y de Bin Laden que conectaba a la historia la voz del muerto.

Ése era su Morales. Ayudado por los martillazos de Carlos y los frecuentes madrazos que Gómez Letras le daba con un tubo a una llave oxidada, Héctor trató de cambiar de perspectiva: lo que parecía obvio se volvió verdadero. Un niño descubre (se encuentra accidentalmente, tropieza, reconoce) muchos muchos años después al asesino de su padre y se pone a hacer llamadas telefónicas, porque no sabe qué hacer con esa información.

El rostro de certeza de Héctor no pudo pasar inadvertido para sus vecinos, que lo miraban de reojo.

—¿Y usted es muy culto? —preguntó de sopetón Gómez Letras.

—¿Quién? ¿Yo? —respondió Belascoarán, atrapado fuera de la base.

—Sí, usted.

—No hombre, yo soy ingeniero. Para las cosas que importan soy autodidacta, las aprendí oyendo, mirando, caminando y, sobre todo, leyendo. Pero sobre todo de los todos, las aprendí escuchándolos a ustedes.

—Te dije, güey, sabiduría popular —le dijo Gómez Letras, arrojándole una tuerca a Carlos Vargas, que la recibió en el cogote y se zarandeó tantito.

—¿Así nos llevamos, pendejo? —dijo Vargas sobándose el chipote y avanzando sobre el plomero con su martillo tachuelero en ristre—. Sabiduría popular mis huevos, usted anda todo el pinche día leyendo la enciclopedia, puro conocimiento pendejo.

Gómez Letras huyó, escondiéndose tras el escritorio de Héctor.

—Sálveme jefe, está poseído de furia homicida.

—Doctor Vargas, si lo va a matar favor de no salpicar con sangre, sangre de plomero putañero, muy mal rollo —dijo Héctor alzando las manos para protegerse del inminente ataque.

—Mamón... *furia homicida*... Se lo perdono todo si me sopla un huevo.

El sonido del teléfono salvó la situación. Carlos Vargas dejó a un lado el martillo, tomó el auricular con la derecha y se siguió sobando la cabeza con la izquierda. Escuchó un instante en silencio y luego dijo:

—Su amigo Gritz-Pitz tiene un recado importante para usted, detective Belascoarán.

Héctor respiró hondo, encendió un cigarrillo y tomó el aparato.

—¿Quieres hablar con uno de ellos? Puso condiciones —dijo Fritz al teléfono.

—¿Uno de ellos?

—Uno de ellos.

—¿Cuáles condiciones?

—Yo no puedo decir quién es, tú no puedes preguntar, y no se trata de hablar de él, sólo de tu Morales. Y no puedes grabar la conversación.

—¿Y para qué "uno de ellos" quiere hablar conmigo?

—Todo el rato se pasan mandándonos mensajes a los que estamos trabajando sobre la etapa de la guerra sucia, cantos de amor de sirenas, que si tenemos un rato, que les gustaría conversar con nosotros. Ahora que todo se está destapando quieren hablar pero no quieren. Quieren contar una parte de su versión, quieren inventar una versión. Eran clandestinos, nunca salían en las fotos y no les daban medallas. Sienten que "otros" los embarcaron, que "otros" les dieron las órdenes. Si algo odian más que a la izquierda es a los presidentes a los que obedecían. Son además una punta de psicópatas mitómanos, les gustaría tener otra historia.

—¿Y le vas a hacer caso a las condiciones de uno de esos tipos?

—Por ahora sí, si te hace falta destaparlo, ya veremos. Te espera en media hora en el café La Habana, a 20 metros de tu oficina. Es un hombre de unos 60 años. Para que lo reconozcas va a traer una Constitución mexicana en la mano.

—No mames. Eso es un abuso.

—Así dijo.

El café La Habana fue durante mucho tiempo tierra de nadie, hoy es tierra de nada. Las meseras o se han avejentado o no les gusta el café que sirven. El café no es tan bueno como solía, y de todas maneras a Héctor no le gustaba el café. En los años sesenta los periodistas del Partido Comunista convivían con los agentes federales de la cercana Secretaría de Gobernación. Era un café donde si se escuchaba atentamente podría parecer que se sabían cosas. Ahora, si se escucha atentamente se oyen los rumores de la música narcorranchera y si se mira atentamente hay en las tristes mesas varios narcorrancheros jubilados. La nostalgia no suele reparar los desperfectos. El hombre sentado en solitario con la *Constitución Política de los Estados Unidos Mexicanos*, algo que a Belascoarán le parecía un cuento de Disney en versión aburrida, no tenía rostro, era alguien que se aproximaba a la vejez con la cara promedio que les gusta a los que hacen encuestas o comerciales chafas de la Lotería Nacional. Era medianamente moreno, tenía un mediano bigote con canas, era de altura mediana, complexión mediana, pelo negro pero no mucho y un traje gris rata. Quizá en el señor Anónimo lo único que lucía era la corbata, rojo granate brillante, brillosa, y un gran anillo con una piedra del mismo color en el anular de la mano izquierda, no la derecha, con ésta se dispara y no tiene chiste estorbarle al gatillo.

Héctor trató de disimular su cojera. Siempre lo hacía cuando se relacionaba con el enemigo, y puso su más fiera mirada en el ojo bueno, esperando que el parche en el otro la mejorara. Se sentó enfrente del personaje sin decir palabra.

El tipo dijo en seco:

—Había una guerra. Una bola de escuincles culeros que se creían la mamá del Che Guevara y que pegaban tiros en la nuca a soldados del ejército mexicano. ¿Qué, los íbamos a dejar?

No, no los habían dejado. Los habían perseguido, a ellos y a sus familias, los habían asesinado, los habían torturado, habían matado a sus hijos, habían violado esposas enfrente de sus compañeros, habían escondido los cadáveres y mentido a las madres de los desaparecidos. Héctor había conocido a más de uno, torturadores y torturados, había escuchado historias que le habían robado el sueño durante meses. Y lo peor es que las había oído diez años después de que habían sucedido. Porque él era un marciano cuando todo esto pasó. Él estaba siendo un ingeniero feliz cuando todo esto pasó.

—¿Qué no han entendido que nosotros somos la justicia?

Sí, claro, Héctor lo había entendido. Lo que no entendía era el uso del "ellos", "otros ellos", "ustedes" y "nosotros" que hacía el personaje.

—No me vengan ahora con mamadas. Si hubieran ganado nos hubieran puesto a todos enfrente de las rejas de Chapultepec y nos hubieran fusilado; paredón, paredón, como en Cuba cuando Fidel.

—¿Conoció usted a Jesús María Alvarado?

—Oí hablar de él, pero nunca lo vi —dijo el anónimo, jugando con su anillo.

—¿Conoció usted a un tal Morales?

—Era un pobre diablo, era de *ellos*, pero chaqueteó. Nunca le tuvimos mucha confianza, e hicimos bien, fíjese. Bueno, eso de no tener confianza. Terminó robándose cosas. A nosotros nos robó —el tipo intentó una sonrisa, no le salió bien—. Nos robó papeles, para cubrirse. Pero no era tan güey, nunca los sacó, nunca nos intentó un chantajito pendejo.

—¿Cuándo dejó a su equipo?

—No era de mi equipo.

—Usted dice "ellos" y "nosotros". ¿De qué habla cuando dice "nosotros"?

El Anónimo no contestó y se limitó a darle un sorbo largo a su café.

—¿Cuándo dejó usted de verlo?

—Allá por el 83. No sé si le dieron comisión en provincia, o nomás se desapareció, o se fue a comprar cigarros, ahorita vengo... chaqueteó otra vez. Chaquetero una, chaquetero muchas...

—¿Y qué sabe usted de su vida privada? ¿Esposa? ¿Tenía otro trabajo? ¿Dónde vivía? ¿Amigos?

—Era un solitario. Por eso de que a sus amigos y a su esposa se los había chingado. Y trabajo... Vendía muebles —y al decirlo se le salió una risa un tanto fuera de lugar—. Vendía muebles viejos... Vivía en la Santa María, creo... ¿Y a usted por qué le interesa ese pobre pendejo del Morales?

Ahora le tocó a Héctor guardar silencio. Con un gesto, le señaló a una mesera que iba pasando con refrescos que le trajera uno a él también. Durante un instante Héctor y el Anónimo se miraron.

—*Morales* no es un nombre, es un seudónimo. ¿Cuál era el nombre real de *Morales*? ¿Usted lo sabe?

—Yo sé todo —dijo el Anónimo sonriendo. Héctor no le devolvió la sonrisa. Encendió un cigarrillo.

—Se llamaba Juvencio. Me acuerdo porque no podría haber nombre más pendejo en todo el pinche mundo. Y el apellido no lo tengo en la memoria, pero le voy a dar una pista. Una pista bien chingona. Una vez alguien le dijo: "Te apellidas igual que el ministro de Juárez".

—¿Cuál Juárez?

—Ahora me va a salir con que los de izquierda ya no saben quién es Juárez... Don Benito, chingá.

—Ah.

Y parece ser que la evocación fantasmal del presidente liberal Benito Juárez le revolvió la memoria, porque el Anónimo dijo:

—Sabe qué, que en lugar de andarnos chingando con los papeles esos que andan sacando, deberían ponernos una estatua, una pinche estatua en la Alameda, con...

Y de repente dejó la palabra en el aire, se puso de pie. La conversación había terminado. Le tendió la mano a Héctor, quien la ignoró y tomó la nota: él iba a pagar el refresco y el café, no iba a permitir que se lo pagara.

—Están pagados —dijo el Anónimo, y se fue caminando lentamente hacia la puerta.

Con un poco de suerte el tráfico terrible de la calle Bucareli a las 12 de la mañana iba a hacer justicia divina y algún microbús lo atropellaría. Pero dios no existe, porque el Anónimo, con su pasito cansino, cruzó la calle sorteando los coches e ignorando el repiquetear de uno u otro claxon.

Tenía un par de hilos para seguir la investigación, pero para sacarse de la boca el mal sabor que le había dejado la entrevista con el Anónimo, Belascoarán salió del café La Habana y tomó un taxi rumbo a Chapultepec.

Un vientecillo gélido corría por las terrazas del Castillo de Chapultepec. Cuando el sol no sale en las mañanas en la ciudad de México es una mala señal. Los chilangos, que son como lagartijas aunque jamás lo reconocerán, se ponen nerviosos y hablan de onda polar y otras cosas que puede que en Siberia o Gotemburgo estén bien vistas, pero que aquí nunca llegaron. Cuando llegó al patio donde estaban los carruajes, el guía se estaba echando un mini mitin a escondidas, con voz suavecita, pero no menos enfática:

—...una vergüenza que tengan aquí las carrozas de Maximiliano, que están muy bonitas y muy lujosas, al lado del carruaje de Juárez, donde estuvo la Patria.

Cuando el grupo se alejó, Héctor se quedó dándole vueltas al carruaje de Juárez. Había leído una novela donde se contaba la historia de la república itinerante, perseguida por los ejércitos franceses a lo largo de cuatro mil kilómetros. Un carruaje donde viajaba la legalidad republicana y una escolta de soldados descalzos, porque el presidente no tenía ni para pagar sus botas ni para pagarse su salario. De la ciudad de México a Paso del Norte en el confín de Chihuahua, que por algo hoy se llama Ciudad Juárez. Mientras el carro siga y esté rodando sobre territorio nacional, la república existe. Era una historia bien bella.

Se acercó, esperando un descuido de los celadores, a sobar la rueda del carruaje estirando la mano sobre el cordón rojo que establecía el perímetro de seguridad. La rueda estaba brillante como si muchas manos la hubieran sobado a lo largo de los años.

Decidió comer en su casa. Pasó al mercado de Michoacán a comprar unas chistorras con el *Teacher* y aguacates, papitas, jitomate y fruta en el puesto de verduras. Le dio tres vueltas al asunto y se decidió por un melón chino magullado pero que tenía buena calada.

Al entrar en su casa la lucecita del contestador telefónico estaba parpadeando. Héctor se lo tomó con calma, dejó las papas hirviendo en la cocina y el jitomate rebanado con sal y pimienta agarrando aire y se sentó con una cocacola en el sillón del destino. Apretó la tecla.

> —Don Héctor, le habla Jesús María Alvarado. Nomás se me ocurrió. No tenía nada mejor que hacer y dije, vamos a hablarle al detective. Me recuerda el chiste ese del que va al médico un sábado en la tarde y le dice: Doctor, estoy muy preocupado porque tengo tres huevos, y el médico le dice, pues vamos a hacerle un tacto, una auscultación, ¿así se dice, no? Y comienza a revisarle, y luego le dice: pues no, se ve normal, sólo tiene usted dos testículos. Y el paciente le dice: no, a fuerzas, lo que pasa es que era sábado en la tarde y no tenía nada que hacer y me dije vamos a ver al doctor para que me toque un rato los huevos... Pues eso. Y de pasada decirle que yo fui hace años tras Morales, pero él me encontró antes y me puso el cañón de la pistola en la nuca y me mató y eso...

La voz se interrumpió. Sólo grababa mensajes de un minuto.

Una vez que hubo dado cuenta del melón, Héctor hizo una llamada a Fritz y luego salió paseando hasta La Torre de Lulio, una librería de usado a unas cuadras de su casa, sobre la avenida

Nuevo León, y se consiguió por módico precio las obras completas, cartas, discursos, notas y escritos de Benito Juárez en 15 tomos. El problema no fue conseguirlas, sino cargar con las tres bolsas de plástico de supermercado de regreso a su casa. Luego, como si hubiera regresado a sus peores días de estudiante universitario, revisó los 15 tomos de portadas de horrible color naranja, de arriba para abajo buscando todos los nombres de los ministros de Juárez. Oscurecía cuando dio la tarea por terminada, absolutamente seguro de que algo se le había pasado por alto, que seguro había algún cambio de ministro en algún gabinete aquí o allá.

Marcó el teléfono del hijo de Alvarado y escuchó los reglamentarios timbrazos que nadie contestaba.

De repente, Héctor recordó algo, un poema que había anotado. ¿De quién? Y había guardado en un libro. ¿Qué libro? ¿Qué estaba leyendo cuando lo anotó? Estaba leyendo *Robin Hood*. Buscó en uno de los libreros del pasillo hasta localizar la despastada edición de Thor, cuyo lomo amarillo se estaba cayendo, sacudió el libro hasta que un papelito se deslizó volando hacia el suelo.

El poema del autor que no podía recordar, decía:

> Si desaparezco del presente
> y
> habito en el pasado
> no hay duda
> que terminaré siendo
> real.

Las dos niñas correteaban alrededor del sillón. Debía parecerles muy divertida una casa sin muebles, porque recorrían gozosas los pasillos y aceleraban para entrar en la sala, a punto de caerse al darle la vuelta al sillón. Niñas disciplinadas se habían quitado los zapatos al entrar en la casa y los habían dejado formaditos en la puerta.

—¿Para qué querías a mis sobrinas? Mira si te tengo confianza, que tú nomás llamas y dices y yo te las traigo. Pero me costó un huevo que su mamá me las prestara. No puedes andarle diciendo a las mamás, "préstame a tus hijas, ahorita te las traigo, vamos a ver a un detective" —dijo Fritz.

—Quiero que oigan algo, niñas.

Deberían tener seis o siete años, no más, pero sin duda eran disciplinadas y se frenaron en seco, poniendo su atención en el señor tuerto.

—Quiero que cierren los ojos y escuchen una voz, y luego me digan de quién es la voz que van a escuchar.

Las niñas asintieron moviendo la cabeza y cerraron los ojos. Belascoarán apretó el "play" de la contestadora telefónica.

—Mira, mano, habla Jesús María Alvarado. Espero que tu cinta dure un rato porque te voy a contar una historia que me pasó. Una historia bien pendeja, bien loca. Estaba yo en Juárez en una cantina, y como todas las mesas estaban...

—Mira, es Barnie, y dijo "pendeja", dijo "pendeja" —susurró la mayor de las niñas, la otra asintió sonriendo y abriendo los ojos.

CAPÍTULO XI

LA HORA DE NADIE

"El truco está en hacer que la gente mire para otro lado."

Así me dijo el compa ciudadano que se llama Alakazam y que es mago, que sea que hace magias. Y es que me fui a despedir de él porque ya me tenía que regresar para acá. Y entonces estábamos comiendo unos tacos que se llaman "de suadero". Bueno, no estábamos comiendo, él estaba comiendo y yo nomás lo estaba viendo, porque el otro día me comí unos de esos tacos y nomás me pasaba el día pegado a la letrina, que sea al excusado. Y entonces el Alakazam me estaba explicando cómo hace sus magias, que sea esas cosas que aparece y desaparece cosas y que lee el pensamiento de la gente. Y entonces yo muy no le entendí y él me explicó que él hace que la gente mire una mano y ya con la otra mano esconde o saca lo que tiene escondido. Y entonces yo le pregunté si es como hacen los políticos que te ponen a mirar una cosa mientras por otro lado están haciendo sus maldades. Y entonces el Alakazam me dijo que eso mero, pero que los políticos no eran magos sino que eran unos hijos de puta, así dijo. Y entonces el Alakazam me empezó a explicar que, por ejemplo, hay dos agendas. Y entonces yo le pregunté qué cosa es "agenda" y él me dijo...

me dijo... pérenme porque así como tengo revuelto el pensamiento también tengo revuelto mi cuaderno... aquí está, después de la palabra "perspectiva", dice que "agenda" es un como cuadernito donde uno apunta lo que va a hacer y cuándo lo va a hacer y cómo lo va a hacer y con quién lo va a hacer, y también quiere decir como la orden del día y según qué es lo más importante. Y entonces el Alakazam me explicó que hay dos agendas: la agenda de los poderosos y la agenda de los jodidos. Y entonces la agenda de los poderosos es lo que es más importante para ellos, que sea aumentar sus riquezas y sus poderes. Y entonces la agenda de los jodidos es lo que es más importante para nosotros, que sea luchar por la liberación. Y entonces el Alakazam me explicó que los poderosos, que sea los ricos y sus malos gobiernos, quieren convencer a todos que su agenda, que sea la agenda de los poderosos, es la agenda de todos, hasta de los jodidos. Y entonces que ahí nos tienen escuchando todo el día de sus preocupaciones de los ricos y nos convencen que eso es lo más importante y lo que es urgente que tenemos que hacer. Y entonces nos tienen mirando para ese lado y no miramos que por otro lado se están robando todo y están vendiendo a la Patria y a sus recursos naturales, como el agua, el petróleo, la energía eléctrica y hasta la gente. Y entonces, cuando nos demos cuenta, ya se habrán robado todo mientras nosotros estábamos mirando para otro lado. Y entonces la maldad no nada más está en que estamos distraídos, sino que también arresulta que sus preocupaciones de los ricos las agarramos como que son nuestras. Y entonces la política moderna, dice el Alakazam, se trata de que la democracia sea que la mayoría, que sea los jodidos, trabaje y se preocupe porque le vaya bien a la minoría, que sea a los poderosos. Y entonces también se trata de que todos los jodidos miremos para otro lado mientras nos roban nuestra tierra, nuestro trabajo, nuestra memoria, nuestra dignidad. Y entonces los poderosos quieren que hasta les aplaudamos con votos. Y entonces el Alakazam me dijo que hay magia negra, que sea que se hace con los demoños; y que hay magia blanca, que sea es la que hace el Alakazam y otros magos; y que hay magia sucia, que sea es la que hacen los políticos.

Y entonces todo eso me dijo el compa Alakazam cuando me despedí de él. Ya antes me había yo despedido de los demás ciudadanos. Bueno, no de todos. Porque arresulta que no me vine solo, que sea que vino también la Magdalena. Y es que ella, que sea él, me dijo que quería venir a conocer tierras zapatistas y que me quería ayudar a buscar al Mal y al Malo. Yo le dije que no alcanza la paga para que viájemos los dos, y entonces él, que sea ella, me dijo que iba a agarrar de lo que tenía ahorrado para su operación. Y entonces yo lo pensé que está bueno que me acompañe la Magdalena para que vea cómo es la lucha de las comunidades zapatistas. Y pues ya hicimos el viaje. Una parte del camino nos fuimos con el Muciño y otra pues en camión.

El viaje de regreso de Elías

Mi nombre no importa ahora, pero me dicen "Muciño". Sí, como el jugador de futbol. Pero a aquél le decían "El Centavo Muciño", y creo que jugaba con el Cruz Azul. Nomás que yo no soy futbolista, sino policía. Sí, de la Policía Federal Preventiva. No, no se asuste. Ya ve que en todo hay Bien y Mal. Aquí en la policía también hay buenos y malos, aunque creo que si hay una votación, pues los buenos perdemos por mucho. Bueno, pues yo le di un aventón a Elías. Lo llevé de México hasta Puebla. Es que yo tenía que entregar la patrulla, que si no pues hasta Chiapas lo llevo. Sirve que pasaba a saludar a los compas. Pero no, nomás hasta Puebla lo llevé. No, no iba solo. Lo acompañaba una mujer. Bueno, no mero mujer, pero vestida como mujer. Elías dijo que se llamaba "Magdalena". Bueno, es que me topé a Elías y me dijo que había venido al DF a curarse y que ya se iba de regreso y entonces yo le ofrecí llevarlo aunque sea un tanto del camino. Sí, la verdad es que yo quería platicar con él. Elías es muy buena gente, escucha con atención y, aunque tiene un modo muy raro de hablar, siempre da buenos consejos. ¿Los zapatistas? Bueno, yo ya había oído hablar de ellos desde el alzamiento. Yo estaba más chavo. Luego pues me tocó lo de la Marcha Indígena en el 2001 y, como estábamos cuidando a la delegación zapatista, pues me chuté todos los discursos de los comandantes en todos los actos. Después de eso un grupo de compañeros nos juntamos y, platicando, nos dimos cuenta de que es bueno lo que proponen ellos, los zapatistas. No, no hacemos nada en concreto, sólo leemos y comentamos lo que sale de allá. Sí, una vez fui a Chiapas, a una de las Juntas de Buen Gobierno. No, no fui a espiar. Aunque iba de civil, claro, dije en la entrada que yo era policía. Sí, me recibieron y los compañeros de la Junta me explicaron todo lo que están haciendo. Ahí conocí a Elías. No, él no es de la Junta de Buen Gobierno ni es autoridad. No, él estaba ahí porque había ido a un encargo. Yo estaba esperando un carro para regresarme a la ciudad y empezamos a platicar. Me gustó mucho su palabra porque le entendí todo. Sí, es que a veces los comunicados del Sup son muy complicados, como que no se entienden porque a veces usa palabras muy elevadas. En cambio Elías habla así como nosotros. Cuando me despedí de él le dije que si alguna vez venía a México podía contar conmigo para lo que fuera, y pues se llegó el día. No, él casi no habló en el camino, pero me escuchó con atención. ¿Yo? Le conté de lo de San Juan Ixtayopan, en Tláhuac. Sí, donde lincharon a dos compañeros de la policía y al otro lo dejaron medio muerto. Sí, salió en todas las noticias. Sí, para que se lo contara al Sup, quien quita y a lo mejor sacaba un comunicado. Bueno, pues lo que pasó no es lo que dicen que pasó. Y es que pues ahí tiene usted que estaban los de un canal de televisión. Estaban haciendo uno de esos programas que se llaman *reality show* o algo así.

Bueno, pues ahí tiene usted que unas personas de la televosa esa empezaron a decir que los robachicos para acá y los robachicos para allá y se empezó a juntar la gente. Sí, estaban frente a la escuela esa. Sí, como quien dice que empezaron a calentar a la gente. Pero era mentira, o sea que querían filmar cómo reaccionaba la gente. Sí, estaban filmando para un programa. No, no recuerdo el nombre. Bueno, pues ahí tiene usted que por ahí andaban estos policías, pero de civil, y entonces alguien de los que estaban haciendo el programa empezó a decir que ellos eran los secuestradores de niños. No, se supone que en determinado momento iban a decir que todo era actuado, que era para un programa de televisión, pero se les salió de las manos, como quien dice. Se pelaron. Sí, los de la televisora se pelaron y dejaron a la gente enardecida. Luego los dueños de la televisora pagaron carretadas de dinero a los del gobierno para que no dijeran nada de cómo había empezado todo. Sí, por eso da coraje ver cómo ahora algunos medios de comunicación se dizque preocupan mucho por lo que pasó. Puras mentiras. Si ellos son los primeros en andar diciendo que todos los policías somos unos ladrones y delincuentes, y ahora se desgarran las vestiduras. Bueno, sí, hay policías que de por sí son peores que los delincuentes, pero también habemos policías buenos. No, a ellos no les importan los muertos, sólo les interesa vender, vender mentiras. Y claro, también sirve para que ellos quiten y pongan funcionarios según les conviene. Y es que ahora los que gobiernan son los medios de comunicación. Bueno, las televisoras principalmente. Sí, los de abajo ponemos los muertos y los de arriba ponen los anuncios comerciales. Dan ganas de vomitar. No, como quiera le voy a poner la infracción porque no trae una luz trasera. No, no me ofenda. Sí, la infracción la tiene que ir a pagar a la Junta de Buen Gobierno. A cualquiera, hay una en Oventic, en La Realidad, otra en Morelia, otra en Roberto Barrios y otra en La Garrucha. Sí, ahí ya me conocen. Sí, a todos los que infracciono los mando para allá, para que aprendan. Sí, como yo.

Bueno, pues les cuento que nos reunimos con el Sup para pensar sobre de los informes que habíamos juntado sobre el tal Morales. Fue el día 4 o 5 de febrero de este año, que sea el 2005. Porque arresulta que, además de lo que yo había juntado con el Belascoarán en mi viaje a la ciudad de México, que sea al monstruo, acá en Chiapas también habían juntado un buen tanto de informaciones y todas eran sobre el caso o cosa, según, del tal Morales que me había tocado a mí en la repartición de los males y malos que habíamos hecho en la reunión aquella en su trabajadero del Belascoarán. Y entonces, una de las informaciones que el Sup tenía era la que había mandado el *Frayba* a la Junta de Buen Gobierno de los Altos, que sea a Oventic, como respuesta a la carta que les habían mandado los compas cuando las autoridades autónomas le pidieron apoyo al *Frayba* de información sobre de los paramilitares. Unos días después, el mero día 9 de febrero de 2005, que sea cuando se cumplían 10 años de la traición del Zedillo contra de los zapatistas, el periódico mexicano que se llama *La Jornada* publicó parte de ese informe del Centro de Derechos Humanos Fray Bartolomé de las Casas, o sea del *Frayba*, que es así como le decimos los indígenas acá en Chiapas y que es una organización que está en Jovel, que sea en San Cristóbal de Las Casas, y que anda pendiente de que no se violen los derechos humanos de los indígenas. Que sea ese informe era o es sobre de los paramilitares y cómo los apoyan los malos gobiernos.

Y entonces pues ya no les digo todo lo que decía el informe porque ya está publicado en el periódico que se llama *La Jornada*, pero ahí claro se ve que hay un acuerdo de los malos gobiernos para chingar a los pueblos indígenas zapatistas por medio de lo se llama *guerra sucia* que quiere decir que es una guerra así como escondida, que no se muestra, que sea que hacen como que todo está bien pero no está bien, sino que hay muertos y desaparecidos y desplazados y muchas desgracias para los jodidos. Y entonces la problema es que no sólo se trata de los que hicieron sus maldades en aquellos años del gobierno del Zedillo, sino que todavía por ahí andan los culpables y todavía se sigue haciendo lo mismo por razón de que los zapatistas no nos rendimos ni nos vendemos, que sea que no nos olvidamos de por qué luchamos y por eso nos quieren derrotar como quiera que sea.

Y entonces pues les cuento que estábamos con el Sup viendo todos los informes que se habían juntado y claro se veía que una gran maldad se estaba, que sea que se está apoderando de nuestro país que se llama México. Y entonces no estábamos tomando un cafecito caliente, que sea que nomás lo estábamos mirando, porque estaba muy ardiendo y aluego nos quemábamos la lengua. Y entonces, mientras fumábamos y esperábamos a que se le bajara la calentura al café, lo estábamos pensando cómo es que el Mal y el Malo estaban haciendo todas sus fregaderas, que sea sus maldades, y nomás la gente no decía nada. Y entonces pensábamos si será que la gente no se da cuenta o nomás ya no le interesa. Y entonces pues lo vimos que lo que pasa es que la gente no lo mira al Mal y al Malo, pero no es porque estén escondidos, que sea que el Mal y el Malo estén escondidos, no, si ahí se andan paseando onde quiera. Que sea que no se esconden, pero como quiera no los mira la gente, como si fuera magia. Y entonces yo me acordé de lo que me explicó el compañero Alakazam y se lo conté al Sup. Y entonces el Sup dijo que sí es cierto, que lo que pasa es que estamos mirando para otro lado. Que sea que los poderosos, que sea los ricos y sus malos gobiernos, tienen a la gente mirando para otro lado y entonces están distraídos todos los cristianos y entonces es cuando el Mal y el Malo nos pasan a perjudicar a todos y nomás ni en cuenta. Y entonces lo probé mi café a ver si ya le pasó su calentura y no le había pasado todavía, y entonces yo le dije al Sup que la están desgraciando a la Patria, que sea a México, y entonces nos vamos a quedar todos como huérfanos, llorando, perdidos, sin saber de onde venimos y olvidados de nosotros mismos. Y entonces el Sup no dijo nada, pero también lo probó su café y se dio una buena quemada, y entonces empezó a decir muchas groserías y a mentar madres, no sé si porque el café estaba muy caliente o porque lo están matando a nuestro país y estamos mirando para otro lado. Y entonces yo pensé que es como si estuviéramos viendo la televisión mientras nos están robando la casa. Y entonces la gente dice que está muy bien informada pero es que sabe muchas cosas o casos, según, pero de otro lado, y no sabe bien de que nos están robando el corazón. Y entonces yo me acordé de cómo se brinca de una cosa a la otra en las noticias y nomás hasta duelen los ojos de estar brincando de un lado a otro.

Y entonces lo miramos que ya se descalentó un poco el café y entonces ya lo empezamos a tomar el cafecito sin pena de quemarnos la lengua.

Y entonces ya el Sup me dijo:

—Cómo ves Elías, creo que ya llegó la hora de Nadie.

Nadie

La ubicación estratégica del suroriental estado mexicano de Chiapas ha despertado el interés de las grandes potencias mundiales. Debido a esto, los gobiernos de Estados Unidos, Canadá, Japón, Rusia, China y los de la Unión Europea han colocado agentes de sus respectivos servicios de inteligencia. Sumando éstos a los que mantienen las diferentes dependencias del gobierno mexicano, tenemos lo que se llama "saturación" del teatro de operaciones. Como cualquiera sabe, la "saturación" de servicios de inteligencia provoca lo que se llama "intoxicación", que quiere decir que la información recopilada no sólo no sirve, sino que hace daño al aparato de inteligencia en cuestión. Puede ser que a estos fenómenos de "saturación" e "intoxicación" se deba el que ninguna agencia se haya dado cuenta de que en el organigrama del EZLN hay una rama que es el equivalente a las tropas especiales o de élite de otros ejércitos. Su existencia es conocida sólo por algunos cuantos: los miembros del Estado Mayor del EZLN y algunos de los más antiguos comandantes y comandantas del CCRI. Esa parte de la estructura neozapatista está formada por sólo seis personas y han desempeñado labores de gran importancia, pero secretas, en distintos momentos de la historia del EZLN. Por ejemplo, sus integrantes fueron los que protegieron al Sub Marcos cuando la traición de hace 10 años, en febrero de 1995. Cuentan que, con la comunidad de Guadalupe Tepeyac completamente rodeada por tropas aerotransportadas del ejército federal, sacaron al Sub del cerco y lo pusieron en un lugar seguro. También a este equipo especial se debe la investigación, en menos de 24 horas, de lo sucedido en Acteal el 22 de diciembre de 1997. La información que los miembros de este equipo obtuvieron fue con la que se elaboró la serie de comunicados de aquellas fechas, mismos que, junto con la información proporcionada por algunos medios de comunicación y por las ONG derrumbaron la estrategia gubernamental de presentar la matanza como una pelea entre indígenas. En enero de 1998, este equipo fue el encargado de poner a salvo a la Comandancia General del EZLN cuando el ejército federal intentó tomar la comunidad de La Realidad el mismo día en que tomaba posesión Francisco Labastida Ochoa como secretario de Gobernación.

Si pocos saben de su existencia, el nombre de este equipo especial sólo es conocido por sus integrantes y por el Subcomandante Insurgente Marcos. Sólo ellos saben que su nombre clave es... NADIE.

1. La Erika. Insurgenta. Indígena, 15 años entrados en 16. Tenía cuatro años cuando el alzamiento. Su papá murió en los combates de Ocosingo y ella se crió en la resistencia. Se decidió a entrar como tropa insurgente del EZLN en 2001, después de la marcha indígena. Elías habló con ella. Entonces echó su mentira, porque dijo que ya tenía 16 años y en realidad tenía 11 entra-

dos en 12. Es operadora de radio y, a veces, cuando el Sup y el Monarca no suben rápido la loma del radio, inicia como locutora las transmisiones de Radio Insurgente, la voz de los sin voz. También es conocida porque seguido se pelea con los varones de la tropa zapatista porque hacen comentarios despectivos o burlones de las mujeres. Muy buena para lo militar y para lo político. Experta en radiocomunicación. Le gusta mucho la poesía, las canciones de Juan Gabriel, Los Bukis y Los Temerarios. En las noches usa sin permiso la lámpara para leer un maltratado libro de poemas de Miguel Hernández que encontró en un viejo buzón de montaña. Desafina cuando canta la canción de los *caracoles* zapatistas. Es la de comunicaciones de NADIE.

2. La doña Juanita. Indígena. Se dice que es la viuda del Viejo Antonio, fallecido en 1994. No se sabe cuántos años tiene pero ya está grande. Tiene grandes conocimientos de medicina herbolaria, buen ojo clínico y una paciencia de 500 años. Sabe hacer tostada dulce y marquesote, que es un pan de maíz con azúcar y manteca. Cuando habla en las asambleas de su pueblo todos la escuchan con atención y respeto. Fue una de las compañeras que redactó la llamada Ley Revolucionaria de las Mujeres y la primera en plantear que las mujeres pueden ser autoridad. Hasta los hombres más machitos acuden a ella para pedirle orientación y consejo. Es la enfermera de NADIE.

3. La Toñita. Indígena. Tiene como 10 años entrados en 11. Hija de padres insurgentes. Su madre la llevaba en el vientre cuando salió a la toma de Las Margaritas en enero de 1994. Es muy hábil para obtener e interpretar informes. Se disfraza muy bien y puede pasar inadvertida en cualquier lugar y situación. Le gusta mucho dibujar y correr. No hay varón que le gane a subir a un árbol ni que la supere en puntería con la tiradora (resortera). Va a la escuela autónoma y cuando sea grande, dice, va a ser autoridad y va a prohibir las matemáticas, porque batalla mucho con los números. Es la de inteligencia de NADIE.

4. El *Maa Jchixuch* (*Maa* quiere decir guacamaya en tojolobal y *Jchixuch* quiere decir puercoespín en tzeltal; guacamaya

también se dice *Moo* en tzeltal y puercoespín se dice *ixchixuch* en chol y *tek tikcal chitom* en tzotzil). Joven mestizo. Debe andar por los 20 años. Se peina al estilo punk, por lo que tiene los pelos parados como puercoespín, y pintados de muchos colores, como guacamaya. Es locatario en el Mercado de los Ancianos, en Tuxtla Gutiérrez, Chiapas. Vende de todo, según como corre el agua. Vendiendo fuegos pirotécnicos se hizo un experto en su uso. También es cantautor. Bueno, hace canciones y las canta, pero no él les pone música. Según dicen, les manda las letras que escribe a otras personas y ya ellos le ponen la música. Un ejemplo es la canción que se llama *Otras caricias* y que dice así: En un rincón del mundo, / Unas pieles se encuentran. / Se hablan, se escuchan. / Se preguntan, se responden. / Se acarician. / Porque una caricia es una pregunta. / Porque una caricia es una respuesta. / Un pedacito de piel pregunta: ¿aquí?, ¿así? / Y un pedacito de piel responde: ahí, así. / No siempre. / Hay en el mundo hombres y mujeres. / Y también hay fantasmas. / Los fantasmas, por ejemplo, son muy otros. / Los fantasmas, cuando acarician, lastiman. / Pero eso no es lo grave o lo malo. / Tampoco que esa caricia deje una herida. / Tampoco que esa herida no cicatrice nunca. / Lo grave es que los fantasmas dedican toda su torpe ternura / En acariciar la tierra entera. / E impedir así que cicatrice la memoria. / Cuando un fantasma acaricia / Pregunta y responde / Rebeldía.

La canción se la mandó a unos roqueros de Europa y, según también dicen, tiene otras canciones que serán parte de un disco que se llamará *Fantasmas*. *Maa Jachixuch* es el de explosivos de NADIE.

5. *El Justiciero*. Mestizo. Como de 40 años. Negro como la noche. Antes fue obrero-albañil. Ahora es chofer de un camión de transporte de materiales de construcción. En la defensa trasera de su camión, *El Justiciero* puso un letrero que dice "Materialista Histórico y Dialéctico", más arriba del que advierte de "Viejo, pero no de todas". Se habló con Elías cuando se le descompuso su camión una noche frente al *caracol* de La Garrucha.

Dicen que los encontró la madrugada todavía hablando. A partir de ahí se hizo zapatista. Habló con sus compañeros y se registraron todos en la Junta de Buen Gobierno. Después reclutó a los taxistas, a los de las tortillerías, a meseros y meseras, y hasta a algunos soldados. Es el chofer-mecánico de NADIE.

6. Elías, comisión de investigación. Ya lo conocen en parte. Está al mando de NADIE.

7. La Magdalena. Ya la conocen. Se incorporó momentáneamente, a ofrecimiento de Elías, como séptimo elemento. Apenas es parte de NADIE.

LLÓRAME UN RÍO

La hablé a la Magdalena y le dije que iba a ir a agarrar al Malo, que me espera a que vengo, pero ella, que sea él, me dijo que quiere apoyar en algo. Y entonces pues lo llevé, que sea la llevé a donde nos reunimos con el colectivo que se llama NADIE. Y entonces pues ya la presenté con todos y les dije que era mi hijo o hija, según, y se saludaron y ya. Y entonces yo les dije que tenemos que hacer un plan para agarrar al tal Morales y que no teníamos mucho tiempo, que tenía que ser mero el día 9 de febrero, o sea que ya. Y entonces los vimos los informes que se habían juntado. Y entonces los miramos con perspectiva. Y entonces yo les expliqué qué cosa es la palabra "perspectiva" y todos lo apuntaron en sus cuadernos de vocabulario. Y entonces ya que analizamos en colectivo y por todos lados el caso o cosa, según, del tal Morales, pues lo hicimos un nuestro plan con una agenda. Y entonces yo les expliqué qué es lo que quiere decir la palabra "agenda" y todos lo apuntaron en su vocabulario. Y entonces la Erika se instaló su chocolatera, que sea así es como le decimos nosotros a los radios de comunicación. Y entonces antes lo puso su antena y la calibró bien para que llegue bien lejos su señal. Y entonces ya se empezó a comunicar con las bases de radio que hay en los pueblos zapatistas y en los cuarteles insurgentes. Y entonces la Toñita empeñó a escribir todos los mensajes que estaba recibiendo la Erika. Y entonces el *Maa Jchixuch* se puso a preparar unas cosas que nos iban a servir luego para agarrar al tal Morales. Y entonces *El Justiciero* se fue para tener listo el camión según onde teníamos que ir. Y entonces la doña Juanita empacó en su morraleta unas yerbas, pozol y tostadas, porque qué tal que vamos a tardar. Y entonces la Magdalena empezó a preparar sus pinturas y sus ropas que se iban a necesitar. Y entonces yo, que sea Elías Contreras, comisión de investigación, lo di varias vueltas en mi cabeza al plan para agarrar al Mal y al Malo, que sea al tal Morales que andaba haciendo sus maldades en tierra zapatista. Y entonces en esas estaba, que sea pensando el plan, y que me acuerdo de algo y rápido les digo a todos que dejen de hacer lo que estaban haciendo y que les digo que apunten en sus cuadernos la palabra "susodicho", y ya les expliqué que en este caso o cosa, según, el "susodicho" era el tal Morales. Y entonces ya todos se fueron a seguir preparando el plan para agarrar al susodicho, que sea al tal Morales, para presentarlo con la justicia zapatista.

Y entonces todo este plan lo hicimos la madrugada del día 8 de los corrientes, que sea, de febrero del año 2005. Y entonces ya estaba pardeando la mañana cuando la Erika y la Toñita llegaron a decirme que, según los informes, el tal Morales, que sea el susodicho, se había ido para la cabecera municipal de Ocosingo y que ahí andaba emborrachándose y echando desmadre con las mujeres. Y entonces que el tal Morales, que sea el susodicho, traía dos hombres como escolta, que sea que lo andaban cuidando onde quiera que iba, y creo que hasta al baño iban juntos. Y entonces la Toñita dijo que en Ocosingo tal vez no había mucha gente ni bulla porque ya había pasado la fiesta de la Candelaria y ya la gente no tenía la paga para seguir fiestando. Y entonces dijo la Toñita que tal vez podíamos agarrar al tal Morales, que sea al susodicho, sin hacer tanta bulla.

Y entonces *El Justiciero* dijo que el carro ya está listo. Y entonces el *Maa Jchixuch* dijo que ya está listo. Y entonces la doña

Juanita dijo que ya está lista. Y entonces la Magdalena dijo que ya está lista. Y la Erika y la Toñita ya lo habían dicho que estaban listas. Y entonces yo dije que no estoy listo, que me esperen porque voy a 50 y ya entonces luego nos vamos. Y entonces ya regresé del 50 y nos subimos todos en el camión de *El Justiciero* y llegamos a Ocosingo cuando la noche ya se estaba acomodando en las calles. Y entonces nos acomodamos en un ranchito, que sea en una champita que está en la orillada de la ciudad, que sea que el ranchito se llama El Paraíso. Y entonces la Erika lo puso su antena y su chocolatera y pasó el mensaje que decía: "Ojo Grande a Caballo Viejo. Ojo Grande a Caballo Viejo. Nadie está listo. Repito. Nadie está listo". Y entonces que sea que ése era un mensaje para el Sup de que ya estábamos listos para cumplir nuestra agenda en perspectiva para agarrar al susodicho, que sea al tal Morales. Y entonces la Toñita sacó de su morraleta una caja de chicles y dijo que ahí tiene uno de esos que tienen purgante y se salió a vueltear para mirar onde mero andaba el susodicho, que sea el tal Morales. Y entonces la doña Juanita se fue para hablarla a una su comadre que trabaja en el mercado de Ocosingo y que es bien chismosa y onde quiera se mete, que sea que la comadre de la Doña Juanita es la chismosa, no la doña Juanita. Y entonces el *Maa Jchixuch* acomodó en el patio del ranchito lo que había preparado. Y entonces *El Justiciero* lo fue a acomodar su camión onde estuviera a la mano pero que no muy se viera. Y entonces la Erika acomodó su aparato de sonido y cableó una bocina al patio y otra onde se acomodan los carros, que sea al zaguán. Y entonces la Magdalena se empezó a arreglar. Y entonces yo pensé que NADIE es bueno para los trabajos especiales que en veces encarga la Comandancia General del EZLN. Y entonces ya regresó la Toñita y dijo que el susodicho, que sea el tal Morales, estaba en el infierno. Y entonces yo dije que no que habían dicho que estaba en Ocosingo, que ya dimos nuestra vuelta de balde. Y entonces la Toñita se me quedó mirando y me dijo que de por sí, pero que así se llamaba la cantina onde estaba el tal Morales, que sea el susodicho. Y entonces yo entendí que la cantina se llamaba El Infierno. Y entonces la Toñita dijo que el tal Morales, que sea el susodicho, tiene como mi edad y es como de mi rodada, que sea que andaba por los 60, está canoso y era un poco gordo. Y entonces la Toñita dijo que seguro era el susodicho, que sea el tal Morales, porque lo escuchó que así le decían sus escoltas. Y entonces la Toñita dijo que los escoltas eran unos grandulones, bien dobles, que sea bien fuertes, y que tenían cortado el pelo como de por sí se lo cortan los soldados del mal gobierno. Y entonces ya regresó la doña Juanita y entonces dijo que decía su comadre que el susodicho, que sea el tal Morales, ya andaba medio chiles, que sea que andaba medio tomado, y que también sus escoltas.

Y entonces ya nos reunimos todos para revisar bien el plan. Y entonces lo esperamos a que la noche se camina otro tanto y a que se llegue la madrugada. Y entonces ya se llegó la madrugada. Y entonces ya me puse mi sombrero. Y entonces ya todos entendieron que ya iba a empezar la misión que nos había encargado el mando. Y entonces NADIE estaba listo.

Y entonces ya el *Maa Jchixuch*, la Erika, *El Justiciero* y la doña Juanita se pusieron todos en sus posiciones. Y entonces ya nos fuimos caminando con la Toñita con su caja de chicles y con la Magdalena que se puso unos zapatos de tacón bien altos que onde quiera se andaba cayendo. Y entonces ya llegamos a las puertas del infierno, que sea a las puertas de la cantina que se llama El Infierno. Y entonces ya se metió la Toñita con su caja de chicles. Y entonces ya salió otra vuelta la Toñita. Y entonces ya nos dijo que no había mucha gente, que apenas unos cuantos, que ahí mero estaba el susodicho, que sea el tal Morales, y que estaba bien bolo y que también estaban bolos sus escoltas. Y entonces la Toñita dijo que les había regalado de sus chicles con purgante a sus escoltas del tal Morales, que sea del susodicho. Y entonces la Toñita nos dijo que no luego hacían efecto los chicles con purgante y que tardaban un tanto. Y entonces le dije a la Toñita que se fuera a su posición. Y entonces ya le dije a la Magdalena que se entrara al infierno, que sea a la cantina que se llama El Infierno. Y entonces yo también me entré al infierno para mirar que no le fuera a pasar algún mal a la Magdalena.

Y entonces la Magdalena entró moviéndose muy otro al caminar. Y entonces al susodicho, que sea al tal Morales, nomás se le caía la baba mirándola a la Magdalena. Y entonces también los escoltas estaban de babosos. Y entonces el tal Morales, que sea el susodicho, le empezó a decir de cosas a la Magdalena, que por qué tan solita mi reina, que presta pa la orquesta y otras cosas que son groserías y que no les digo porque qué tal que hay niños oyendo o leyendo, según. Y entonces la Magdalena se acercó al tal Morales, que sea al susodicho, y le dijo que andaba buscando un hombre que le cumpliera porque ella era mucha hembra, que sea que la Magdalena era mucha hembra. Y entonces la Magdalena dijo que ahí no había hombres de a deveras y que mejor se iba a ir con los zapatistas a ver si ahí. Y entonces el sudodicho, que sea el tal Morales, dijo que los zapatistas son putos, así dijo. Y entonces los escoltas se rieron. Y entonces la Magdalena se acercó al tal Morales, que sea al susodicho, y nomás paró la nalga y, sin que se dieran cuenta, me volteó a mirar y me guiñó el ojo mientras decía:

—De por sí, tal vez uno que otro zapatista es puto.

Y entonces la Magdalena se le sentó en las piernas al susodicho, que sea al tal Morales y le dijo que oyes papito qué haces en el infierno si yo te puedo llevar a conocer el paraíso. Y entonces el tal Morales, que sea el susodicho, dijo que llévame mi chula. Y entonces ya se levantaron y se salieron. Y entonces yo me fui detrás de ellos. Y entonces en la puerta el susodicho, que sea el tal Morales, la empezó a manosear a la Magdalena. Y entonces la Magdalena le dijo que ahí no, que mejor en su cuartito porque ahí tenía unas cositas para que el tal Morales, que sea el susodicho, estuviera contento. Y entonces el susodicho, que sea el tal Morales, dijo que bueno, que vamos. Y entonces fueron a onde tenían su coche del tal Morales, que sea del susodicho. Y entonces ya yo me fui corriendo para llegar antes. Y entonces ya llegué y tomé mi posición.

Y entonces al ratito se vieron las luces del carro. Y entonces ya el carro se metió en el zaguán. Y entonces ya se bajaron todos del carro. Y entonces uno de los escoltas dijo que oiga jefe ya me anda del baño que yo creo que me hizo daño la botana. Y entonces el otro escolta dijo que a él también le andaba del baño. Y entonces la Magdalena les dijo que ahí nomás en el patio estaba la letrina. Y entonces se fueron corriendo los escoltas para ganar primero la letrina, pero se van tropezándose porque estaban bolos.

Y entonces la Magdalena entró en la casita. Y entonces le dijo al susodicho, que sea al tal Morales, que espérame corazón que me voy a poner algo más cómodo que te va a gustar mucho. Y entonces la Magdalena entró en el cuartito onde estamos metidos todos. Y entonces ya di la señal.

Y entonces la Erika prendió su aparato de sonido y empezó a decir por el micrófono que ya se rindan todos, que los tienen rodeados. Y entonces el *Maa Jchixuch* ya prendió los cohetes que tenía preparados. Y entonces se escuchó como una balacera. Y entonces se hizo un relajo que parecía que había muchos tiros y mucha bulla. Y entonces los escoltas salieron corriendo. Y entonces apenas podían moverse porque estaban bien bolos y con los pantalones bajados y bien cagados, que sea de miedo y de cagada, porque los había agarrado la bulla mero en la diarrea por causa del purgante de los chicles con maña de la Toñita. Y entonces se fueron corriendo al monte. Y entonces el tal Morales, que sea el susodicho, dijo que qué chingaos pasa. Y entonces yo creo que del susto se le bajó la borrachera, porque se escuchaba que ya estaba en su juicio. Y entonces ya salimos todos del cuartito. Y entonces ya lo rodeamos para que no se corretiara.

Y entonces ya le dije yo al susodicho, que sea al tal Morales, que estaba detenido por órdenes de las autoridades autónomas de justicia de las Juntas de Buen Gobierno y que lo íbamos a llevar para que diera cuenta de sus maldades. Y entonces el tal Morales, que sea el susodicho, dijo:

—A mí nadie me va a detener.

Y entonces la Erika dijo:

—De por sí nosotros somos NADIE.

Y entonces la doña Juanita le iba a amarrar las manos al susodicho, que sea al tal Morales. Y entonces fue cuando el tal Morales, que sea el susodicho, sacó una pistola y nos apuntó y nos dijo que arriba las manos. Y entonces ya levantamos todos las manos. Y entonces el tal Morales, que sea el susodicho, dijo que él era mucha pieza para los pinches zapatistas, que a poco a él lo iban a detener unos don nadie. Y entonces le apuntó con la pistola a la Toñita y dijo que pinche escuincla, y luego le apuntó a la doña Juanita y dijo pinche vieja arrugada, y luego le apuntó a *El Justiciero* y dijo pinche perro negro, y luego le apuntó al *Maa Jchixuch* y dijo pinche punketo aretudo, y luego le apuntó a la Erika y dijo pinche chamaca, y luego le apuntó a la Magdalena y dijo pinche puto, y luego me apuntó a mí y dijo pinche indio. Y luego nos encañonó a todos, que sea que nos apuntó a todos con su pistola y dijo que nos iba a matar a todos de una vez, que nosotros somos los que siempre estorban, que nadie nos iba a extrañar porque de por sí gente como nosotros siempre sobra.

Y entonces cuando el tal Morales, que sea el susodicho, nos estaba echando su rollo neoliberalista, la Magdalena como que le entró su coraje y se le aventó encima y empezaron a pelear cuerpo a cuerpo. Y entonces, como si fuera la señal, todos nos aventamos en montón encima del susodicho, que sea del tal Morales. Y entonces se escuchó un disparo. Y entonces ya lo agarramos bien y le quitamos la pistola. Y entonces ya entre la doña Juanita, *El Justiciero*, la Toñita y la Erika lo amarraron bien al tal Morales, que sea al susodicho. Y entonces la Magdalena había quedado en el suelo. Y entonces pensé que es porque la golpearon. Y entonces la fui a levantar. Y entonces, lo miré que tiene un balazo en la barriga. Y entonces le dije a la doña Juanita que rápido, que la Magdalena está herida.

Y entonces la doña Juanita rápido buscó en su morraleta unas yerbas. Y entonces le empezó a poner las yerbas para pararle la sangradera que tenía la Magdalena. Y entonces le dije a la

Erika que avise rápido por radio que tenemos un herido. Y entonces le dije a la Magdalena que no se preocupe, que la íbamos a llevar al hospital para que la curen. Y entonces la Magdalena se iba poniendo bien pálida. Y entonces le dije a *El Justiciero* que preparara el camión para irnos. Y entonces les dije a los demás que lo suban al susodicho, que sea al tal Morales, al camión para irlo a entregar a la justicia. Y entonces les dije que hagan lugar para llevarnos a la Magdalena al hospital. Y entonces yo me quedé con la Magdalena. Y entonces la Magdalena me preguntó que cómo estuvo en la misión. Y entonces yo le dije que muy bien, que gracias a ella, que sea a él, habíamos agarrado al Malo. Y entonces él, que sea ella, me preguntó que si se veía bonita. Y entonces yo le respondí que parecía una princesa. Y entonces ella, que sea él, se puso a chillar. Y entonces yo pensé que era por la herida y le dije que no chille, que ya pronto la íbamos a llevar a curar. Y entonces él, que sea ella, dijo que no chillaba por la herida sino porque nunca le habían dicho princesa. Y entonces yo le dije que de por sí siempre parecía una princesa, pero que no le había dicho nada porque qué tal que iba a pensar mal. Y entonces ya regresaron todos para estar pendientes de la Magdalena. Y entonces la doña Juanita la estaba cuidando de su herida a la Magdalena. Y entonces la doña Juanita me dijo al oído, bien quedito pa que nomás yo lo oyera, que la Magdalena no se va a lograr, que le perjudicaron todas las tripas. Y entonces yo no me despegaba de la Magdalena y la tomaba de la mano y la animaba. Y entonces ella, que sea él, me preguntó si se va a morir. Y entonces yo le dije que no, que no se va a morir. Y entonces él, que sea ella, me dijo que quería que la llevaran a un hospital zapatista, que porque quería que de una vez la operaran para tener el cuerpo de por sí de lo que era, que sea de mujer. Y entonces yo le dije que de por sí. Y entonces ella, que sea él, dijo que qué tal que enamoraba a un zapatista y que se casaba con él y que me iban a decir "suegro". Y entonces yo le dije que seguro. Y entonces él, que sea ella, dijo que papá Elías, lo chingamos al Mal y al Malo. Y entonces yo dije que de por sí lo chingamos m'ija. Y entonces la Magdalena me dijo que oye papá Elías, si me muero llórame un río. Y entonces yo le dije que no se va a morir, que sí pero no luego, que todavía va a tardar unos años. Y entonces la Magdalena ya no dijo nada. Y entonces la doña Juanita le tomó el pulso y dijo que la Magdalena ya se había finado.

Y entonces todos nos quedamos bien callados, como si todos nos hubiéramos muerto...

El tal Morales no es el tal Morales

ACTA DE AVERIGUACIÓN. Comunidad de La Realidad, Municipio Autónomo Rebelde Zapatista de San Pedro de Michoacán, Junta de Buen Gobierno.

Siendo las 10:00 horas, 10 de la mañana, del día 9 de febrero del 2005, reunidas las autoridades de justicia de todos los municipios autónomos rebeldes zapatistas de las cinco Juntas de Buen Gobierno de Los Altos de Chiapas, Zona Selva Tzetal, Zona Norte, Zona Tzotz Choj y Zona Selva Fronteriza, para arreglar la problema que sucede en Montes Azules, que está en nuestro estado de Chiapas de nuestro país que se llama México, por culpa de los malos gobiernos nacionales e internacionales. La problema es que los ricos y poderosos los quieren robar a los Montes Azules que es de toda la humanidad y los quieren usar para su beneficio propio sin importar las grandes desgracias que pueden provocar.

Para poder encontrar los presuntos responsables de estos hechos se detuvo en este mismo día a una persona acusada de cometer este crimen con el apoyo de los malos gobiernos. El detenido fue puesto ante su mano de las autoridades autónomas para su investigación. El compañero que hizo la detención es el compañero Elías Contreras, comisión de investigación del EZLN, que no se encuentra presente por causa de que un su pariente quedó mal herido en la detención del detenido que fue presentado con el nombre del tal Morales, pero que no mero se llama así sino que tiene muchos nombres. El detenido fue presentado en buen estado de salud, sin golpes o heridas y sólo tiene un poco bolladas las manos por causa del amarre que le hicieron los detenedores para que no siguiera haciendo perjuicios, y además está un poco crudo por causa de una borrachera que tenía. Junto con el detenido, fueron entregadas a esta autoridad zapatista las cosas o casos que portaba el detenido y que son las siguientes:

• Un arma corta, o sea pistola escuadra, Colt de calibre 45 acp, de las que usan los oficiales del ejército federal mexicano. La pistola tiene el escudo nacional de México en las cachas y tiene borrado el número de serie, o sea que no se mira el número. Con el arma viene un cargador con seis tiros útiles.

• Diversas credenciales y pasaportes, todos con la foto del detenido y con diferentes nombres, como son:

Diego Manuel de Jesús Cevallos Bartlett y Ortega.
Santiago Felipe Creel Calderón y Sahagún.
Onésimo Iñiguez Cepeda Sandoval.
Roberto Carlos Madrazo Salinas de Gortari.
Vicente Ernesto Fox Zedillo.
Enrique Mario Renán Cervantes Castillo.
Jorge Morales Serrano Limón.

Nota: algunas son credenciales de elector y pasaportes con la foto y huella del detenido y otras sólo la tienen la foto del detenido, como son las credenciales de Provida, Movimiento Universitario de Renovadora Orientación, Unión Nacional de Padres de Familia, Desarrollo Humano Integral y Acción Ciudadana.

• En moneda nacional, 150 mil pesos; 12 mil dólares en billetes americanos, y tarjetas de crédito de varios bancos.

• Un teléfono satelital marca Goldstar, o sea que es un teléfono que habla desde cualquier parte del mundo y a donde sea.

• Una computadorcita que dice que se llaman de mano y que tiene muchos nombres, teléfonos y direcciones.

Ya después de que todas estas cosas o casos fueron presentados en su vista del detenido y que él las reconoció como que son suyas de su propiedad, pasamos a informarle al detenido que está acusado de muchas maldades que ha estado haciendo en contra de los pueblos indios de México y de todos los que vivimos en este país, como son la venta al extranjero de los recursos naturales de nuestra Patria y de planear la muerte de hermanos indígenas. Que claro le decíamos que está acusado de hacer negocio, junto con los malos gobiernos y los neoliberalistas, vendiendo las riquezas que hay en la región de Chiapas que se llama Montes Azules.

PRIMERA DECLARACIÓN PREPARATORIA PÚBLICA DEL TAL MORALES. El detenido dijo que no así se llama, o sea que no se llama Morales sino que Morales es uno de los nombres que usa en su trabajo, que ya no se acuerda mero cómo se llama porque ha cambiado muchas veces de nombre, según con quién trabaja. Dijo que lo detuvieron en la cabecera municipal de Ocosingo, aquí en el estado de Chiapas, México. Dijo que nadie lo detuvo. Se le preguntó que cómo está eso de que nadie lo detuvo y él dijo que así le dijeron los que lo detuvieron, que son nadie. Las autoridades no entendieron qué mero está diciendo el detenido y le dijeron que diga claro sus respuestas. El detenido se embraveció y empezó a mentar madres en contra de las autoridades y de todo el zapatismo y dijo claro que él tiene muchas influencias en la Suprema Corte de Justicia de la Nación y en el Congreso de la Unión y en la Presidencia de la República y con el Bush, el Blair, el Berlusconi, los reyes de España y otros nombres que no alcanzamos a apuntar porque el detenido hablaba muy rápido por su coraje. Las autoridades nomás lo miramos y esperamos a que acabara de hablar. El detenido pasó de su encabronamiento a ponerse mansito y dijo que nos puede dar dinero o trago o viejas, pero que lo dejemos ir. Entonces la compañera autoridad que se llama Lupe se empezó a encabronar por la falta de respeto a las mujeres que hacía el detenido, pero la Lupe no dijo nada y también esperó. Como no decíamos nada y sólo lo mirábamos, el detenido pasó a darse a la lloradera diciendo que no lo fuéramos a matar. Ahí tardamos. Entre las mentadas que nos daba, las cosas que nos ofrecía para que lo soltáramos y la lloradera del detenido, se llegó la hora del pozol y las autoridades decretaron un descanso. El detenido no quiso pozol.

SEGUNDA DECLARACIÓN PREPARATORIA PÚBLICA DEL TAL MORALES QUE NO SE LLAMA MORALES. Ya después de que tomamos el pozol, pasamos a tomarle otra vuelta su palabra al detenido con preguntas y respuestas. Pero antes se le informó al detenido que si no decía claro su palabra y se dejaba de amenazas, entonces lo íbamos a entregar a las autoridades del mal gobierno en presencia de los periodistas y ahí íbamos a mostrar todo lo que le encontramos en su posesión. Entonces el detenido dijo que no, que mejor no hiciéramos así, que porque sus patrones lo iban a matar para que no dijera nada, porque en la maldad que hacía estaban metidas muchas personas muy poderosas de México y del mundo y que entonces lo iban a callar para que no acusara a todos. Dijo que de por sí así hacían los poderosos, que cuando alguien ya no les sirve o los pone en peligro pues lo eliminan y se buscan a otro. El detenido dijo entonces que está dispuesto a cooperar y a responder con la verdad.

AUTORIDAD: Se pregunta al acusado que para qué traía un teléfono satelital entre sus cosas.

EL QUE NO SE LLAMA TAL MORALES: Responde que era para comunicarse directamente desde Montes Azules con sus amigos que tiene en Estados Unidos y en Europa.

AUTORIDAD: ¿Para qué se comunicaba con esos amigos?

EL NO TAL MORALES: Para informarles cómo iba el plan en Montes Azules.

AUTORIDAD: ¿Cuál plan?

EL NO TAL MORALES: El de conseguir la privatización de esas tierras para venderlas. Primero teníamos que desalojar a las comunidades indígenas que están ahí. El plan era provocar un problema ahí para justificar la ocupación militar de toda esa zona y que limpiaran el lugar de gente. Nuestro plan, porque no crean que está solo en esto, era primero sembrar drogas y con eso de pretexto meter al ejército, pero no se pudo porque ustedes prohíben la droga. Luego el plan era provocar incendios forestales, pero tampoco se pudo por lo de la ley de protección de bosques. Después el plan era provocar un enfrentamiento entre indígenas. Ya habíamos contactado a unos lacandones, a los de SOCAMA y unos de la ARIC oficial. Les íbamos a dar entrenamiento de paramilitares, como hicimos en el norte de Chiapas y en los Altos, y los íbamos a enfrentar con las comunidades zapatistas que están en la zona, pero eso también se chingó, porque ustedes decidieron reacomodar a esas comunidades y entonces nos quitaron el pretexto. Con ese movimiento echaron abajo nuestro plan y teníamos que hacer otro. En eso estaba cuando me agarraron.

AUTORIDAD: ¿Por qué dice que no está solo en eso que hace?

EL NO TAL MORALES: Porque en el negocio está metida mucha gente de dinero y poderosa. Sus representantes se reunieron con Fox hace unos días, ahí en la Selva Lacandona. Para eso fue la visita de él y su esposa. Lo de que fueron a promover el ecoturismo es mentira. Fueron porque los poderosos lo están apurando para que privatice todo y lo puedan comprar ellos y hacer negocios. Estuvieron ahí Zedillo y Carabias. Precisamente el teléfono satelital es para comunicarme directamente con alguien que anda con Fox, muy cercano a él, en su gira por Europa. Yo me quedé encargado de ver cómo le íbamos a hacer con lo de las tierras y para conseguir unos animalitos que querían en la corte española. Si los conseguía pues les iba a hablar por teléfono a España, pero ahora se van a quedar esperando la llamada.

AUTORIDAD: ¿Para qué es el dinero que lleva?

EL NO TAL MORALES: Pues para pagar el transporte de los animales hasta España y para darles una parte a los indígenas que habíamos comprado para que nos apoyen en lo de la privatización. Además, hay que repartir dinero por todos lados, con funcionarios chicos, medianos y grandes, municipales, estatales y federales.

AUTORIDAD: ¿Quién o quiénes iban a organizar a los paramilitares?

EL NO TAL MORALES: Pues las armas y el entrenamiento lo iba a poner el ejército federal. Pero la idea, o sea la selección de la gente y su preparación ideológica, lo iba a hacer El Yunque.

AUTORIDAD: ¿Qué cosa es El Yunque?

EL NO TAL MORALES: Es una organización clandestina de derecha, de extrema derecha, son los que ahorita están metidos en el PAN y en el gobierno de Fox. Y también están metidos en otros partidos políticos. En esa organización hay políticos, empresarios, obispos. Llevan años siguiendo con las enseñanzas de sus antecesores, o sea de Salinas y Zedillo. El plan es vender todo lo que se pueda y hacerse ricos. No les importa nada, ni la Patria ni la religión ni la gente, aunque digan lo contrario.

AUTORIDAD: ¿Usted es de El Yunque?

EL NO TAL MORALES: No, a mí me contactaron ellos porque trabajé en lo de los paramilitares del norte de Chiapas, con los de Paz y Justicia. Y también en los Altos con los cardenistas y Máscara Roja. Y en otras partes con Los Puñales, Los Chinchulines, Los Albores de Chiapas, los Aguilares, el MIRA, SOCAMA. Además de en Montes Azules, estaba yo organizando a los perredistas de Zinacantán. El Yunque piensa que el zapatismo es el principal obstáculo para sus planes. Está dispuesto a todo, hasta la guerra, para eliminarlos a ustedes. Y ahora está envalentonado por la victoria de Bush en Estados Unidos. Los gringos ricos quieren todo el planeta y los políticos mexicanos quieren vender la parte del mundo que se llama México. El Yunque es uno de los vendedores, pero hay otros grupos en los partidos políticos. El que quede, no importa si es PAN, PRI o PRD, va a vender.

AUTORIDAD: Estas cosas que está diciendo, ¿las saben los malos gobiernos?

EL NO TAL MORALES: Claro que las saben. Si ellos son los que están organizando todo. Yo soy sólo un empleado.

NOTA: Se suspende la segunda declaración porque llegó un enlace de la Comandancia General del EZLN que dice que ya se investigó lo del teléfono satelital y que ese número que usa está contratado a nombre de la Fundación Vamos México que dirige la señora Marta Sahagún de Fox, que sea la esposa del Fox.

TERCERA DECLARACIÓN PREPARATORIA DEL NO TAL MORALES. Se le preguntó al acusado si tiene algo más que declarar y el no tal Morales dijo que sí, y se soltó con un gran rollo que nomás iba de un lado a otro y no muy se entendía también porque un rato estaba enojado y otro rato estaba llorando y un rato gritaba y otro rato hablaba quedito como nomás para escucharse él. Y un poco lo que se entendió de lo que dijo es que habló del finado Pável González, que era un estudiante de la UNAM que fue matado y el no tal Morales dijo que lo del finado Pável había sido una advertencia de El Yunque a las autoridades que querían destapar sus actividades en la UNAM y en otros lados, que el mensaje era que iba a haber guerra. Que lo de Digna Ochoa fue también una advertencia. Que El Yunque, que sea la ultraderecha, usa lo mismo que los gobiernos gringos, o sea la guerra preventiva, que matan gente antes que preguntar quiénes son o qué quieren. Que todos los gobiernos tienen que hacer como que las cosas cambiaron aunque no cambien, y que si no pues otra vez se va a repetir todo. Que él, que sea el no tal Morales, es sólo uno más, que aunque lo chinguemos van a venir otros igual o peores que él. Que lo perdonen por favor, que ya no lo vuelve a hacer. Que quiere irse con su mamá. Que todos nos vayamos a chingar a nuestra mamá. Que ojalá nadie se muera. Que lo perdonemos. Que tiene miedo, mucho miedo. Y entonces el no tal Morales se hizo en los pantalones, que sea que se cagó y se meó en los pantalones y no avisó sino que así nomás hizo su cochinada y entonces se suspendió la declaración preparatoria porque mucho olía, o sea que apestaba muy feo, y entonces lo suspendimos para que el no tal Morales se limpiara un poco y ya luego regresó y dijo que es todo lo que tiene que decir.

SE CIERRA LA DECLARACIÓN PREPARATORIA DEL NO TAL MORALES. Firma el detenido y acusado, así como los compañeros y compañeras de las comisiones de Honor y Justicia de los diferentes municipios autónomos rebeldes zapatistas.

DICTAMEN DE SENTENCIA. Las comisiones de Honor y Justicia de todos los municipios autónomos zapatistas que están organizados en las cinco Juntas de Buen Gobierno, se reúnen para dictar sentencia en el caso del tal Morales que no es el tal Morales.

Siendo las 16:40 hrs. (cuatro de la tarde con 40 minutos), del día 9 de febrero del 2005, las comisiones de Honor y Justicia de los municipios autónomos y después de tomar la primera, segunda y tercera declaraciones del tal Morales, acusado de vender la soberanía nacional o sea la Patria, y de planear la muerte de indígenas mexicanos y que queda comprobada su participación en este hecho de crimen calificado, las autoridades determinan.

1.- Que el señor conocido como el tal Morales y que no así se llama y tiene muchos nombres, se le condena a 10 años de trabajo comunitario en los proyectos que las Juntas de Buen Gobierno tienen en diferentes comunidades zapatistas por su participación en esta gran maldad de crimen contra la humanidad.

2.- No alcanzará libertad bajo fianza hasta que cumpla su sentencia condenatoria.

3.- No habiendo otro asunto que tratar se da por terminado el dictamen de sentencia a las 17 horas (cinco de la tarde) del mismo día y fecha.

Firma del detenido, acusado y ahora condenado.

Firma de las autoridades de las comisiones de Honor y Justicia de los municipios autónomos.

LA LLAMADA TELEFÓNICA

Parte de la trascripción de la llamada telefónica compartida con puntos de origen en Washington, Roma, Madrid, Londres, Moscú y México, interceptada el día 10 de febrero del 2005 por el sistema de espía satelital Echelon y borrada de los archivos por instrucciones de Condoleezza Rice, secretaria de estado estadunidense:

—Agarraron a Morales en Chiapas.

—Que lo suelten.

—No se puede, lo agarraron los zapatistas y esa justicia no la controlamos.

—¡*Fuck*! Ése va a decir todo y los zapatistas lo van a hacer público. Hay que hacer algo.

—¿Dónde lo tienen?

—Lo juzgaron y lo encontraron culpable de lo de Montes Azules y los paramilitares. Lo condenaron a trabajo comunitario en los pueblos indígenas. Seguramente le encontraron todo lo que cargaba. Las identificaciones no son problema porque podemos decir que las inventaron los zapatistas, pero la agenda electrónica tiene nombres que pueden echar a perder todo.

—Hay que localizarlo y eliminarlo.

—Sí, lo matamos y le echamos la culpa a los zapatistas.

—Es mala idea. Nadie nos va a creer. Si los zapatistas no mataron al general Absalón Castellanos Domínguez, que era igual o peor, menos van a matar a Morales.

—Tiene razón. Pero hay otras opciones.

—¿Sabes dónde lo tienen?

—No, pero lo puedo averiguar.

—Hazlo y manda a alguien para que le dé algo que lo enferme de gravedad. Tiene que ser rápido, porque seguro los zapatistas no tardan en hacer público todo.

—Voy a mandar a López, que ya tiene tiempo allá disfrazado de periodista, es igual que Morales y capaz de matar a su misma madre.

—Ok, pero recuerda que si algo sale mal, tú caes primero...

Yo nomás hasta aquí llego

Pues así pasó este caso o cosa de cuando fui a la ciudad de México, que sea al monstruo, a buscarlo al Mal y al Malo, de cómo trabajé con el Belascoarán, y de la gente que conocí y lo que hice allá y acá, en Chiapas, México. Hace un rato le mandé una carta al Belascoarán platicándole que el tal Morales no era el tal Morales y todo lo que pasó en este caso o cosa, según del Mal y el Malo. De la Magdalena no le conté nada y tal vez a ustedes tampoco les cuento porque, como les dije al principio de esta historia, hay heridas que no sanan manque uno las platique y que, al contrario, más sangran cuando se visten de palabras. Ahorita que termine con ustedes voy a llevarle unas sus flores a su tumba. También va a ir NADIE. Por cierto, en su tumba de la Magdalena yo le puse en el cemento estas palabras que dicen: "Aquí descansa el corazón de NADIE".

Bueno, pues ya me voy. Yo nomás hasta aquí llego. Todavía lo tengo que ir a pepenar la mula, sin agraviar, pero antes les quiero dar muchas gracias porque nos voltearon a mirar aunque sea un rato. Yo ya hice mi trabajo. Falta saber cómo le fue al Belascoarán allá en el monstruo, que sea en la ciudad de México. Ahora que como quiera les digo que se estén pendientes, porque así son los zapatistas, que sea cuando parece que ya nos acabamos, de repente salimos con otra cosa o caso, según. O sea que así es nuestra lucha: siempre falta lo que falta. Y, ¿saben qué?, pues arresulta que el Sup no está porque se fue a hablar con el Moy y el Tacho y entonces pues acá estoy yo solitillo, y entonces pues a mí me toca poner el final de nuestra participación en esta historia de muertos incómodos y toda la cosa, o caso, según. Así que yo voy a firmar:

Desde la montañas del Sureste Mexicano.

Elías Contreras.

Comisión de Investigación del Ejército Zapatista de Liberación Nacional.

México, febrero del 2005.

Capítulo XII

Y vivo en el pasado

Había amanecido rarísimo, y Héctor siguió el proceso con precisión, casi con delicadeza matemática. Primero la presencia invisible del sol en un cambio de la forma de la oscuridad, luego unas rayas grises en el horizonte y al fin el descubrimiento de unas nubes extrañamente moradas; luego, la luz estaba allí. "El esmog hace cosas maravillosas", se dijo el detective. Y bajó a tratar de despertar a los de la lonchería, que solían poner las mesas del desayuno absolutamente dormidos, para que le dieran un jugo de naranja fresco, recién sacado del refrigerador y exprimido hacía un mes y medio en una empresa de concentrados de Miami.

Cuando Monteverde salía por la puerta de su casa, Héctor lo estaba esperando.

—¿Y el perro?

—No, cómo lo voy a llevar a la oficina. Se queda en casa.

—¿Usted conoce a Barnie? Barnie, el dinosaurio morado.

—¿Perdón?

—Creo que sé quién nos ha estado llamando —dijo Héctor encendiendo un cigarrillo—. Jesús María Alvarado tenía un hijo, Ángel Alvarado Alvarado, y me dicen que trabaja doblando caricaturas en la tele, a los Picapiedra, a un dinosaurio morado.

—Los Picapiedra ya no pasan en la tele.

—Bueno pues cosas así... ¿Lo conoce?

—No.

—Me lo sospechaba.

Al llegar a la oficina descubrió que sus compañeros de día habían salido en comisiones de servicio. Dos respectivas notas lo atestiguaban: "Fui a arreglarle plomería a una ñora. Gilberto" y "Toy en la Merced comprando telas, de Java y de Juir. Carlos". Eso significaba que debería sumar a sus tareas de detective las de contestador de teléfono y tomador de recados.

Marcó por enésima vez el teléfono que le habían dejado de Ángel Alvarado y escuchó los interminables timbrazos. Nadie en casa. ¿Existía el Alvarado?

Tomó sus notas sobre los ministros de Juárez y usando la sección amarilla del directorio telefónico y antes de tratar de cruzar los apellidos con los de una mueblería, usó la lógica más simple: no eran Ruiz, Ramírez o Guzmán, apellidos muy comunes. Nadie diría: tienes apellido de ministro de Juárez frente a esos; dirían: tú y otros diez mil güeyes en la guía telefónica se llaman así. Tenía que ser uno de los ministros muy conocidos, no cualquier ministro apache, y con un nombre que más o menos sonara, a calle, a estatua en el paseo de la Reforma. No era Melchor Ocampo, demasiado conocido, con una calle muy grande con su nombre; él solo era una referencia, no lo mencionarían como "ministro de Juárez". ¿Prieto? ¿Zarco? ¿Santos Degollado? ¿Lerdo de Tejada? No era González Ortega, a no ser que usara el apellido compuesto.

La guía telefónica es como la Biblia para los fundamentalistas de Kansas o el Tarot para los vividores del cuento. Si sabes las preguntas, ahí están, en ese voluminoso volumen de hojas amarillas, todas las respuestas: Tres mueblerías Prieto, un vendedor de muebles usados Lerdo, una tienda de electrodomésticos Zarco, un "depósito mueblero" Degollado. Seis para empezar. Anotó direcciones, y celebró la investigación bebiéndose un refresco.

Héctor marcó de nuevo el teléfono de su "garganta profunda" y finalmente una voz dio señales de vida al otro lado de la línea.

—¿El señor Alvarado?

—No ha llegado, pero estará aquí como a las 12, tiene un doblaje.

—Perdone, ¿dónde es aquí?

—Está llamando a los estudios, los estudios Gama; estamos en la colonia Roma, en la calle Puebla 108, muy cerquita del metro Insurgentes.

El dinosaurio Barnie más bien parecía un mexicano de pelo en pecho que no se afeitaba y con casi cuarenta panzones años. Cuando terminó de doblar, poniéndole una voz muy coqueta a uno de los tres cochinitos, le pasaron la nota de Héctor, que lo contemplaba del otro lado del cristal de la cabina. Una tarjetita que decía: "Jesús María Alvarado quiere hablar contigo".

—Buenas —dijo poco después, un poco tímido, tendiendo la mano muy ceremonioso. Una mano peluda y acogedora. La voz resultaba inconfundible. Se habían sentado en un parquecito afuera de los estudios y Alvarado-Barnie sacó un paquete de pan duro para darle de comer a las palomas. Héctor sacó a su vez su paquete de Delicados con filtro y se dedicó a echarle humo a los animales que se acercaban por el pan.

—Usted ha de ser de los que recibían las llamadas.

Héctor asintió, volviendo a la cara de Alec Guinness. Lo iba a dejar contar tranquilamente su historia.

—Fue una idea que se me ocurrió.

Héctor le sonrió. Ángel Alvarado le caía bien.

—No era una mala idea —dijo.

—¿Verdad? Es que eso es lo que yo sé. Hablar por un micrófono. ¿Qué iba a hacer?, ¿pegarle un tiro a ese güey? No, ¿verdad? ¿Ir a la policía? Ni madre. ¿Qué les digo? Vean, me encontré en la calle a un cabrón que creo que mató a mi padre hace 30 años, un tal Morales que no se llama Morales. Por cierto, él también es policía, como ustedes, o era, o ustedes eran de los de él, o no eran. No, ¿verdad?

—¿Y por qué llamaba a Monteverde?

—¿Quién es Monteverde?

—El que era amigo de su padre en el 68, el que tiene un perro que se llama Tobías, el que me metió en esto.

—Ah, pues era uno más de los que llamaba. Encontré una libreta de direcciones de mi padre y me puse a llamarlos a todos. La mayoría de sus amigos de los 60 ya no vivían en esos teléfonos, unos se habían muerto, otros estaban fuera de la ciudad de México. A muchos les dejé el recado, los recados en las contestadoras.

—¿Y a mí? ¿Por qué me llamaba a mí?

—¿Usted quién es?

—Héctor Belascoarán.

—El detective.

—A veces.

—No, pues eso fue bien chistoso. Estaba llamando a uno y dejando el recado en la contestadora. Y levantó el teléfono y me dijo: "Ya no estés chingando, mano, por qué no llamas a un detective que se llama Belascoarán, que a ése me lo encontré en El Archivo General de la Nación buscando fotos tuyas".

—¿Y?

—Y órale.

—¿Y Morales?

—¿Qué pedo?

—Eso.

—Hace una semana voy caminando por la calle San Juan de Letrán, a comprar videos piratas, de esos de 15 pesos, que salen buenísimos, y a tomar un chocolate con donas y de repente, en la madre, lo veo. Veo a un cuate y me da un mal aire, me da como un escalofrío. ¿Usted cree en los fantasmas?

—En unos sí y en otros no —dijo Belascoarán, que no es que quisiera parecer enigmático, sino establecer la diferencia entre Hollywood y el Holocausto.

—De repente, lo miré bien. Era él, era el Morales que yo había visto en Lecumberri. Que una vez me regaló su colección de yoyos, todo zalamero el hijo de la chingada. El que mató a mi papá. Y me puse a temblar bien pinche. Pero me repuse y lo vi entrar en la Latinoamericana y tomar los elevadores. Ahí ya me culeé, pero el elevador paró en el 7, el 17 y el 41.

—¿Y entonces?

—Pues me fui a mi casa, no le dije nada a mi hija. Y me pasé la noche despierto, sudando frío. Y en la mañana tomé la libreta de mi papá y me puse a hacer llamadas.

—¿Y esa historia que cuenta de Morales y cuando puso una pluma metálica en un camino vecinal para robarles el café a los campesinos?

—Pues una vez me la contaron.

—¿Y toda su teoría de que hay una amnistía bajo cuerda en este país y que Morales se benefició de ella.

—¿A poco no es verdad? ¿A poco no es la más pura y repinche verdad? ¿A poco los asesinos no andan sueltos, bien contentos?

Héctor asintió.

—¿Y lo del tiro en la nuca?

—Yo tenía siete años y mi padre acababa de salir de la cárcel. Y estaba acostado en la cama leyendo el *Diario del Che en Bolivia*. Nunca se me va a olvidar, y yo guardo el libro, la edición esa de Siglo XXI, todo deshojado, pero lo guardo. Y lo llamaron por teléfono, se puso los zapatos y salió de la casa. Mi abuela siempre dijo que era Morales el que lo había llamado... Y ya no volvió. Lo encontraron en el jardín de Tlatelolco, sentado en una banquita, con un tiro en la nuca.

Alvarado-Barnie se había despedido con un: "¿Lo puedo seguir llamando?"

Héctor estuvo a punto de contestar con un rotundo no. Pero viéndole la mirada tristona, accedió con la cabeza. Se quedó un rato en el parque uniendo los cabos sueltos. Ninguna de las mueblerías de su lista tenía su oficina en la Torre Latinoamericana. Bueno, pero en la Latino podía estar por accidente. Al acabarse el último cigarrillo del paquete se dio cuenta de que no le había preguntado a Barnie por Bin Laden.

Fue a buscar el taxi del asaltante, casi seguro de que alguien lo había encontrado y se lo había robado, pero no, ahí estaba, herrumbroso y potente.

Manejando en un tráfico que se volvía denso conforme acababa la mañana, fue recorriendo las direcciones de la lista. Las mueblerías Prieto eran propiedad de tres hermanos muy jóvenes que las habían heredado de su padre hacía dos años. El vendedor de muebles usados Lerdo en la colonia Doctores era un libanés que había comprado la tienda al Lerdo original en la década de los cincuenta. En uno de los viajes, le hicieron la parada y dio servicio a una pareja de recién casados que iban a la terminal de Toluca. Cuando se negó a cobrarles, lo atribuyeron al amor y a la suerte y Héctor no quiso desengañarlos explicando que era un taxi pirata robado a un asaltante y que él no era profesional del volante.

Se acercaba la hora de comer. Lo sabía porque se le agudizaba el olfato. Desde que se había quedado tuerto, olía mejor y a más distancia. Dejó que el olfato lo guiara y fue a dar a una taquería michoacana de carnitas en la colonia Escandón, cerca de donde más tarde buscaría el depósito de Degollado.

Una hora y 13 tacos campechanos más tarde, Héctor Belascoarán se detuvo en la calle Prosperidad, de sorprendente nombre para una colonia que había vivido en la decadencia después de que la revolución le quitó su hacienda al señor Escandón.

El ingreso al depósito era un portón metálico cerrado con un candado por fuera. Aun así golpeó tres veces sin esperar respuesta.

—A veces el señor no oye, está medio sordo el güey, entre por atrás —le dijo un niño que estaba jugando futbol, señalando el callejón de una vecindad.

Dándole vueltas, fue a dar a un patio lleno de cascajo y a un segundo portón que ni llegaba a candado, tan sólo dos alambres entrelazados. Volvió a tocar, y siguiendo la máxima sabia de que no conocía a ningún gato al que la curiosidad hubiera matado, desenlazó los alambres y entró.

Cuando cerró tras de sí el portón se dio cuenta de que había ingresado a la oscuridad absoluta. La ausencia de ventanas y tragaluces no le permitía siquiera darse una idea de la dimensión de lugar. Obviamente no traía una linterna, y con un encendedor minúsculo Bic, como proletaria Estatua de la Libertad, Héctor Belascoarán trató de abrir un camino de luz en las tinieblas. Tropezó con algo que medio adivinó como unos huacales y trató de buscar una pared, y al lograrlo, volvió a donde pensaba estaba la puerta, tratando de localizar un apagador. Lo encontró casi por casualidad mucho más abajo de donde lo estaba buscando. Las luces, unas cuantas barras de mercurio, iluminaron un fantasmagórico cementerio de muebles. Apilados por géneros, en zonas: aquí las mesas de cocina, de patas metálicas, allá los viejos tocadiscos de mueble, arcaicos, por allá medio centenar de refrigeradores que habían tenido su estreno hacía 30 años, y sillas de mesa, de jardín, taburetes, una docena de barras de bar. En una esquina de la bodega, unos 50 metros de largo por otro tanto de ancho, cajas abiertas con juguetes.

Alguna vez, en plan filosófico, un amigo suyo historiador le había dicho que había que saber distinguir lo antiguo de lo viejo. A Héctor le parecía una tontería, pero aquí había algo diferente, no sólo eran cosas viejas, era un cementerio de la clase media que se había quedado a mitad del camino, la gloriosa clase media de los sesenta, asfixiada en los ochenta, difunta en el fin de siglo. ¿Era eso?

En una esquina del galerón, un escritorio aislado parecía dar razón de lo que sería una oficina. Buscó un hierro viejo para forzar el cajón, pero no hacía falta, estaba abierto. Abierto y vacío. Ni listas, ni registros, ni siquiera un mugroso inventario. Tan sólo una caja de tarjetas de visita que ofrecía dos teléfonos y dos direcciones, la de la colonia Escandón donde estaba, y una oficina, en el piso 41 de la Torre Latinomericana, encabezadas por el nombre Juvencio Degollado, gerente.

La Torre Latinoamericana fue durante muchos años el centro de la ciudad de México. El Zócalo era el centro ceremonial, el centro simbólico. Pero el lugar para hacer una cita de amor memorable, era al pie de la Latinoamericana, en la esquina de Madero y San Juan de Letrán. Allí, a la sombra del edificio más grande de México, se reunían los futuros suicidas, hasta que el mirador de la torre fue rodeado por una malla metálica; allí se encontraban también las futuras parejas, para subir hasta un bar en las alturas desde el que podía verse casi el fin del mundo conocido. Ahora la torre no era la más alta de la ciudad más grande del mundo, y hasta andaban diciendo que la ciudad de México no era la más grande del mundo, que eran mayores Tokio o Buenos Aires. Y de cualquier manera, con la contaminación, había días en que poco se podía ver desde las alturas. Y de cualquier peor y pinche manera, para acabarla de joder, la ciudad de México había perdido el centro, no tenía centro, se había vuelto una serie de barrios cuyos habitantes no conocían a los demás de enfrente, cuyos chilangos habitantes no salían a contemplar el esplendor peligroso del mundo urbano.

La oficina tenía un pequeño letrero a un lado de la entrada: *Muebles Degollado*. La puerta no tenía seguro y se limitó a darle vuelta al picaporte. Un solo cuarto, con un escritorio al fondo, bajo una alfombra verde sucio, donde Morales, sentado en un sillón giratorio de respaldo muy alto y con las manos sobre la cubierta extrañamente vacía, lo miraba.

—Usted es el que me anda siguiendo. Lo sabía.

—No, yo soy un amigo del que lo anda siguiendo.

Héctor buscó una segunda silla donde sentarse, pero no había nada. Un refrigerador, un obsoleto paragüero, dos malas reproducciones de Velasco y su valle de México y sus paisajes porfirianos enmarcadas en la pared.

Morales usaba lentes muy gruesos y su mirada miope iba siguiendo la mirada de Belascoarán escrutando el cuarto.

—Una mierda de oficina, ¿verdad?

Héctor asintió de nuevo

—Hace años era elegante tener oficina en la Torre Latinoamericana. Era como de licenciados chingones, de usureros, de dentistas que ponían amalgamas de oro, de representantes de maquinaria alemana.

—Hace muchos años —dijo Héctor reposando sobre el pie bueno. Podía caminar muchas horas, pero no soportaba estar parado, dentro de un rato le dolería la espalda.

—¿Quiere un refresco? —dijo Morales y señaló al desvencijado Iem Westinghouse de un metro setenta. Héctor lo abrió. Estaba casi vacío, una cocacola y media docena de cervezas Sol.

—Nunca me fui. Aquí me quedé en esta ciudad pendeja. Y de vez en cuando como que me veía alguien fijo y como que me reconocía, pero no. Nomás sus puros pinches miedos, y se daban la vuelta y se iban para otro lado. Y a veces era yo el que se culeaba y se metía en el metro y me pasaba con el culo sudado viéndole atrás de mi espalda.

Morales traía un traje azul deslavado y una corbata roja sobre camisa azul pálido. No tenía nadie que le planchara la ropa y él no había aprendido a planchársela. Héctor abrió el refresco con la base de una engrapadora que encontró sobre el refri y le dio un largo trago. Sabía a rayos. ¿Morales lo quería envenenar? Escupió el buche sobre la mesa. Morales espantado saltó hacia atrás y abrió un cajón del que estaba sacando una pistola cuando Belascoarán se lo cerró, con todo y mano adentro, de una patada. Mientras Morales gritaba cosas ininteligibles, el detective se sintió muy orgulloso del paso de ballet que había dado para darle la vuelta al escritorio y patear el cajón con la pierna mala; ahora sí se iba a pasar toda la noche con dolor de espalda. Sacó su pistola y se la mostró al personaje que trataba simultáneamente de secarse la camisa empapada de cocacola rancia y sobarse la mano magullada.

—¿Qué le puso a la cocacola? —Héctor pensó que le había puesto una docena de valiums. Morales no le latía para arsénico. Chance 100 gramos de polvo para matar ratas. ¿Todavía vendían eso?

—¿Qué chingaos, ay, ay, le voy a poner?

—Sabía a mierda —dijo Héctor como disculpándose del lío que había armado.

—Estaría vieja.

Héctor le señaló con el cañón de la pistola la esquina del cuarto que daba a la ventana. Una buena ventana, cuarenta pisos abajo debería estar la ciudad. Morales se levantó de la silla y Belascoarán ocupó su lugar. No estaba mal el sillón.

—Usted es Morales —dijo Héctor a la nada, sin mirar de frente al tipo que sostenía la mano que se le iba poniendo morada en la muñeca. Tomó la pistola de Morales del cajón y se la metió en el bolsillo de la chamarra.

—Usted mató a Jesús María Alvarado.

—Para nada. Yo nomás lo estaba espiando. Se lo juro por la virgen de Guadalupe. Yo nomás lo espiaba. Lo mató Ramírez.

—No, usted estaba allí y lo mató.

—Me cae que no. Yo se lo señalé a Ramírez, pero ese día ni arma traía. Le dije, mira, ése es Alvarado, pero nada más. Yo lo apunté con el dedo, pero con el dedo no se mata. Ni sabía qué quería hacerle.

—Usted fue torturador en los años 70.

—¿Eso le dijeron? ¿Esos cabrones le dijeron eso?

—Usted denunció a su mujer y por su culpa casi la matan.

—Ya nos habíamos separado. Ya no estábamos juntos, y me había puesto una demanda dizque porque le había robado unos cuadros y una joyas de su abuela.

—Usted estuvo en la Brigada Blanca.

—Yo andaba por ahí, pero no mandaba. No mandaba una pura chingada. Si cuando se ponía bueno un operativo me mandaban a comprar refrescos.

Morales comenzó a sollozar. Se quitó los lentes y los tiró al suelo. Luego se le salieron unos enormes lagrimones.

—Yo soy un pobre culero. No soy caca grande. ¿Sabe cómo me hice de algo de lana? De la manera más pinche, robando refrigeradores y estufas en las casas de los que secuestrábamos y luego los desaparecían. Se me hizo fácil. Total, los íbamos a matar. ¿Para qué chingaos querías una estufa si te iban a torturar tres meses y si de churro no te mataban, pues te ibas a pasar años en el bote. ¿Qué? ¿Se las íbamos a dejar a los caseros, a los dueños de los departamentos? Porque nadie de ellos se atrevía a regresar, a entrar una casa que habíamos tomado. Olía a muerto, estaba quemada. Y ahí me tiene vendiendo estufas y mesas pinches de comedor de formica, y sillones que tenían hoyos de quemaduras de cigarro. Con eso hice una lana, no mucha.

Era un pobre miserable, un canalla menor. Y Héctor Belascoarán no dudaba que en las sesiones de tortura hubiera actuado de suplente, y que se robara archivos, y que de vez en cuando le diera al gatillo, o al puñal, o a la botella de Tehuacán para asfixiar al detenido, o que pateara a alguien desnudo y sangrante que estaba en el suelo.

¿Y ahora qué hacía con él? ¿A quién lo denunciaba? ¿En México?

—Vamos a la calle —dijo Héctor de repente.

El pasillo estaba vacío. Héctor señaló las escaleras; 41 pisos a pie, no estaba mal como castigo. Como castigo para su pierna mala.

—¿Y a dónde me lleva? —preguntó Morales con media sonrisa—. ¿A dónde vamos?

—Usted, a chingar a su madre —dijo Belascoarán repentinamente, con toda la rabia que le daba acordarse de un Jesús María Alvarado al que nunca había conocido y cuyo fantasma le hablaba por teléfono, metiéndole la zancadilla y luego dándole un empujón con el hombro y viendo como el hombre rodaba por las escaleras infinitas, interminablemente, probablemente todos los 41 pisos de la Torre Latinoamericana, hasta la avenida San Juan de Letrán, también llamada Lázaro Cárdenas, conocida por algunos como Eje Central. Hasta el fin. Hasta el infierno.

Fin

★ ★ ★

Epílogo

Camino a su casa, Héctor Belascoarán vislumbró a dos o tres posibles Morales. Uno de ellos descendiendo en un coche ante un hotel de la avenida Reforma. Trató de sacarse la paranoica sensación de encima, de sacudírsela como quien se quita un mal pensamiento que viene acompañado de un escalofrío, pero sólo logró acrecentarla.

Se cruzó con una mujer que lloraba, silenciosa, sin aspavientos, tratando de cubrirse con un klínex azuloso.

Habló de futbol con un vendedor de lotería.

Vio a un par de campesinos perdidos y los guió hasta el paradero de camiones del metro Chapultepec. Él traía en la mano un saxofón, ella un saco de pan duro.

La ciudad tenía hoy un tono apacible, pero Héctor no podía sintonizar con ella. Los Morales seguían apareciéndose de vez en cuando: a mitad del beso furtivo de unos adolescentes que se despedían al pie de un trolebús, en la puerta de una joyería que estaba cerrando las cortinas...

¿Se estaba volviendo loco? ¿Era más lúcido y más sabio que nunca? ¿Estaba más solo que un perro y por eso vivía con fantasmas que salían del pasado?

La idea del perro le recordó que tendría que llamar a Monteverde para reportarle el final de la historia. Tenía también que llevarle un regalo al perro. Le había gustado el chorizo. ¿Medio kilo de longaniza de Toluca? Se iba a morir el pobre Tobías, pero de felicidad; decidió que el perro bien podía librarla con un cuarto de kilo y el otro cuarto de kilo se lo podía comer él con huevos revueltos.

Se quitó los zapatos y los fue empujando a punta de calcetín hasta el centro del cuarto. La habitación estaba vacía. Nunca había podido, ni querido, ni pensado en comprar muebles para un comedor. Tan sólo la alfombra, y en una esquina del cuarto, una lámpara de pie, el sillón de sentarse a pensar y el teléfono a su lado, vacilando sobre la pila de los directorios telefónicos de la ciudad de México, los viejos y los nuevos.

Buscó un refresco en el refrigerador y encontró una enorme Lulú de grosella de tres litros sin estrenar. Se sintió feliz. ¿A qué hora se la había comprado? ¿Cuándo había pensado en tener una fiesta de refresco de grosella, tabaco y Mahler? En la calle, los adolescentes yupies que habían invadido el barrio para cenar en los restaurantes, hacían ruidos, ruiditos, carcajadas; frenaban ruidosamente sus automóviles y sonaban bocinas. ¿Qué estaría haciendo Elías Contreras en estos momentos en Chiapas? Allá todo debería ser más claro, más transparente el aire, más nítidos los enemigos, más simples las cosas, más claras las trampas, los hoyos en la vereda. Se asomó a la ventana y miró por encima de la calle, a muchas más calles de distancia, hacia el invisible Ajusco, hacia las pálidas luces del Castillo de Chapultepec, por encima de la selva de antenas de televisión.

Pensó en mandarle un telegrama a Elías Contreras, pero seguro que si escribía algo como "Mi Morales chingó a su madre", se lo iban a censurar.

El timbre del teléfono sonó repentinamente. Héctor miró con desconfianza el aparato negro y viejo, de orejitas, como de los años 60, que le había heredado un inquilino al que se lo había heredado otro viejo casero y dejó que sonara otro par de veces. Luego saltó el contestador.

—Belascoarán, habla Jesús María Alvarado. ¿Qué crees? Que si querías pescar a Morales y quitarle al Juancho, ya te la pelaste. Se lo vendió a los gringos, que se lo llevaron de nuevo a Burbank. Hubiera estado a toda madre que se quedara en México, Juancho podía seguir en la tele haciendo anuncios de Gansitos Marinela en el canal 2. "Osama Bin Laden dice que el mejor pastelito cubierto de chocolate..." Nomás te lo digo para que cuando veas otro comunicado de ese güey en CNN te fijes bien en la marca que trae arriba del ojo derecho, la pequeña cicatriz; porque resulta que...

Héctor dejó que la grabadora cortara al acabarse su minuto y medio. Luego se acercó al teléfono, lo levantó y marcó un número al azar. Contestó una voz pregrabada de una sucursal de Inversora Financiera Internacional:

—Nuestras líneas se encuentran temporalmente ocupadas. Si desea dejar un mensaje marque uno, si desea atención personalizada, marque dos, si desea entrar en nuestro menú principal, marque tres...

Marcó el uno.

—Oiga, les habla Jesús María Alvarado para decirles que si forma parte de su directorio un tal Morales, se anden con mucho cuidado, porque es un tipo muy nefasto, experto en fraudes financieros a la nación en los que trata de chingarse a la inmensa mayoría del personal para beneficio de los menos. Más o menos lo que ustedes hacen, pero en delictivo. O sea que es muy mal rollo el tal Morales...

Colgó sintiéndose enormemente satisfecho, como niño estrenando pelota. Como adolescente que ha descubierto la suscripción clandestina de su papá a *Playboy*. Levantó nuevamente el teléfono y marcó de nuevo al azar.

—Éste es contestador de Susana Quirós —dijo una voz juvenil—, si desea mandar un fax hágalo ahora, si quiere dejar un recado espere al bip...

—Le habla Jesús María Alvarado, para informarle que... —comenzó a decir Héctor Belascoarán Shayne, detective independiente.

(segundo) FIN

Ciudad de México,
fin del invierno de 2005

ÍNDICE